Diogenes Taschenbuch 22470

Jonathan Latimer

Salomons Weinberg

Roman

Aus dem Amerikanischen von Kurt Bracharz

Diogenes

Titel der Originalausgabe:
›Solomon's Vineyard‹

Umschlagzeichnung von Hans Traxler

Deutsche Erstausgabe

100/93/24/1
ISBN 3 257 22470 2

Hör zu. Das ist eine wilde Geschichte. Vielleicht die wildeste bis jetzt. Da ist alles drin außer einer Abtreibung und einem Tornado. Ich möchte nicht sagen, daß sie wahr ist. Keiner von uns, Bruder, fordert dich auf, daran zu glauben. Du kannst sie sofort wieder zurücktragen in die Leihbibliothek und der Dame dort sagen, daß du deinen gottverdammten Nickel wieder zurückhaben willst. Das ist uns völlig egal. Alles, was ER *getan hat, war niederzuschreiben, was* ICH *ihm erzählt habe, und* ICH *garantiere für nichts.*

Karl Craven

I

An der Art, wie sich ihr Hintern unter dem schwarzen Seidenkleid abzeichnete, konnte ich erkennen, daß sie gut sein mußte im Bett. Unter der enganliegenden Seide arbeiteten die Muskeln langsam und geschmeidig. Ich sah Masse und Kontrolle über diese Masse, und das, Bruder, sind Dinge, die ich an einer Frau mag. Ich stellte meinen Koffer hin und ging den Bahnsteig entlang hinter ihr her.

Sie ging in Richtung Warteraum. Ihr Haar war goldblond, sie hatte tolle Kurven und Brüste in der Größe kubanischer Ananas. Dann und wann, zwischen einem Schritt und dem nächsten, schwang sie ihre Hüften, bis es so aussah, als müßten sie aus dem Gelenk springen, aber dann ließ sie sie wieder zurückschnappen, worauf ihre Pobacken unter diesem Kleid, das wie eine schwarze Haut war, erzitterten. Ich schätze, sie wußte, daß ich hinter ihr herging.

Eine große Limousine wartete hinter dem Zeitungskiosk. Ich stellte mich in den Schatten eines Verkaufsautomaten für Äpfel und sah zu, wie sie einstieg. Ihre Beine waren lang wie die einer Tänzerin. Ich starrte auf das weiße Fleisch über den Seidenstrümpfen, während der Chauffeur die Tür schloß, dem Träger ihr Gepäck abnahm und es vorne einlud. Er gab dem Träger fünfzig Cent und kletterte hinter das Steuer. Sie hatte die ganze Zeit stur geradeaus gesehen, aber plötzlich wandte sie sich zum Fenster und lächelte mich an. Ihr Lächeln sagte: Wir könnten Spaß miteinander haben, Junge.

Die Limousine fuhr weg. Ich sah ihr nach, bis sie außer Sicht war. Tolle Puppe! Wer weiß, vielleicht würde die Stadt gar nicht so übel sein. Es war heiß auf dem Bahnsteig, und ich fühlte den Schweiß unter meinen Armen hervortriefen. Ich zeigte dem Träger mein Gepäck und rief ein Taxi. Der Zug fuhr aus dem Bahnhof, wobei die Lok Dampf auf einen Gepäckswagen blies. Ich gab dem Träger fünfundzwanzig Cent und stieg ins Taxi. An der Tür klebte ein Schild mit der Aufschrift: *Überall innerhalb der Stadt 50 Cent*. Der Fahrer bemühte sich nicht, die Tür zu schließen.

»Wohin?«

»Gibt's hier Hotels mit Klimaanlage?«

»In diesem Kaff?« schnaubte der Fahrer. »Bringen Sie mich nicht zum Lachen.«

»Und abgesehen davon, gibt es ein gutes?«

»Da wär das Greenwood.« Der Fahrer drehte sich um und betrachtete mich mit zusammengekniffenen Augen. »Oder das Arkady.«

»Welches ist das beste?«

»Die Vertreter gehen ins Greenwood.«

»Bringen Sie mich zum Arkady.«

Heiße Luft stieg vom Ziegelpflaster der Main Street auf und verzerrte den Anblick der Gebäude. Ich sah, daß die Stadt zum größten Teil aus roten Ziegeln erbaut war. Die Gehsteige und die Geschäftshäuser und sogar ein paar der Privathäuser waren aus roten Ziegeln. Ich sah einen Bullen, der an der Vorderseite eines Drugstores lehnte. Er trug ein dreckiges Hemd und hätte eine Rasur gebraucht. Die Main Street war mit Papier und Dreck übersät. Ein Buick überfuhr neben dem Drugstore ein Rotlicht, aber der Bulle rührte sich nicht. Ziemlich viele Wagen parkten schräg zum Randstein, aber es waren nicht viele Leute unterwegs. Es war zu heiß dafür.

Wir kamen an einem Kino vorbei, bogen trotz Verbotsschild links ab und fuhren einen Hügel hinauf. Ich sah ein Abflußloch mit einem seichten Rinnsal. Das Wasser sah abgestanden aus. In einiger Entfernung gab es einen weiteren Hügel mit vier Ziegelgebäuden und einem etwas kleineren, weißen, nahe dem Gipfel. Grüne Felder und Weingärten lagen auf dem Hügel. Das weiße Gebäude erinnerte an einen Tempel. Ich wies den Fahrer auf den Hügel hin.

»Das ist Salomons Weinberg.«

»Was?«

»Sie haben sicher schon davon gehört«, sagte der Fahrer. »Eine religiöse Siedlung. Produziert Trauben ... und Stunk.«

Er wandte den Kopf, um zu sehen, ob ich den Witz komisch fand. Ich fand ihn komisch. Ich lachte.

»Ungefähr tausend von denen sind da oben. Alle meschugge. Glauben an einen Propheten namens Salomon.« Wir fuhren über einen Platz mit Straßenbahngleisen und einem Park. »Er ist tot. Starb vor fünf Jahren, aber die blöden Narren warten immer noch auf seine Rückkehr.«

Etwa fünf Blocks von dem Park entfernt kamen wir zum Arkady. Es war ein planlos gebautes dreistöckiges Ziegelgebäude mit Metallfeuerleitern an der Stirnseite.

Ungefähr ein Dutzend Schaukelstühle standen auf der Veranda. Auf einem Schild stand: *Mineralbäder*, und ich bekam eine Vorstellung davon, um was für ein Hotel es sich handelte. Ein schwarzer Träger sah uns und schlurfte die Stufen herab.

»Wieviel?« fragte ich den Fahrer.

»Einen Dollar.«

»Auf Ihrem Schild steht fünfzig Cent innerhalb der Stadt.«

Er verschob einen Kautabakpriem in seine linke Mundhälfte. »Man darf nicht immer an Schilder glauben, Mister.«

Er hatte gerissene Augen, und seine Lippen waren gelbgefleckt vom Nikotin. Er sah aus wie ein Footballspieler, den ich mal gekannt hatte. Ich zog ein Fünfzig-Cent-Stück heraus und schnippte es ihm ins Gesicht. »Geben Sie dem Träger meine Koffer«, sagte ich.

Er knurrte, und ich war bereit, ihm eine reinzuhauen, aber dann setzte er eine gleichgültige Miene auf. Er gab dem Neger die Koffer. Wo die Münze den Rücken seiner Nase getroffen hatte, war eine kleine rote Stelle. Er bückte sich, um die Münze vom Boden aufzuheben, und ich ging die Stufen hinauf, über die Veranda und hinein in die Lobby. Die Luft stank nach Weihrauch. Ich sah Palmen in Kübeln und schwere Mahagonimöbel und Messingspucknäpfe. Drei Frauen saßen in der Nähe der Rezeption. Der Angestellte war ein kleiner Mann mit zurückhaltenden braunen Augen und einem Lächeln. Er trug eine rote Krawatte. Ich schrieb mich als Karl Craven ein.

»Haben Sie reserviert?« fragte der Angestellte.

Ich betrachtete all die Schlüssel hinter ihm. »Warum zum Teufel sollte ich hier reservieren müssen?«

Er kicherte, nahm einen Schlüssel und gab ihn dem Neger. »Wir müssen danach fragen. Manche Leute sind davon beeindruckt.«

Ich ging zum Lift. Die Frauen sahen mich an. Eine von den dreien war jünger als die beiden anderen; eine hübsche Rothaarige, die den Rock weit über die gekreuzten Beine hochgezogen hatte. Ihr Gesicht war mürrisch, und als ich sie ansah, starrte sie zurück. Sie hatte schöne Beine.

Der Lift schaffte es bis zum dritten Stock, und der Hoteldiener brachte mich zum Zimmer 317. Er stellte die Koffer ab, und ich warf einen Blick um mich, während er die Fenster öffnete. Es gab zwei Betten und eine große Kommode mit einem weißen Fleck, wo jemand Gin ausgeschüttet hatte, und zwei Polsterstühle. Eine Bibel und ein Telefonbuch lagen auf der Kommode. Auf einem der beiden grünen Bettüberwürfe war ein Flicken. Der Teppich war in Türnähe zerschlissen. Auf einem Tisch zwischen den beiden Betten stand ein altmodisches Telefon mit unlackiertem Metallsockel und einem durchsichtigen Zelluloid-Mundstück.

Der Neger war mit den Fenstern fertig. Er blickte in das Badezimmer und in den Wandschrank. Er wartete auf ein Trinkgeld.

»Junge, wer ist der Hase in der Lobby?« fragte ich ihn.

»Die Junge?«

»Der Rotschopf.«

»Das ist Miss Ginger. Sie ist eine Freundin von Mr. Pug Banta.«

Ich erinnerte mich an den Namen. Das war ein früherer East-St.-Louis-Gangster. Kein wichtiger allerdings. Er hatte mit Schnaps gehandelt und in den alten Tagen ein paar Burschen umgenietet. Er war hart genug, aber nie einer der wirklich Großen. Soviel ich wußte, behauptete man, ihm gehöre eine Handvoll Kneipen irgendwo weiter westlich.

»Und Mr. Banta würde es nicht gefallen, wenn ich sie ein bißchen anmachte?«

»Nein, Sir.« Da war sich der Schwarze ganz sicher. »Das würde er gar nicht mögen.«

»Nun, ich habe noch eine andere Möglichkeit«, sagte ich. »Eine tolle Blonde. Mit einem Chauffeur.«

Der Neger sagte: »Das ist die Prinzessin.«

»Teufel auch«, sagte ich. »Was für eine Prinzessin?«

»Sie wohnt auf dem Weinberg. Ist die Chefin der Frauen dort.«

»Der Ort da auf dem Hügel?«

»Ja, Sir.«

»Wie heißt du?«

»Charles.«

»Nun, Charles, was ist los mit denen da oben?«

»Oh, die sind alle sehr heilig.«

»Ich könnte nicht einfach anrufen und die Prinzessin um eine Verabredung bitten?«

Angesichts dieser Idee bekam er ganz große Augen. »Nein, Sir«, sagte er, »nein, nein, Sir.«

Ich gab ihm einen Vierteldollar, aber er ging nicht.

»Ich könnte ...«, begann er.

»Wie jung?«

»Fast jedes Alter.«

»Ich hab sie gern so um die Vierzehn.«

Seine Augen traten ihm aus dem Kopf. »Mister, das ist in diesem Staat ein direkter Weg ins Gefängnis.«

»Na ja, ich sag es dir, wenn es soweit ist.«

Er wollte gehen. »Warte mal«, sagte ich. Ich schaute im Telefonbuch nach der Adresse von Mrs. Edgar Harmons Pension. Sie lautete 738 B Street. »Okay«, sagte ich.

Er ging. Ich zog meine Jacke aus, das Schulterhalfter und das Hemd. Das Schulterhalfter scheuerte immer, wenn es heiß war. Ich ging ins Badezimmer und wusch mir Gesicht und Brust, trocknete mich ab und zog ein frisches Hemd an. Mein altes war zum Auswringen naß. Oke Johnson wohnte in Mrs. Harmons Pension. Ich beschloß, zu Fuß hinzugehen. Er hatte mir geschrieben, er hätte etwas für uns. Wir brauchten dringend etwas.

Der Angestellte hinter dem Empfangstisch lächelte mich geziert an. Sah wie eine Elfe aus. Gutes Hotel, dachte ich mir, Service für alle. Ich ging hinaus. Links lag A Street, und einen Block weiter unten sah ich B Street. Ich war im 300er Block. Die Nummern stiegen rechts von mir an. Siebenhunderteinunddreißig war ein großes Haus mit roten Ziegeln, vor dem Ahornbäume wuchsen. Es gab eine Veranda und eine Treppe, die dringend einen neuen grauen Anstrich gebraucht hätten. Oke hatte sich hier einquartiert, wie er mir schrieb, weil er in Ruhe arbeiten wollte. Er war ein schlauer Schwede, der einzige schlaue, den ich je sah. Ich ging die Stufen hinauf und klingelte.

Eine dicke Frau in einem schwarzen Kleid mit weißen Spitzen kam zur Tür. Auf ihrer linken Wange war ein

Muttermal, genau neben dem Mundwinkel. Sie hatte geweint. »Ja?« fragte sie.

»Mr. Johnson, bitte.«

Sie riß ihre geschwollenen Augen auf. »Kommen Sie von Mr. Jeliff?«

»Nein.«

»Oh, dann sind Sie von der Polizei. Kommen Sie herein.« Sie fuhr so schnell fort, auf mich einzureden, daß ich keine Zeit hatte, etwas dazu zu sagen. »Ich denke, Sie wissen, warum ich nach Mr. Jeliff geschickt habe. Er war Mr. Johnsons einziger Freund in der Stadt. Es war komisch, wo er doch selbst kein Metzger war. Ich habe nie gewußt, was er eigentlich tat, aber ich würde sagen, er hatte eine Menge Geld.«

Mittlerweile waren wir im Haus. »Ich bin nicht von der Polizei«, sagte ich.

»Oh«, sagte sie. »Warum wollen Sie ihn sehen?«

»Ich bin ein Freund. Aus St. Louis. Ist ihm irgend etwas zugestoßen?«

»Oh!« sagte sie. »Oh!« Sie lief die Treppe hinauf, ziemlich schnell für eine so dicke Frau. Ich fing an, mir komisch vorzukommen. Es war eines dieser Dinger, die man manchmal hat, Vorahnungen, wie es im Wörterbuch heißt, die dir sagen, daß etwas faul ist. Ich versuchte nicht nachzudenken, was es sein könnte; ich wartete nur, bis sie mit zwei Männern die Treppe wieder herabkam. Ich sah, daß es zwei Zivilbullen waren.

»Das ist er«, sagte die Frau.

Der jüngere der beiden Polizisten stellte sich hinter mich, so daß ich nicht abhauen konnte. Der andere, ein mittelgroßer Mann mit teigigem Gesicht, betrachtete mich aus zusammengekniffenen Augen.

»Was wollen Sie von Johnson?«

»Ich würde ihn gern besuchen.«

»Warum?«

»Ich bin ein Freund.«

»Ja?«

»Das hat er mir vorher auch gesagt«, keuchte die dicke Frau. Sie war vom Treppensteigen völlig außer Atem.

»Hat er Probleme?« fragte ich.

Der Bulle lachte. Ich konnte nicht sehen, was daran so komisch war. Die Frau begann zu weinen. Ich sah den Polizisten an.

»Er ist tot«, sagte er und sah mich genau an. »Heute morgen wurde er erledigt.« Ich hatte das schon halb erwartet, war aber doch schockiert. Der Brief, den ich von ihm hatte, war zwei Tage alt. Da war er noch nicht in Schwierigkeiten gewesen.

»Mein Gott!« sagte ich. »Wer war's?«

Der Bulle hinter mir sagte: »Angenommen, das fragen wir Sie.« Seine Stimme klang barsch.

»Ich war's nicht.« Ich tat so, als sei ich eingeschüchtert. »Ich kannte ihn kaum.«

»Ja? Warum fragen Sie dann nach ihm?«

»Ich wollte nur mal bei ihm vorbeischauen. Ich bin aus St. Louis. Lernte ihn dort kennen. Oberflächlich. Sehr oberflächlich. Ich bin heute nachmittag hier angekommen und kenne sonst niemanden in der Stadt.«

»Woher wußten Sie...«

Der teiggesichtige Bulle unterbrach ihn. »Spar dir die

Fragen. Wir nehmen ihn mit zum Revier. Der Chef wird ihn sehen wollen.«

»Ich will nicht ins Gefängnis.«

»Keine Angst. Wenn Sie sauber sind, wird nichts passieren.«

»Aber mein Name wird in den Zeitungen stehen. Ich bin Vertreter für Eisenwaren. Das schädigt mein Geschäft.

»Da müssen Sie aufpassen«, sagte der junge Polizist.

Wir machten uns auf den Weg zum Revier, aber unten fiel den beiden ein, es sei besser, ich würde einen Blick auf die Leiche werfen. Sie wollten eine Identifizierung. Wir gingen also wieder die Stufen hinauf und ins Haus. An der fetten, immer noch weinenden Frau vorbei, dann noch weitere Treppen hinauf. Ich fragte mich, ob Oke mit der Frau geschlafen hatte. Er sagte immer, sie seien alle gleich, wenn man die Augen zumachte.

Sein Zimmer lag im zweiten Stock. Es war ein großer Raum mit einem Erkerfenster, einem Doppelbett mit sauberem weißen Leintuch, einer handgeschnitzten Mahagoni-Kommode und zwei mohairbezogenen Stühlen. Durchs Fenster konnte ich eine Ulme sehen.

Die Leiche lag im Badezimmer unter einem Laken. »Ich möchte ihn nicht ansehen«, sagte ich, »mir wird schlecht.«

»Ein großer Kerl wie Sie!« sagte der teiggesichtige Bulle.

Ich erwiderte: »Ich bin den Anblick von Leichen nicht gewohnt.«

Der junge Polizist schlug das Leintuch zurück. »Dann wird's aber Zeit, daß Sie sich daran gewöhnen.«

Oke lag auf der Seite, direkt vor dem Klo. Tot sah er kleiner aus und weniger fett. Er trug Hemd, Hose und schwarze Seidensocken. Sein Hosenschlitz stand offen. Man hatte ihm präzise hinter das rechte Ohr geschossen. Unter seinem Kopf war ein brauner Fleck, und Blut hatte sein blondes Haar dunkel verfärbt.

»Das ist Mr. Johnson«, sagte ich.

Wir sahen ihn alle drei an. Rechts von der Toilette war ein offenes Fenster. Von da war die Kugel gekommen. Ich konnte die Rückseiten von drei Häusern sehen.

»Verdammt übler Moment, einen Mann abzuknallen«, sagte der junge Bulle, »gerade, wenn er...«

»Spielt keine Rolle«, sagte der teiggesichtige Polizist.

Der Junge legte das Laken wieder über die Leiche. Wir verließen das Haus und stiegen in eine grüne Dodge-Limousine. Der Junge und ich saßen hinten. Die beiden sprachen nichts. Die Polizeistation war, wie alles andere, aus roten Ziegeln erbaut. Wir gingen direkt ins Büro des Chefs.

Er war ein dicker Mann mit rotem Gesicht und blaßblauen Augen, und er hieß Piper. Er hatte eine Zigarre im Mund. Sein Salz-und-Pfeffer-Anzug sah aus, als hätte er in ihm geschlafen. Ein Elchzahn hing ihm an einer Goldkette von der Weste.

»Wer ist das?« erkundigte er sich und starrte mich an.

Teiggesicht sagte es ihm. Der Polizeichef ließ seinen Blick über mich gleiten, dann sah er zum Fenster hinaus.

»Wie heißen Sie?«

Ich sagte, ich heiße Karl Craven. Ich tat so, als sei ich eingeschüchtert. Ich sagte ihm, ich kannte Mr. Johnson, aber nicht besonders gut. Ich sagte, Mr. Johnson und ich hätten mit ein paar Bekannten in St. Louis Bowling gespielt und Bier getrunken. Ich sagte, er habe für ein Inkassobüro gearbeitet. Ich wußte nicht, was er in Paulton tat. Er war vor ungefähr einem Monat eines Tages ins Bowling-Center gekommen und sagte, er wohne jetzt in Paulton. Er sagte aber nicht, was er da tue. Er fragte mich, ob ich ihn nicht besuchen wolle, wenn ich jemals da vorbeikäme. Und das, sagte ich zuletzt, sei es gewesen, was ich gerade vorgehabt hätte.

Die blassen Augen des Chefs streiften die beiden Detektive.

»Verschwindet«, sagte er.

Sie gingen. Der Chef nahm die Zigarre aus seinem Mund und betrachtete sie. Das Ende war weichgekaut. Er warf sie in einen Spucknapf und nahm eine andere aus seiner Weste. Für mich fand er auch eine. Ich nahm sie, biß das Ende ab und zündete sie an. Es war eine teure Havanna. Wir bliesen einander eine Weile den Rauch entgegen.

Der Polizeichef fragte beiläufig: »Wann haben Sie St. Louis verlassen?«

Ich fand meine Fahrkarte und zeigte sie ihm. »Heute morgen.«

Er betrachtete die Fahrkarte genau, sah sich beide Seiten an.

»Dann können Sie ihn nicht umgebracht haben«, sagte er.

»Ich wollte ihn nicht umbringen«, erwiderte ich, »ich wollte mit ihm ein Bier trinken.«

Der Polizeichef starrte aus dem Fenster.

Ich sagte: »Wenn ich ihn erschossen hätte, käme ich dann später noch einmal vorbei?«

Er zog an der Zigarre. »Die Leute tun komische Dinge.«
»Aber so komische auch wieder nicht.«
Ich zeigte ihm eine Karte, auf der stand, daß ich Vertreter der Acme Eisenwaren Company in St. Louis war. Das schien ihn hinsichtlich meiner Person zu befriedigen. Er erzählte mir von dem Mord. Er sagte, jemand habe Mr. Johnson mit einem Gewehr von außerhalb des Hauses erschossen. Die Wirtin hatte ihn um ungefähr halb fünf am Morgen heimkommen gehört, und wenig später vernahm sie einen dumpfen Fall in seinem Zimmer. Da es keine weiteren Geräusche gab, machte sie sich keine Gedanken. Mr. Johnson kam zum Frühstück nicht herunter, aber sie glaubte, er schlafe noch, und rief ihn nicht. Als er auch zum Mittagessen nicht erschien, ging sie hinauf und fand seine Leiche.
»Hat sonst noch jemand den Schuß gehört?« fragte ich.
»Das Gewehr muß einen Schalldämpfer gehabt haben«, sagte der Chef und begann gelangweilt auszusehen.
Ich sagte: »Das ist aber verdammt komisch.«
»Ich nehme an, daß Mr. Johnson mit einer Frau herummachte. Vielleicht mit einer verheirateten Frau.« Er nahm die Zigarre aus dem Mund und stippte die Asche in den Spucknapf ab. »Was sonst würde einen Mann so lange aufhalten?«
Ich lachte herzlich. Er fuhr fort:
»Und ich schätze, der Ehemann – oder der Bruder – folgte ihm und erledigte ihn von draußen mit einer Flinte, während er sich auszog.«
Ich sagte: »Üblicherweise haben Ehemänner keine Gewehre mit Schalldämpfern herumliegen.«

»Das stimmt«, sagte der Polizeichef. Seine Augen trafen sich eine Sekunde mit meinen, dann schaute er wieder zum Fenster hinaus.

»Wo sind Sie untergebracht?«

»Im Arkady.«

»Wenn wir Sie brauchen, lassen wir Sie es wissen.«

Der teiggesichtige Bulle wartete draußen. Er zeigte mir den Weg zum Hotel. »Es ist nur fünf Blocks entfernt«, sagte er.

Ich dankte ihm und ging hinaus. Die Sonne stand niedrig, aber es war noch immer heiß, und es wehte nicht die kleinste Brise. Ich dachte mir, was für lausige Bullen das waren, nicht einmal intelligent genug, um mich zu filzen. Ich haßte Bullen sowieso, aber blöde ganz besonders. Ich fragte mich, was sie getan hätten, wenn ich ihnen gesagt hätte, daß Oke Johnson mein Partner war.

2

Als ich in mein Zimmer zurückkam, brauchte ich unbedingt einen Drink. Oke Johnson war ein Schock gewesen, auch wenn wir niemals gut miteinander ausgekommen waren. Dein Partner wird nicht jeden Tag umgebracht. Ich nahm das Telefon und fragte nach dem Schwarzen. Er kam zur Tür, und ich sagte ihm, er solle mir einen Liter Bourbon und ein paar Magazine holen. *Film and Fun* und ein paar andere mit diesen halbnackten Hasen, und *Black Mask*. Ich gab ihm einen Fünfdollarschein.

Das Zimmer war wie ein Zelt in der prallen Sonne. Ich konnte spüren, wie die Hitze durch die Jalousien hereindrang. Ich zog meine Kleider aus und legte den Revolver in eine Schublade des Schranks. Auf dem Weg zur Dusche stach mir mein Spiegelbild auf der Rückseite der Badezimmertür ins Auge, und ich blieb stehen, um einen Blick auf meinen Bauch zu werfen. Die Messerwunde verheilte gut. Natürlich würde eine Narbe bleiben, aber hol's der Teufel – was macht schon eine Narbe auf dem Bauch aus? Ich sah, daß ich ständig schwerer wurde. Jedesmal, wenn ich mich nackt betrachtete, sah ich das. Es war nicht alles Fett; das Fleisch schien hart genug zu sein, aber es nahm ständig zu. Ich schätzte, daß ich ungefähr hundertfünfundzwanzig Kilo auf die Waage bringen würde. Das waren zehn Kilo zuviel. Ich dachte mir, nun ja, vielleicht schmilzt die Hitze es weg. Oder diese Bäder da unten. Ich stellte mich unter die Dusche und drehte das kalte Wasser auf. Das war angenehm.

Der Neger klopfte, während ich unter der Dusche stand. Ich wickelte mir ein Handtuch um meine Mitte und ließ ihn herein. Er brachte eine Flasche Old Crow und vier Magazine. Ich schenkte ihm die sechzig Cent Wechselgeld.

»Charles, es wäre nett, wenn du mir diese Blonde vom Weinberg verschaffen könntest.«

Er rollte die Augen. »Die wollen Sie doch gar nicht, Mister Craven.«

»Woher weißt du, was ich will?«

»Man sagt, sie sei blondes Gift.«

»Hör mal, Charles, wenn Blondinen giftig wären, hätte ich schon vor dreißig Jahren sterben müssen.«

Er starrte mich aus hervorquellenden Augen an und ging. Ich mixte mir einen Drink und ging zurück unter die Dusche. Ich genehmigte mir den Drink unter dem Wasserstrahl. Dann kam ich wieder heraus, machte mir einen weiteren Drink, legte mich aufs Bett und dachte über Oke Johnson nach, bis ich müde wurde. In mancher Hinsicht tat es mir wirklich leid, daß er tot war, insbesondere, weil es mich in die Enge trieb.

Andererseits konnte ich mich nicht um diesen Mord kümmern. Es gab zuerst einen Job zu erledigen.

Ich trank und rauchte und sah mir die Puppen in den Filmmagazinen an. Dann betrachtete ich die Büstenhalterreklamen. Dann versuchte ich, eine Story in *Black Mask* zu lesen. Sie handelte von einem FBI-Agenten, über den ich schon früher gelesen hatte. Er unterschied sich von den FBI-Agenten, die ich kannte. Die erinnerten mich immer eher an Pfadfinder.

Dieser FBI-Agent war wunderbar. Er hatte eine Freundin, die immer von den Schmugglern, Spionen, Kidnappern oder Gangstern entführt wurde, hinter denen er her war. Dann schickte sie ihm eine Nachricht, und er kam und machte die Sache mit der Waffe klar. Manchmal mußte er die ganze Gang umlegen, um sie zurückzubekommen. Es war ein feines System. Ein Wunder, daß J. Edgar Hoover es nicht übernommen hatte.

Ich legte die Geschichte weg und dachte weiter über Oke nach. Ich hatte keine Berichte von ihm bekommen; nur den Brief, in dem stand, er hätte etwas. Er war einer dieser Burschen, die sich gern geheimnisvoll geben. Er wollte, daß ich davon gänzlich verblüfft wäre, der blöde Schwede! Ich wußte, daß er nichts davon handschriftlich niedergelegt haben würde. Ich tappte also komplett im dunkeln, wie man so sagt. Und es sah aus, als ob ich ziemlich großen Schwierigkeiten gegenüberstünde. Ich mußte mich vorsichtig bewegen. Ich dachte mir, ich sollte mich besser mal in der Stadt umsehen, bevor ich jemanden wissen ließ, wer ich war. Ich könnte irgend etwas aufschnappen. Und die Leute würden nicht gleich mit Gewehren auf mich schießen.

Draußen wurde es dunkler, aber nicht kühler. Ich war völlig nackt, aber wo meine Haut das Laken berührte, spürte ich Schweiß. Selbst die Stelle, wo mein Nacken im Kissen auflag, war schweißnaß. Gegen halb neun ging ich wieder unter die Dusche. Als ich wieder herauskam, war es immer noch heiß. Es würde wohl die ganze Nacht so bleiben. Ich zog ein Hemd an, die Hose meines gestreiften Baumwollanzugs und mein Schulterhalfter. Dann das Jakkett. Das Halfter beulte die Jacke aus, also schob ich es herum, bis es sich beinahe vollständig unter meiner Achselhöhle befand. Ich ging hinunter. Die Lobby war noch immer mit Palmen und altem Mobiliar angefüllt und roch nach Staub und Samt.

Ich ging dem Lärm eines Radios nach, das Tanzmusik spielte, und fand eine Bar. Sie war mit rotem Leder und Chromtischen und -stühlen eingerichtet, und das sah in dem alten Hotel ziemlich merkwürdig aus. Zwei Geschäftsleute tranken an einem Tisch, an der Bar saß ein Mädchen. Es war die Rothaarige, die ich in der Lobby gesehen hatte. Ich setzte mich ans andere Ende der Bar. Das Mädchen sah mich an, dann wieder ihr Glas. Ich machte offenbar keinen großen Eindruck auf sie.

Ich bestellte Whisky sour. Die Geschäftsleute versuchten, sich an das Mädchen heranzumachen. Sie machten Bemerkungen über sie, aber sie kümmerte sich überhaupt nicht darum. Einer von den beiden war frecher als der andere. Er sagte ständig: »Ist sie nicht reizend?« Sie war auch wirklich eine sehr gute Nummer, mal abgesehen davon, daß sie zu stark geschminkt war. Ihr grünes Kleid sah teuer aus und paßte farblich gut zu ihrem Haar. Und sie hatte schöne Beine, oder sagte ich das schon mal? Sie trank einen Tom Collins.

Ich nahm einen zweiten Whisky sour. Der freche Geschäftsmann ging zu dem Mädchen hinüber.

»Magst du einen Drink, Süße?« fragte er.

»Zieh Leine«, sagte das Mädchen.

Der Kerl war groß und schlank. Er trug einen Leinenanzug. Mit frechem Blick sagte er zu seinem Freund: »Die Süße will keinen Drink.«

»Auch gut«, sagte der Freund. Er war leicht nervös.

Der Geschäftsmann lehnte sich zu dem Mädchen hinüber. »Komm schon, Süße«, sagte er, »das wird dich richtig fröhlich machen.«

Das Mädchen schenkte ihm keine Beachtung.

»Gib der Dame einen Drink«, sagte der Geschäftsmann zum Barmann.

Der Barmann sah das Mädchen an. Sie zuckte die Achseln. Er machte ihr einen Tom Collins. Der Geschäftsmann setzte sich zu ihr, während sie trank. Er redete mit ihr, aber ich konnte nicht hören, was er sagte. Sie machte nicht mit. Ihre Miene blieb verdrossen.

Ich winkte dem Barmann mit gekrümmtem Finger. »Einen Doppelten.« Ich dachte, die Hitze würde mir nicht soviel ausmachen, wenn ich mich betrank. Der Geschäftsmann und das Mädchen wurden lauter. Er wollte sie an seinen Tisch bringen.

»Ich bleibe hier«, sagte sie.

»Ach, komm schon, wir tun dir nichts, Süße.«

»Nein.«

Der Barmann ärgerte sich, unternahm aber nichts. Der Geschäftsmann nahm den Arm des Mädchens. »Komm schon, Süße.«

Sie riß ihren Arm los. Er begann, ihre Schulter zu tätscheln. Ich ging zu den beiden hinüber. »Laß sie in Ruhe«, sagte ich.

Der Geschäftsmann sah mich über seine Schulter an. »Ich tu ihr nichts.«

»Geh zurück an deinen Tisch.«

»Hören Sie, Mister!« Er glitt vom Stuhl herab und wandte sich mir zu. »Was geht es Sie an, was ich tue?«

»Komm schon, Charlie«, sagte sein Freund.

»Was geht Sie das an?« fragte der andere nochmals.

Ich packte ihn am Revers, zog ihn zu mir her und schüttelte ihn. Ich schlug ihn nicht. Wollte ihn nicht verletzen. Ich hob ihn hoch und schleuderte ihn zurück an seinen Tisch. Er machte eine Menge Lärm, als er hinfiel. Mit dem Kopf schlug er gegen einen der Chromstühle. Sein Freund saß am Tisch und starrte auf ihn hinunter, als könne er nicht glauben, was er sah.

Ich grinste das Mädchen an und ging zu meinem Barstuhl zurück. Den beiden Geschäftsleuten wandte ich den Rücken zu, aber ich konnte sie im Spiegel sehen. Ich hoffte, sie würden jetzt irgendwas anzetteln. Ich habe Geschäftsleute und Bullen schon immer gehaßt. Der Freund half dem Geschäftsmann auf die Beine. Dieser war benommen; der Sturz hatte ihm den Wind aus den Segeln genommen.

»Komm jetzt, Charlie«, sagte der Freund.

Der Geschäftsmann versuchte, wieder zu Atem zu kommen. Er begann, sich die Hose abzuklopfen.

»Wir werden die Polizei holen«, sagte der Freund.

Er half dem Geschäftsmann zur Tür. »Wir holen die Polizei«, wiederholte er. Er sprach nicht direkt zu mir. Er wollte keinen Kampf. Er ging weg, den Arm um den anderen gelegt.

»Da passen Sie besser auf«, sagte der Barmann zu mir.

»Warum?«

»Der Mann holt vielleicht wirklich die Polizei.«

»Nein, das tun die beiden nicht.«

»Der Bursche wird mächtig böse sein, wenn er wieder ganz zu sich gekommen ist.«

»Vielleicht«, sagte ich, »aber er holt nicht die Polizei. Er geht kein Risiko ein, in eine Anklage wegen Schlägerei verwickelt zu werden.«

»Mag sein.« Der Barmann nahm mein Glas und begann, einen weiteren Whisky sour zuzubereiten. »Aber seien Sie das nächste Mal nicht so grob.« Er lächelte mich an. »Sie haben denen soviel Angst eingejagt, daß sie vergessen haben, ihre Drinks zu zahlen.«

Ich mochte sein Gesicht. Er war jung und sah nett aus.

»Ich zahle für die beiden«, sagte ich.

Das Mädchen kam zu mir herüber. Es war das erstemal, daß ich sie aufstehen sah. Es war durchaus sehenswert. Sie hatte eine Ein-Million-Dollar-Figur, wie man so sagt. Sie war groß, und es tat gut, so schöne Brüste an einer so großen Frau zu sehen.

»Hallo ...«, sagte ich.

Ihre Augen waren blaugrün. »Danke«, sagte sie.

»Geht schon in Ordnung.«

»Ich wäre selbst damit fertiggeworden.«

»Klar. Aber ich dachte, es wäre ein guter Weg, Sie aufzureißen.«

Sie lachte. »Ich bin heute nacht ja sehr gefragt.«

Der Barmann stellte meinen Drink an die Bar. »Auch einen?« fragte ich sie.

»Warum nicht?«

Während wir auf den Drink warteten, starrte sie mich an. Der Ausdruck ihrer Augen war jetzt nicht mehr frech, sondern nachdenklich. Sie war jünger, als ich gedacht hatte. Als sie sah, daß ich sie beobachtete, schaute sie weg.

»Warum wollten Sie mich aufreißen?«

»Ich bin einsam, und Sie sehen toll aus.«

Sie nahm dem Barmann den Tom Collins ab. »Ach, mein Gott«, sagte sie. »Wenigstens ist der Mann ehrlich.« Sie hob den Drink. »Also dann!«

Sie mochte Alkohol. Wir hatten drei Drinks miteinander. Ich sah, daß es mittlerweile neun geworden war. Ich sagte, es sei Essenszeit. Fragte sie, ob sie ein gutes Lokal wüßte.

»*Tony's*«, erwiderte sie. »Aber Sie wollen mich nicht dahin mitnehmen.«

»Warum will ich nicht?«

»Sie wollen einfach nicht.«

»Aber ja, ich will schon.«

Der Barmann sah drein, als kümmere er sich nicht um das, was vorging. Ich sah aber, wie er mit dem Kopf eine verneinende Geste zu dem Mädchen machte. Sie kümmerte sich nicht um ihn.

»Haben Sie ein Auto?« fragte sie.

»Ich treib eines auf.«

»Und es kümmert Sie keinen Deut, was passiert?«

»Nicht mit Ihnen, Süße.«

»Lassen Sie mich mit diesem ›Süße‹-Quatsch zufrieden.«

»Ich würde nicht gehen«, sagte der Barmann.

»Was kann ich verlieren?« fragte ich.

»Eine Menge«, sagte der Barmann.

»Halt die Klappe«, sagte das Mädchen.

Ich grinste den Barmann an. »Schön, es ist Ihre Beerdigung«, sagte er.

»Eben«, sagte das Mädchen.

Die Rechnung lautete auf sieben Dollar zehn. Ich zahlte, und wir nahmen ein Taxi zur Drive-It-Garage in der Main Street. Auf dem Weg dahin sagte sie mir, sie heiße Ginger.

»Nicht Ginger Rogers?«

»Ginger Bolton.«

Ich sagte, mein Name sei Karl. Wir duzten uns. Ich sagte, sie rieche gut. Ich fragte sie, wo sie ihr Parfüm und die teuren Kleider herhabe.

»Ich komme herum.«

Ich sagte ihr, ich sei ein Eisenwarenvertreter.

»Du benimmst dich ziemlich rauh für einen Geschäftsmann.«

»Das kommt, weil ich in der Armee war.«

In der Drive-It-Garage bekam ich eine Chevy-Limousine. Ich hatte eine Karte, die mich als Peter Jensen, 11 Division Street, Fond du Lac, Wisconsin, auswies; aber der Nachtmanager verlangte trotzdem eine Hundert-Dollar-Note Kaution. Als Ginger meine Brieftasche sah, wirkte sie überrascht. Das hatte ich erwartet. Ich hatte eine Menge dafür tun müssen, daß sie einen Blick auf das Bündel Hundertdollarscheine darin werfen konnte.

Zu *Tony's* hinaus ließ ich sie fahren. Ich wollte mir die Stadt ansehen. Viel gab es nicht zu sehen. Die Straßenlampen waren düster, und alles, was ich mitkriegte, war, daß es eine Menge Fachwerkhäuser gab, die durch einen Rasen von der Straße getrennt waren. Wir kamen an einem Krankenhaus und am städtischen Wasserwerk vorbei. Dann waren wir auf dem Land. Hier wurde es kühler. Ich sah Ginger an. Sie konzentrierte sich auf das Fahren, und ihr Gesicht sah nicht mehr so mürrisch aus.

»Was tut ein Mädchen wie du in einer Stadt wie dieser?«

»Was glaubst du?«

»Du würdest ärgerlich, wenn ich es dir sage.«

»Ja? Nun, ich bin eine Sängerin.«

»Was für eine Art Sängerin?«

»Mit einem Orchester.«

»Wo?«

»Bei *Tony's*. Er will nächste Woche eröffnen.«

»Wieviel wird er dir zahlen?«

»Möchtest du gar nicht wissen.«

Sie hatte eine heisere Stimme, und ich dachte, sie würde vielleicht wirklich gut singen.

Wir fuhren von der Asphalt- auf eine Kiesstraße hinunter, kamen an einem kleinen See vorbei und bogen auf einen großen Parkplatz ab. Ein halbes Dutzend Autos stand da. Ich sah ein großes Bauernhaus mit einem Neonschild: *Tony's*. Wir gingen eine Holztreppe zum Eingang hinauf und kamen in eine auf alt gestylte Bar mit einem großen Spiegel, zwei Barmännern in Hemdsärmeln und Pyramiden von Gläsern. Einer der Barmänner sagte »Hallo, Ginger«, dann betrachtete er mich. Er schien überrascht, mich zu sehen.

»Wo ist Pug?« fragte er Ginger.

»Woher soll ich das wissen?«

Der Barmann warf mir einen Blick zu. Ich schaute einfältig drein. Wir nahmen an der Bar einen Drink. Ich sagte, ich wollte ein Abendessen bestellen, und der Barmann holte den Kellner. Wir bestellten Steaks und grünen Salat. Ich nahm eine Flasche Champagner. Sowohl Ginger als auch der Barmann warfen mir daraufhin einen Blick zu. Nach einer Weile traten wir auf die Veranda, die auf den See hinausging. Eine Brise strich über das Wasser. Der Kellner zeigte uns unseren Tisch.

»Hier ist es toll«, sagte ich.

»Ja«, sagte Ginger, »aber wo ist unser Champagner?«

Der Kellner brachte ihn in einem Eiskübel. Ich ließ ihn auch eine Flasche Cognac anschleppen. Ich goß ein bißchen Cognac in die Champagnergläser, und der Kellner füllte dann mit dem Champagner auf. Es gibt einem nichts einen so soliden Hintergrund wie Champagner mit gutem Cognac. Versuchen Sie es mal. Wir tranken langsam.

»Wer ist Pug?« fragte ich Ginger. Ich wollte hören, was sie sagen würde.

»Ein Freund.«

»Jemand, um den ich mir Gedanken machen sollte?«

»Nein.«

»Da bin ich froh, ich komm nämlich langsam richtig auf Touren mit dir.«

»Er ist eine Laus«, sagte Ginger.

An drei Tischen saßen Leute. Eine Gesellschaft war groß: drei Männer und fünf Frauen. An den anderen Tischen waren Paare. Die große Party war ziemlich laut, und zwei der Frauen kletterten auf einem rotgesichtigen dikken Mann herum. Mir kam er irgendwie bekannt vor, aber ich konnte ihn nicht gut sehen. Die Umarmungen waren nur harmloser Natur, aber die Frauen bemühten sich wirklich um den Dicken. Er schmiß die Party.

»Könnten wir heute noch etwas unternehmen, Süße?« fragte ich Ginger.

»Nicht heute nacht.«

»Morgen?«

»Tanzen wir?«

Ich steckte einen Nickel in die Musikbox, und wir tanzten. Von den anderen Leuten tanzten auch ein paar. Ich sah, daß eine der Frauen den Dicken auf die Tanzfläche geholt hatte. Plötzlich erkannte ich ihn. Es war der Polizeichef, Piper. Er war ziemlich blau. Ginger tanzte von mir weg.

»Geh nicht so weit weg«, sagte ich.

»Deine Kanone kitzelt mich, wo ich nicht gern gekitzelt werde.«

Ich schob das Halfter tiefer unter meinen Arm. Sie tanzte enger und legte ihren Kopf an meine Schulter. Ihr Körper war fest.

»Das ist besser«, sagte ich.

»Sprich nicht. Tanz.«

Wir tanzten, bis die Platte zu Ende war, und gingen dann zurück zum Tisch. Ich bemerkte, daß einer der Barmänner und der Kellner uns beobachteten. Als sie sahen, daß ich sie sah, verschwand der Barmann in den anderen Raum, und der Kellner kam herüber und goß uns Cognac und Champagner nach. Dann brachte er das Essen. Die Steaks waren gut; oben ein bißchen verbrannt, aber innen rot. Ich fühlte mich wohl. Es gibt nur drei Dinge, die ich wirklich mag auf der Welt: Essen, Kampf und ... Frauen. Ach ja, und vielleicht noch Alkohol. Und ich hatte jetzt mindestens zwei davon.

»Wie wär es mit einer weiteren Flasche Champagner?« fragte ich.

»Warum sollten wir guten Cognac verkommen lassen?« sagte Ginger.

Wir tranken ungefähr die Hälfte der Cognacflasche. Die große Party an dem Tisch nahe der Tür zum Barraum wurde lauter. Der Alkohol schien Ginger nichts auszumachen, aber sie wurde ein wenig freundlicher. Sie erzählte mir, daß sie im Chor von Harry's New York Bar in Chicago gewesen war und dann in einem chinesischen Lokal an der North Side gesungen hatte. Sie war auch schon im Radio zu hören gewesen. Ihr Gesicht war nicht mürrisch, wenn sie über ihre Arbeit sprach. Das Singen interessierte sie offensichtlich wirklich.

»Schon mal ans Filmen gedacht?« fragte ich.

»Red nicht davon.«

»Ich habe in Hollywood gearbeitet.«

»Wann möchtest du, daß ich meine Kleider ausziehe?«

»Ach Blödsinn«, sagte ich. »Ich wollte nur Konversation machen.«

»Ich würde lieber tanzen.«

Ich sagte »Okay«, warf ein Zehn-Cent-Stück in die Box, und wir tanzten wieder. Sie tanzte eng mit mir, den Körper an den meinen gepreßt, aber ich hatte das Gefühl, daß darin nichts Persönliches lag. Ich mochte es trotzdem; ihr Körper war so jung. Als wir zum Tisch zurückgingen, fragte ich sie, ob man hier spielen könne.

»Würfel«, sagte sie. »Hinten.«

»Versuchen wir unser Glück.«

»Gut.«

Wir gingen durch die Bar und dann durch einen großen Speiseraum mit einer Tanzfläche und einem Podium für eine Band. »Hier wird nächste Woche eröffnet«, sagte Ginger. Hinten war eine Tür, durch die wir in einen Raum mit dickem grünem Teppich und grünen Vorhängen kamen, die vor den Fenstern zugezogen waren. Es gab einen Würfeltisch und sechs Einarmige Banditen. Eine der Slot-Maschinen war für Silberdollars. Ich hatte seit Reno keine so große mehr gesehen. Ich warf einen Dollar hinein und zog am Hebel. Eine Zitrone erschien. Ein dunkler Mann mit einer grünen Schirmmütze kam in den Raum und sah uns fragend an. Ich gab Ginger eine Zwanzig-Dollar-Note.

»Versuch dein Glück.«

Sie war über das Geld überrascht. »Ich versteh dich nicht«, sagte sie.

»Nein?«

»Nein. Du quatschst wie ein Verkäufer für Damenunterwäsche mit deinen Hollywood-Platitüden, aber du benimmst dich nicht so.«

»Mach dir keine Sorgen deswegen, Süße«, sagte ich.

Sie bekam zwei Handvoll Silberdollars für den Zwanziger. Der dunkle Mann gab ihr Würfel. »Laß mal sehen«, sagte ich. Ich nahm die Würfel und ließ sie ein paarmal rollen und hielt sie dann gegen das Licht. Sie waren in Ordnung.

»Wir spielen hier ehrlich«, sagte der dunkle Mann.

»Danke, daß Sie mir das gesagt haben.«

Ginger hielt sich gut. Sie schaffte drei Punkte, bevor sie ausstieg. Ich gewann zehn Dollar, indem ich auf sie setzte, aber als ich selbst die Würfel nahm, warf ich Schlangenaugen, einen Zehner und eine Sieben in drei Würfen. Ich war ganz gelassen. Als Ginger wieder zu würfeln begann, kam die Party des Polizeichefs herein und begann ebenfalls zu spielen. Der dunkle Mann gab ihnen Silberdollars. Eine der Frauen nannte ihn Dave. Sie alle sahen Ginger und mich neugierig an. Die beiden Frauen hingen immer noch an dem dicken Mann. Er war betrunken, sein Gesicht hochrot, und er schien eine Menge Geld zu haben. Er gab es in Zwanzigern an die Frauen weiter, wobei es ihn nicht zu kümmern schien, wieviel sie verloren. Einmal sah ich, wie eine von ihnen, eine Dunkelhaarige um die Dreißig, einen der Scheine zwischen ihre Brüste steckte. Sie sah, daß ich sie beobachtete, und lächelte, und ich drehte mich wieder zu Ginger um. Sie war gerade die Würfel losgeworden. Der Polizeichef griff nach ihnen, aber ich war zuerst da.

»Ich bin dran«, sagte ich.

Er sah mich an, erkannte mich aber nicht. Er war zu betrunken.

3

Das Interesse am Würfeln wuchs. Ein anderes Paar kam dazu, dessen männliche Hälfte mit Vierteldollars um sich warf, dann, ein paar Minuten später, schlenderte ein übelgelaunt aussehender Bursche in einem blauen Zweireiher in den Raum. Er sah eine Weile zu und begann dann zu spielen, wobei er sich benahm, als ob ihm der Spielablauf nicht ganz klar wäre. Sein Gesicht war frisch rasiert und gepudert, aber seine Kiefer waren trotz der Rasur schwarzblau. Er sah wie ein Grieche aus. Ich nahm an, daß er für das Haus arbeitete, aber das war in Ordnung. Ginger war so scharf, daß es keine Rolle spielte, wer mitmischte.

Sie hatte die Würfel. Wenn sie sie schüttelte, schüttelte sich ihr Körper mit, und es war aufregend, zuzusehen, wie sie sich an den Tisch preßte, um die Augenzahl zu sehen. Der Tisch verdeckte sie von den Hüften abwärts. Sie würfelte lange Zeit und gewann schließlich. Das Geld ließ sie stehen und warf eine Sieben. Man konnte die Augen kaum sehen, weil die Luft so voller Rauch war. Sie ließ das ganze Geld stehen und warf eine Acht. Jetzt sah sie nicht mehr verdrossen aus. Sie lächelte mich an.

»Und gleich den nächsten Achter.«

Sie machte ihn auf die harte Tour: mit zwei Vieren. Der Grieche hatte gegen sie gewettet und murmelte zornig etwas. Ginger nahm fünfzig Dollar weg und ließ hundert stehen. Der Grieche setzte zwanzig gegen sie. Sie würfelte eine Sieben. Sie nahm hundert und ließ hundert stehen. Der Grieche murmelte wieder und nahm ihr die Würfel weg. Er holte andere aus seiner Tasche und warf sie auf den Tisch.

»Machen wir weiter«, sagte er.

Ich nahm seine Würfel und warf sie durch die Tür hinaus in den Speisesaal. Ich hörte, wie sie über die Tanzfläche rollten. Die Augen des Griechen wurden schmal, aber er bewegte sich nicht. »Hauswürfel«, sagte ich.

Der Mann hinter dem Tisch ließ sich Zeit. Er schob die Schachtel beiseite, aus der er die ersten Würfel genommen hatte, und nahm zwei aus einer anderen Schachtel. Ich nahm sie und warf sie den anderen hinterher.

»Aus der ersten Schachtel.«

Er nahm ein Paar aus der ersten Schachtel. Er sah eingeschüchtert aus. Er warf einen Blick auf den Griechen, aber der sagte nichts. Ich würfelte ein paarmal probeweise. Die Dinger waren in Ordnung. Ich gab sie Ginger.

Der Grieche starrte mich an. »Harter Bursche, wie?«

»Ja.«

Ginger warf die Würfel gegen die Rückwand. Elf Augen. Dann warf sie eine Zehn. Sie war wie eine tropische Hitzewelle. Jetzt mußte sie eine Neun bringen. Ich sah ihr zu. Ihr Körper bog sich jedesmal, wenn sie die Würfel warf. Sie schaffte die Neun, bekam dreihundert Dollar und gab die Würfel ab. Ich schätzte, daß sie sechs- oder siebenhundert Dollar vorne lag. Der Grieche nahm die Würfel. Ginger wettete mit ihm gegen das Haus. Das hatte keinen Sinn. Ich zeigte ihr ein Kopfschütteln, aber sie machte weiter. Sie setzte zwanzig Dollar und verlor. Sie hörte auf zu setzen. Nach einer Weile kamen die Würfel wieder zu ihr. Sie machte gerade ihre Ansage, Neun, als drei Männer in den Raum kamen. Sie schaute auf, während sie die Würfel schüttelte, und der Anblick ließ sie in der Bewegung erstarren. Sie stand da mit den Würfeln in der Hand.

»Hallo, Ginger«, sagte einer der Männer.

Er war nicht groß, aber seine Brust und die Schultern wirkten kraftvoll. Er hatte gemeine blaue Augen und hätte sich dringend rasieren sollen. Er hatte die längsten Arme, die ich je an etwas Zivilisierterem als einem Orang-Utan gesehen hatte. Seine Haare waren strohblond, und er hatte einen Klumpfuß.

»Hast mich nicht erwartet, stimmt's, Ginger?«

»Nein.«

Niemand bewegte sich rund um den Würfeltisch. Ich war froh, daß der Polizeichef da war, bis ich ihm ins Gesicht blickte. Der Blonde sah mich an und kam dann auf mich zugehinkt. Einer seiner Freunde hatte die Hand in der Tasche. Entweder sein Finger oder ein Pistolenlauf drückte in den Stoff. Der Mann sah hart aus. Ich nahm an, daß er vielleicht doch eine Pistole hatte.

»Vorsicht, Pug«, sagte der Mann hinter dem Tisch.

Pug blieb bei mir stehen. Sein Gesicht war in der Höhe meines Halses. Er knurrte: »Bist du der Kerl, der mit Ginger unterwegs ist?«

»Ja.«

»Weißt du, wessen Mädel sie ist?«

»Nein.«

»Und ob du's weißt.«

»Nein.«

»Nun, sie ist mein Mädel.«

»Das hat sie nicht erwähnt.«

Er lachte. Es war mehr ein Bellen als ein Lachen. Ich sah, daß einer seiner Vorderzähne abgebrochen war und sich dunkel verfärbt hatte. Der Mann trat einen Schritt näher, ich einen zurück. Ich wollte hier nichts anfangen, mit drei oder möglicherweise noch mehr harten Burschen gegen mich. Ich sah den Polizeichef an. Er fürchtete sich. Ginger schien angenehm erregt zu sein, so als ob sie das alles geplant hätte. Vielleicht hatte sie es. Vielleicht wollte sie Pug eifersüchtig machen.

»Weißt du, wer ich bin?« fragte Pug.

»Nein«, log ich.

»Ich bin Pug Banta.«

»Oh.«

Er kam näher.

»Tut mir leid. Ich wußte nicht, daß sie dein Mädchen ist, Pug.«

Er schlug mir ins Gesicht. Sein Arm bewegte sich so schnell, daß ich keine Zeit zum Ausweichen hatte. Meine Zähne schnitten in die Lippe. Ich konnte das Blut schmekken.

»Nächstes Mal wirst du es wissen, Fatty«, sagte Pug.

Ginger sah nun auch verängstigt aus. Der Grieche sagte zu mir: »Ich schätze, Sie sind gar nich so'n harter Typ.«

»Was hat er gemacht?« fragte Pug.

»Er denkt, hier wird unehrlich gespielt.«

»Wenn du unser Spiel nicht magst«, sagte Pug, »warum gehst du dann nicht heim?«

Ich redete mir gut zu, bloß nichts anzuzetteln. Ich wollte Pug umbringen. Ich konnte es nicht ausstehen, von jemandem geschlagen zu werden, nicht einmal von einer Frau. Ich wollte ihm und seinen Jungs mächtig eins verpassen. Ich konnte das Blut in meinem Mund spüren.

»Mir gefallen eure Spiele«, sagte ich. »Mit ehrlichen Würfeln.«

»Oberschlau, hm?« sagte Pug und schlug mich auf den Backenknochen. Es war ein guter Schlag. Ich krachte gegen einen der Einarmigen Banditen. Die Metallbeine knickten ein, und die Maschine stürzte zu Boden, wobei ihre Verglasung zersplitterte.

»Nicht so heftig«, sagte ich zu Pug.

Er schlug mich wieder. Die dunkelhaarige Frau, die mit dem Polizeichef Piper da war, begann zu schreien. Pug schlug mich auf die rechte Schläfe, mit beiden Händen. Ich saß da, den Rücken zur Wand. Ich fühlte, wie mir Blut aus dem Mund rann. Ich war etwas benommen. Er versuchte, mich zu treten, aber ich blockte seinen Fuß mit dem Arm ab. Die Dunkelhaarige rannte auf ihn zu.

»Hör auf, Pug«, schrie sie.

Er schlug mich nochmals. Die Frau riß an seinem Arm und versuchte, ihn wegzuziehen. Er riß sich los und schlug ihr auf die Nase. Das Geräusch klang, als lasse man eine reife Tomate auf einen Betonboden klatschen. Sie fiel auf den Rücken. Blut spritzte aus ihrer Nase. Der Polizeichef protestierte, obwohl man immer noch die Angst in seinen kleinen Augen sehen konnte.

»Halt deine verdammten Huren im Zaum«, knurrte ihn Pug an.

Der Polizeichef trat einen Schritt zurück. Das Blut war aus seinem Gesicht gewichen, so daß er jetzt die Farbe einer Steckrübe angenommen hatte. Der Grieche grinste und leckte sich die Lippen. Pug trat mich noch einmal, diesmal nicht mehr so hart. Es war eine Geste. Er drehte sich zu seinen beiden Leibwächtern um.

»Werft ihn hinaus.«

Sie hoben mich vom Boden auf. Niemand kümmerte sich um die Frau. Sie schluchzte, atmete stoßweise, Blut lief ihr übers Gesicht. Pug hatte ihr die Nase gebrochen. Die Leibwächter zerrten mich aus dem Raum. Ich warf einen Blick auf Ginger. Sie starrte mich an, als hätte sie mich nie zuvor in ihrem Leben gesehen. In ihrer Hand war das Geld, das sie mit meinem Zwanziger gewonnen hatte. Die Leibwächter schleiften mich durch den Speisesaal. Ich war immer noch ein bißchen benommen von den Schlägen. Auf der Veranda blieben sie stehen.

Der eine sagte: »Wenn wir dich nochmal erwischen, Fettsau, schneiden wir dir die Schwanzfedern ab.«

»Und nicht bloß das«, sagte der andere.

Sie warfen mich die Stufen hinunter. Ich konnte mich zwar im Fallen abrollen, aber der Kies schnitt mir in Hände und Gesicht. Ich stand auf und ging zum Parkplatz. Niemand hielt mich auf. Ich stieg in das Auto, fand einen Lumpen und wischte mir das Blut aus dem Gesicht. Mein Kiefer schmerzte, wenn ich ihn bewegte, aber ich verfluchte den Griechen und Piper und die Leibwächter. Dann verfluchte ich Pug. Ihn am längsten. Ich beschloß, ihn umzulegen, wenn ich den Job in Paulton erledigt hatte. Daraufhin wurde mir besser. Ich startete den Motor und fuhr weg. Lange Zeit konnte ich das Neonschild *Tony's* im Rückspiegel sehen.

4

Es wurde wieder richtig heiß an diesem Morgen. Ich trat das Leintuch weg, aber das nützte nichts. Es war einfach zu heiß zum Schlafen. Meine Uhr zeigte neun. Ich stand auf und sah mich im Spiegel an. Mein Gesicht sah nicht so schlimm aus. Auf dem Wangenbein hatte ich einen blauen Fleck, und die Lippe war geschwollen. Ich verfluchte Pug Banta erneut, aber ich hatte nicht vergessen, daß ich zuerst meine eigenen Angelegenheiten erledigen mußte. Meine eigenen und die Oke Johnsons. Jemand würde dafür büßen. Ich hoffte, es wäre Pug Banta. Das würde alles perfekt verbinden.

Ich dachte über Oke nach. Er war durch ein Geschoß aus einem Gewehr mit Schalldämpfer getötet worden. Das klang nicht nach einem Verbrechen aus Leidenschaft, wie die Zeitungen meinten. Was ich dem Polizeichef gesagt hatte, war richtig, daß nämlich Ehemänner keine Gewehre mit Schalldämpfern im Schrank aufbewahrten. Irgendein Kluger und Kaltblütiger hatte Oke getötet, und das konnte eigentlich nur mit unserem Fall zusammenhängen.

Ich rasierte mich, zog einen weißen Leinenanzug an, gab vier schmutzige Hemden in die Wäscherei und ging hinunter in den klimatisierten Frühstücksraum. Dort bestellte ich das Sechzig-Cent-Club-Sandwich mit Schinken, Eiern und Maisbrot. Die Kellnerin gab mir die *Paulton*

Morgenpost. Über Okes Tod stand nichts drin, was ich nicht schon gewußt hätte. Mein Name wurde am Ende der Geschichte erwähnt. Der Name Karl Craven, meine ich. Nach Aussage der Polizei war ich Okes Freund.

Die Geschichte gefiel mir nicht. Sie bedeutete, daß jemand möglicherweise auf mich einen Schuß aus diesem schallgedämpften Gewehr abgeben könnte. Vielleicht würden sie abwarten, um zu sehen, wieviel ich wirklich wußte. Ich würde mich mühsam durchschlagen müssen.

Ich fuhr eine Weile mit der Limousine vom Drive-It-Verleih in der Stadt umher. Feiner Dunst lag über allem, und die Luft war heiß und ruhig. Ich stieß auf einen Bullen und fragte ihn, wo es zum Weinberg ginge. Er sagte es mir. Ich fuhr an der Schule (aus roten Ziegeln) vorüber und folgte dann den Straßenbahnschienen. Ziemlich bald sah ich die Weingärten. Sie zogen sich über die flachen Hügel hin, unterbrochen von Blumenwiesen, Gemüsegärten und Bäumen, und verschwanden hinter den Rücken von ein paar Meilen entfernten anderen Hügeln. Grüne Trauben hingen an den Ranken. Die Straße verlief zwischen niedrigen Ziegelmauern, aber vom Auto aus konnte ich Leute in den Gemüsegärten arbeiten sehen. Es waren hauptsächlich Frauen in leuchtend farbigen Kleidern, die aussahen wie rumänische oder ungarische Trachten. Manche der Frauen trugen rote Kopftücher.

Ich kam zu einem großen Tor mit einem Metallschild: DER WEINBERG. Links oben sah ich die Gebäude. Die Torflügel waren offen, ich fuhr hinein. Es gab zwei große, fünfstöckige Gebäude, zwei kleinere, alle aus Ziegeln erbaut, und einen großen Marmortempel. Hier war Salomon mit allem Pomp aufgebahrt. Ich hatte darüber im *American Weekly* gelesen. Sie hatten ihn wie Lenin einbalsamiert und in einen Glassarg gelegt, wo die Leute ihn betrachten konnten. Sie warteten auf den Tag des Gerichts, wenn Salomon herausspringen und sein Volk in einem flammenden Katafalk zum Himmel führen würde. So stand es in der Reportage, ein flammender Katafalk, aber ich habe nie herausgefunden, was zum Teufel das eigentlich sein sollte.

Ich fuhr am Tempel vorbei und parkte vor einem der kleineren Gebäude. Da standen noch ein paar andere Wagen. Ich stieg aus und wollte in das Gebäude. Ein großer Bursche in weißem Hemd und schwarzer Hose stoppte mich. Er trug Stiefel über den Hosenbeinen.

»Touristen haben nur sonntags Zutritt, Bruder«, sagte er.

»Ich bin kein Tourist.«

»Was wollen Sie dann?«

Er sah verdammt unfreundlich aus. Sein Haar war sehr kurz geschnitten, fast wie rasiert, und das ließ seine buschigen Augenbrauen um so merkwürdiger aussehen. Seine tiefliegenden Augen wirkten, als habe er Mascara aufgetragen.

»Ich möchte Penelope Grayson sehen.«

Während er mir zuvor nicht allzuviel Beachtung geschenkt hatte, bohrten sich jetzt seine Augen unter den buschigen Augenbrauen in die meinen.

»Weshalb, Bruder?«

»Das kannst du sie selbst fragen, Bruder, nachdem ich mit ihr gesprochen habe.«

»Sind Sie ein Verwandter?«

»Nein.«

»Sie können sie nicht besuchen.«

»Wenn das nicht geht, komme ich mit einem Gerichtsbefehl zurück.«

Seine Miene änderte sich nicht.

»Und wenn das nicht klappt, hole ich mir eine einstweilige Verfügung, indem ich dem Weinberg Entführung vorwerfe.«

Er mochte mich nicht. Er hätte mir gerne eins verpaßt. Vielleicht konnte er sich diesen Wunsch nicht erfüllen, weil er ein Mitglied des Weinbergs war. Er ging in das Gebäude hinein. Ich schaute mich um. Ich sah ein paar andere Männer in weißen Hemden und schwarzen Hosen, die zwischen den Gebäuden herumliefen. In dieser Kleidung wirkten sie russisch. Frauen sah ich nirgends.

Er kam heraus und winkte mir mit dem Finger zu. Wir gingen einen Ziegelweg entlang zu einem der fünfstöckigen Gebäude. Hinter den Bauten sah ich in einem Tal Scheunen und Silos. Auf einem Feld pflügte eine Frau mit zwei grauen Pferden. Es war komisch, eine Frau beim Pflügen zu sehen. Wir gingen die Vordertreppe des Gebäudes hinauf und kamen in ein großes Zimmer voll altmodischem Mobiliar. Eine Frau um die Fünfunddreißig mit ahornsirupfarbenen Augen kam in den Raum. Sie hatte ein weiches, weißes Gesicht. Sie trug eine weiße Bluse und einen roten Rock.

»Tochter Penelope«, sagte der Mann.

Ich glaubte, Interesse im Gesicht der Frau zu erkennen, aber als sie sich mir zuwandte, zeigte sie keinerlei Ausdruck.

»Ihr Name?«

»Karl Craven.«

»Ich werde sie fragen.«

»Ich komme von ihrem Onkel«, sagte ich.

Ich sah, wie die Ahornsirupaugen nochmals aufleuchteten. Sie ging hinaus. Ich setzte mich auf eine Couch und steckte mir eine Zigarette an. Der Mann berührte meine Schulter.

»Es ist hier nicht gestattet zu rauchen, Bruder.«

Ich machte die Zigarette aus. Den Stummel wollte ich schon in den Abfallkorb werfen, aber dann überlegte ich es mir und steckte ihn in die Tasche. Der Mann stand da und blickte auf mich herunter, das Gesicht kalt und unfreundlich. Ich fühlte mich nicht gerade wohl.

»Heißes Wetter haben wir«, sagte ich.

Er gab keine Anwort, sondern starrte nur weiter. Ich versuchte nicht, weitere Konversation zu machen. Ich saß da und fragte mich, was ich tun sollte, wenn Tochter Penelope mich nicht sehen wollte. Das war eine komische Art, jemanden zu benennen. Ich fragte mich, ob alle Frauen im Weinberg »Tochter« genannt wurden. Die Frau kam zurück und sagte über ihre Schulter: »Das ist er, Tochter.«

Penelope Grayson war schlank und blond und fast eine Schönheit. Sie war weiß gekleidet. Sie hätte schön sein können, war es aber nicht. Etwas war komisch an ihrem Gesicht. Es war wie das Gesicht von einem Blinden. Was ich damit meine, ist, daß sie mich aus grauen Augen anblickte, die mich nicht wirklich sahen. Der Mann und die andere Frau beobachteten mich.

»Ich bin Karl Craven«, sagte ich. »Ihr Onkel bat mich, mit Ihnen zu sprechen.«

»Das hat keinen Zweck«, sagte sie langsam.

Die Frau ging, der Mann blieb. Ich wandte mich an ihn. »Wir brauchen Sie hier nicht.«

»Ich werde bleiben.«

»Wollen Sie, daß er bleibt, Miss Grayson?«

»Ja, bitte.«

Sie sprach, als sei sie in Trance oder hätte Rauschgift genommen oder träumte. Sie sah mich zwar beständig an, aber sie schien mich nicht wirklich zu sehen. Sie würde mich nicht wiedererkennen. Ihr Gesicht sah seltsam aus, als hätte sie es nicht unter Kontrolle. Der Mann warf mir einen selbstgefälligen Blick zu.

»Ihr Onkel möchte, daß Sie nach Hause kommen«, sagte ich.

»Ich gehöre hierher.«

»Er ist sehr besorgt um Sie.«

Sie stand da, ihre stumpfen Augen auf mich gerichtet. Ihre Haut war sehr bleich. »Sie müssen ihm sagen, daß ich hier glücklich bin.«

Sie sah alles andere als glücklich aus. Ich verstand das alles nicht. »Er ist einsam«, sagte ich, »Sie sind seine einzige Verwandte.«

»Nicht mehr«, erwiderte sie. »Ich bin eine Tochter Salomons. Ich habe alle meine weltlichen Beziehungen abgebrochen.«

Mir wurde allmählich unheimlich zumute. Es war, als spräche man mit einem Medium. Die Stimme kam aus ihrem Mund, tief und weich, aber sie schien nicht wirklich etwas mit ihr zu tun zu haben. Es war, als wüßte sie nicht, was sie sagte. Ich fragte mich, ob sie hypnotisiert sein könnte.

»Wollen Sie durch mich Ihrem Onkel etwas ausrichten lassen?« frage ich.

»Ich habe nichts mitzuteilen.«

»Werden Sie ihn empfangen, wenn er herkommt?«

»Bitte sagen Sie ihm, daß ich hier glücklich bin.«

»Könnten Sie nicht auch anderswo glücklich sein?« fragte ich. »Wo sich Ihr Onkel keine Sorgen machen würde?«

Der Mann berührte meinen Arm. »Tochter Penelope hat jetzt genug gesagt.«

»Bitte«, sagte sie, »ich muß jetzt gehen.«

»Sie halten sie von ihren Pflichten ab«, sagte der Mann.

Sie wandte sich zum Gehen. Ich stellte mich vor sie hin. »Warten Sie«, sagte ich. »Wissen Sie nicht, daß Sie sich hier in Gefahr befinden?«

»Ich bin hier glücklich.«

»Sie wird jetzt gehen«, sagte der Mann.

Sein Gesichtsausdruck war hart. Er nahm ihren Ellbogen und wollte sie um mich herumführen. Seine Augen waren schwarz wie reife Oliven. Ich verpaßte ihm mit der Rechten einen Kinnhaken. Er fiel auf den braunen Teppich, kam auf einem Ellbogen wieder hoch. Er war benommen, aber nicht bewußtlos. Ich nahm meinen Revolver und schlug ihm mit dem Lauf über den Kopf, daß die Haut aufplatzte. Das legte ihn flach. Ich steckte den Revolver ins Halfter zurück. Penelope Grayson sah mich mit aufgerissenen Augen an. Sie wirkte, als stände sie unter Rauschgift.

»Warum haben Sie das getan?«

»Ich wollte mit Ihnen allein sprechen«, sagte ich. »Sie haben hier eine Menge Probleme.«

Sie hörte und sah mich jetzt. Ich hatte durchbrochen, was auch immer es war, das sich um ihren Geist gelegt hatte. Sie war immer noch abwesend und unnatürlich, aber ein Teil von ihr hörte mir jetzt zu.

»Ich bin nicht in Gefahr«, sagte sie.

»Ich muß schnell sprechen, also passen Sie auf. Ich bin Privatdetektiv. Ich habe einen Partner, Oke Johnson.«

Ich sah ihr in die Augen, aber der Name bedeutete ihr offensichtlich nichts. Ich machte es einfach, als spräche ich zu einem Kind.

»Er kam vor drei Wochen nach Paulton. Auf die Bitte Ihres Onkels hin.«

»Ein kleiner dicker Mann?«

»Ja. Er versuchte Sie zu überzeugen, daß Sie gehen sollten.«

»Er versuchte es, aber ich bin hier glücklich.«

Ich hörte draußen Stimmen. Mehrere Frauen kamen auf das Haus zu. Ich packte den Mann an den Schultern und zerrte ihn hinter eines der Sofas. Seine Füße standen vor, so daß ich seine Beine abbog. Auf dem Teppich sah man Blutspuren, also stellte ich einen Stuhl darüber. Das Mädchen sah mir geistesabwesend zu.

»Gestern wurde Oke Johnson umgebracht«, sagte ich. »Jemand hat ihn erschossen. Verstehen Sie mich? Ihn ermordet. Es steht in den Zeitungen, falls Sie mir nicht glauben. Jemand hatte Angst vor dem, was er in bezug auf Sie tun wollte.«

Schritte machten auf der Treppe Lärm. Die Augen des Mädchens hafteten an mir. Ich starrte zurück. Ich wollte, daß sie mir glaubte. »Haben Sie verstanden, was ich Ihnen gesagt habe?« fragte ich.

Jemand trat hinter mir ins Zimmer. Das Mädchen sagte: »Ja, ich habe verstanden.« Ich drehte mich um.

Es war die Frau, die ich am Bahnhof gesehen hatte. Die Frau mit den Kurven. Sie stand in der Tür und starrte mich an. Sie trug auch ein russisch aussehendes Kostüm, aber ihres war scharlachrot, sowohl Bluse als auch Rock. Neben den anderen, die ich bisher gesehen habe, sah es aus, als sei es aus Hattie Carnegies Schaufenster. Sie war schön. Sie war überrascht, mich zu sehen, aber sie lächelte, als sei es eine angenehme Überraschung.

»Ich werde jetzt gehen«, sagte Penelope Grayson.

Sie schwebte aus dem Zimmer. Ich sagte »Hallo« zu der Prinzessin.

Sie lächelte wieder und erwiderte »Hallo«.

Ich ging an ihr vorbei zur Tür, wobei ich ihr Parfüm roch. Ich mußte an schwarze Spitzenunterwäsche denken. Ich wollte eigentlich bleiben und reden, aber ich mußte hinaus, bevor mein Sportsfreund hinter dem Sofa zu stöhnen begann. Die Prinzessin hatte blaue Augen. Ihre Brüste preßten sich gegen die rote Seide. Ich lächelte sie an und stieg die Vordertreppe hinunter.

Draußen war es ruhig und heiß. Die Sonne stand hoch am wolkenlosen Himmel. Rasensprenger arbeiteten über Beeten voll gelber Blumen. Ich ging nicht allzuschnell zum Chevy, wobei ich an mehreren Männern in weißen Hemden vorüberkam, die mir keine Beachtung schenkten. Ich fragte mich, was geschehen würde, wenn sie mich kriegten, bevor ich vom Grundstück herunter war. Ein Haufen religiöser Narren wie die hier war zu allem fähig. Ich stieg ins Auto und fuhr vorsichtig den Kiesweg entlang. Als ich die Straßenbahnschienen vor dem großen Tor endlich erreicht hatte, war ich allein vom Gedanken, doch noch erwischt zu werden, völlig durchgeschwitzt, Bruder.

5

Ich ging in mein Zimmer im Arkady und zog meine Kleider aus. Ich legte mich in Unterhosen aufs Bett und goß mir ein Glas Bourbon ein. Ich trank ihn langsam und ließ ihn liebevoll meine ganze Kehle bestreichen. Ich fragte mich, ob es ein Fehler gewesen war, dem Mädchen von Okes Tod zu erzählen. Ich glaubte es nicht. Ich mußte sie schockieren, sie zum Denken bringen. Es war klar, daß die Leute vom Weinberg sie nicht gehen lassen wollten. Sie versuchten ihr Bestes, sie davon abzuhalten. Ich wußte nicht, ob sie es mit Drogen machten oder mit Hypnose oder anderswie, aber irgendwie taten sie es. Das war die Art, wie solche Einrichtungen funktionierten. Ihr Onkel hatte gesagt, sie sei emotional unausgeglichen. Das waren die Leute, die sie am liebsten hatten, insbesondere, wenn sie einen Haufen Geld besaßen.

Ich entschied, daß ich das Richtige getan hatte, selbst wenn es bedeutete, daß ich es auf die harte Tour versuchen mußte. Jetzt war ich auf offenem Feld. Kroch nicht irgendwo im Schatten herum, wie es Oke Johnsons Art gewesen war. Ich nahm einen weiteren Drink und rief unten an, um den Schwarzen kommen zu lassen. Ich war mittlerweile fast froh, das Spiel auf meine Art begonnen zu haben.

Es lief alles auf das hinaus, was ich einmal über das

Detektivgeschäft rausgekriegt hatte. Es gab zwei Wege, vorwärtszukommen: im Untergrund oder auf offenem Feld. Ich habe nie herausgefunden, welcher der beste ist. Im Untergrund hat man das Überraschungsmoment auf seiner Seite, aber es war schwieriger, sich zu bewegen. Auf offenem Feld konnte man überall hingehen, mit jedermann etwas versuchen, aber jeder konnte seinerseits auch jederzeit zuschlagen. Man mußte hart sein, um es auf diese Weise bringen zu können. Nun, ich war hart genug.

Als der Schwarze kam, sagte ich ihm, daß er eine Botschaft für mich übermitteln sollte.

»Ja, Sir«, erwiderte er.

»An diese Puppe, Ginger.«

Er sah mich ängstlich an.

»Frag sie, ob sie mit mir zu Abend essen will. Ich werde um sieben in der Bar sein.«

Dem Schwarzen traten die Augen aus dem Kopf. »Mister«, fing er an.

Ich gab ihm fünf Dollar. Er verschluckte, was er sagen wollte, und ging. Ich schaute ins Telefonbuch. Da gab es einen Thomas McGee, Anwalt, in der Main Street 980. Die Telefonnummer lautete White 2368. Der Angestellte, der wie eine Elfe aussah, war am Apparat, ich gab ihm die Nummer.

»Ich kenne diese Nummer«, kicherte er, »McGee, der Anwalt.«

»Jesus«, sagte ich, »und ich dachte, es sei das Leichenschauhaus.«

Eine Frau meldete sich. Ich sagte, mein Name sei Karl

Craven. Ich würde gern McGee nach dem Mittagessen sprechen.

»Ich werde sehen, ob Mr. McGee einen Termin frei hat«, sagte sie, und dann, nach einer Weile: »Mr. McGee wird Sie um halb zwei empfangen, Mr. Craven.«

Das war in einer Stunde. Ich trank einen Bourbon, zog meinen grünen Gabardineanzug an und ging hinunter ins Restaurant. Das Mittagessen bestand aus Schweinskotelett mit Kartoffelbrei. Ich war beinahe fertig damit, als ein junger Tunichtgut mit schmalem, blassem Gesicht sich auf den Sessel neben mir setzte. Er bestellte ein Schinkensandwich und eine Tasse Kaffee. Er sah mich rasch an, aber als ich zu ihm rüberschaute, drehte er sich weg. Ich fragte mich, ob er auf mich angesetzt war. Ich würde es sehen, sobald ich hinausging.

Als ich mit dem Essen fertig war, gab ich dem Mädchen ein Trinkgeld. Der Junge lehnte sich zu mir herüber.

»Eine Lady möchte Sie sehen«, sagte er.

»Hä?«

Er blickte ängstlich. »Heute nachmittag. Sie ist in Green 569. Carmel Todd.«

»Ich kenne keine Carmel Todd«, sagte ich.

Er glitt vom Stuhl, legte ein Fünfzig-Cent-Stück auf die Theke und ging hinaus, ohne mich anzusehen. Er hatte sein Sandwich nicht gegessen. Hol's der Teufel, dachte ich mir. Ich ging auf die Straße hinaus, aber er war schon weg. Ich ging zurück, zahlte meine Rechnung, nahm ein Taxi und fuhr zu McGees Büro. Es lag im fünften Stock eines Ziegelbaus. Ein Mädchen saß hinter dem Schreibtisch im Empfangszimmer. Sie hatte feuchtglänzende Lippen und wässerige braune Augen. Ich nannte ihr meinen Namen. Sie lächelte mich einfältig an und ging in das hintere Büro.

Nach dem Aussehen des Empfangsraumes zu schließen, ging es McGee nicht so besonders gut. Das Mobiliar bestand aus drei Korbstühlen und einem dazu passenden Tisch, auf dem zerschlissene Ausgaben des *Rotarian* lagen. An der Eingangstür stand der Schreibtisch des Mädchens mit Telefon und Schreibmaschine. An der braunen Wand hing ein einziges Bild: ein Segelschiff auf einem sehr blauen Ozean. Auf dem Boden lag ein Schilfteppich. Ich setzte mich in einen der Stühle und blätterte in der Januar-Ausgabe des *Rotarian*. Nach einer Weile kam das Mädchen zurück und sagte, Mr. McGee wolle mich sehen.

Das hintere Büro war ziemlich dunkel. Schwere Vorhänge hielten das Licht ab. Ich konnte gerade McGee hinter seinem Schreibtisch stehen sehen. Er war ein großer Mann mit hängenden Schultern, die Augen tief hineingesetzt in kleine Fleischdreiecke. Mit seinem schäbigen schwarzen Anzug sah er aus wie ein Priester. Er schüttelte mir ausgiebig die Hand.

»Bitte, setzen Sie sich, Mr. Cah–«, sagte er.

»Craven«, erwiderte ich, »Karl Craven.«

»Ja, natürlich, Craven.« Er ließ sich hinter seinen Schreibtisch zurücksinken und begann, mit seinen Händen eine Bewegung zu machen, als wasche er sie. »Was kann ich für Sie tun, Mr. Craven?«

»Mr. Grayson schickt mich.«

»Ah, Mr. Grayson!« Seine Augen glühten. »Was möchte er?«

Er wußte verdammt gut, was Mr. Grayson wollte, aber

er würde es nicht zugeben. Ich mochte seine gerissene Art. Möglicherweise würde ich seine Hilfe brauchen.

»Ich sollte versuchen, Miss Grayson davon zu überzeugen« – ich ließ dieses Wort auf der Zunge zergehen –, »daß sie den Weinberg verlassen müsse.«

Er nahm eine Schachtel Zigaretten und Streichhölzer aus der Schreibtischschublade. Er gab mir eine Zigarette. »Ich selbst rauche nicht«, sagte er. Die Zigarette war von der Zehn-Cent-eine-Schachtel-Sorte. Ich zündete sie an und warf das Streichholz in seinen Abfallkorb. Ich zog tief den Rauch ein und blies ihn durch die Nase aus.

»Ich fürchte«, sagte er, »Miss Grayson wird davon schwer zu überzeugen sein.«

»Das habe ich schon herausgefunden«, sagte ich.

»Sie haben sie gesehen?«

»Heute morgen.«

Seine Augen wurden schmal. »Sie hat Ihnen gesagt, daß sie sehr glücklich sei.«

Ich nickte. Er lachte. Es war ein komisches Lachen, eine Art schrilles Kichern. Es war jedenfalls nicht das, was man von einem Mann erwartete, der wie ein Priester aussah.

»Wie Sie sehen können, Mr. Craven«, sagte er, »habe ich auch schon mit Miss Grayson gesprochen.«

Er kicherte nicht mehr. Wenn man in die Augen einer Klapperschlange blickt, sieht man dieselben Dreiecke. Er dachte nach. Die kleinen Augen leuchteten vor Konzentration. Er sah mich einen Moment lang an.

»Was sind Sie?« fragte er plötzlich.

»Ein privater Ermittler.«

»Was für eine Firma?«

»Meine eigene.« Ich grinste ihn an. »Glauben Sie, eine respektable Firma übernimmt einen Auftrag wie diesen?«

Er neigte sich über die Tischplatte. »Dann werden Sie sie also entführen, nicht wahr?«

»Ich mag das Klima in Leavenworth nicht.«

»Gut so.« Er sank in den Stuhl zurück und machte wieder die Waschbewegungen mit den Händen. »Gut so. Was schlagen Sie dann vor?«

»Wenn ich das wüßte«, sagte ich, »dann wäre ich nicht hier.«

»Klar, Mr. Craven«, kicherte er. Es war wirklich merkwürdig, ihm zuzuhören.

»Sie wissen, wie dringend Mr. Grayson sie draußen haben will. Sie haben für ihn gearbeitet.«

Er nickte. »Unglücklicherweise verweigert das örtliche Gericht eine Verfügung gegen den Weinberg.«

»Das ist der Grund, warum er mich hergeschickt hat.«

»Mr. Grayson ist ein sehr entschlossener Mann.«

»Und ein sehr reicher Mann.«

Er rieb die Hände aneinander. Ich spürte, daß wir uns verstanden, aber um die Sache festzunageln, sagte ich: »Natürlich werden Sie für die Arbeit bezahlt, die Sie tun sollen.«

»Ich habe schon eine kleine Gebühr erhalten.«

»Fünftausend«, sagte ich, »nicht so klein.«

»Nur eine Redewendung.«

»Aber auch wieder nicht so viel, verglichen mit dem, was er noch zahlen könnte.«

»Wenn wir sie herausbekommen, Mr. Craven.«

Wir besprachen es. Er gab sich ein bißchen offener und

sagte mir, daß er den Weinberg haßte. Was ich nicht wußte, als ich ihm Vorwürfe machte: so, wie er darüber sprach, mußte es ein ziemlich höllischer Ort sein. Er sagte, er versuche seit zwanzig Jahren, ihn zu schließen, aber jedesmal, wenn er Salomon und die Brüder vor Gericht gebracht hatte, gewannen sie den Prozeß. Während seiner Zeit als Distriktsstaatsanwalt 1929 lautete die Anklage: Schwarzbrennerei. Er wußte, daß der Weinberg den ganzen Bezirk mit Wein belieferte, dessen Alkoholgehalt künstlich erhöht worden war, aber die Verteidigung bewies, daß er verändert worden war, nachdem er den Weinberg verlassen hatte. Später schaffte er es, einige Brüder nach dem Rauschmittelgesetz vor Gericht zu kriegen, aber das konfiszierte Rauschgift verschwand aus dem Büro des Polizeichefs.

»Am nächsten kam ich der Sache«, sagte er, die kleinen Augen ärgerlich aus den Fleischdreiecken blitzend, »mit einer Anklage auf Verletzung des *Mann Acts*.«

Er hatte bewiesen, daß der Weinberg zwei Mädchen ihre Zugkarten von Kalifornien hierher bezahlt hatte. Er hatte die Mädchen dazu gebracht, daß sie zugaben, von den Brüdern bei ihren Zeremonien sexuell mißbraucht worden zu sein. Aber als der Fall vor Gericht kam, stritten die beiden Mädchen alles ab. Das war zwei Jahre her. Seither war das einzige, was er noch versucht hatte, diese richterliche Verfügung für Grayson.

»Scheint ein toller Platz zum Leben zu sein«, sagte ich, »Schnaps und Dope und Unzucht.«

McGee ignorierte das. Er sagte: »Als Salomon starb, dachte ich, ich würde sie kriegen. Ich glaubte, er sei der Drahtzieher. Aber sie sind immer noch zu schlau.«

»Wie lange ist Salomon schon tot?«

»Fünf Jahre.« McGees Blick huschte von mir zum Fenster. »Am Sonntag sind's fünf Jahre.« Seine Augen kamen wieder zu mir zurück, dann schwenkten sie auf den Abfallkorb. »Am Sonntag wird seine Leiche zu sehen sein.«

»Fünf Jahre, und die schauen ihn immer noch an?«

»Es ist sehenswert, wenn einem der Geruch nichts ausmacht.«

Ich stellte noch ein paar weitere Fragen über den Weinberg. Die Kolonie war 1868 vom ersten Salomon gegründet worden, einem Schreiner aus Ithaca, New York, der eines Sonntagnachmittags eine Erscheinung hatte. Er überzeugte seine Familie und ein paar von seinen Nachbarn, daß Gott wollte, daß sie in ein neues Land zögen. Sie ließen sich schließlich in Paulton nieder, das damals ein Städtchen im Bergland war, und zogen Trauben, die sie von New York mitgebracht hatten. Die Siedlung hieß von Anfang an Salomons Weinberg.

McGee sagte, daß die Männer in dem einen Gebäude wohnten, die Frauen in dem anderen. Aller Besitz gehörte der Kolonie. Die Kinder wurden in einem dritten Gebäude gehalten. Die Brüder hatten wirtschaftlichen Erfolg mit dem Verkauf von Gemüse, Milchprodukten und Wein. Vom ganzen Land kamen Leute, um ihnen beizutreten, und die übergaben ihre persönlichen Besitztümer dem Weinberg, wenn sie die Gelübde ablegten.

»Kein übles Syndikat«, sagte ich.

Der echte Salomon starb 1889, nachdem er einen fünf Jahre alten Knaben als seinen Nachfolger erwählt hatte, erzählte McGee. Als der Junge sechzehn war, wurde er das

Oberhaupt der Gemeinde. Er wurde ebenfalls Salomon genannt, weil man annahm, daß er vom Geist des alten Salomon beseelt worden war. Unter diesem Salomon wurde die Kolonie reich und groß. Er war derjenige, der vor fünf Jahren gestorben ist.

»Warum haben Sie nicht einen dritten Salomon erwählt?« fragte ich.

McGee wußte es nicht genau. Möglicherweise, weil Salomon seine Wiederkehr angekündigt hatte.

»Der Tag des Gerichts?«

»Ich glaube schon«, sagte McGee, »aber ich bin mir nicht sicher, Mr. Craven. Es ist etwas, über das diese Leute nicht sprechen.«

»Wie paßt die Prinzessin in das Ganze hinein?«

McGees Blick fuhr vom Boden zu mir hoch. »Was wissen Sie über sie?«

»Sie war mit mir im Zug.«

McGee sagte: »Salomon reiste gelegentlich inkognito. Und eines Tages kam er mit ihr zurück. Er setzte sie den Frauen vor und nannte sie Prinzessin. Ich weiß nicht, wo er sie gefunden hat.«

»Nun, die ist kein Pappenstiel«, sagte ich.

Wir sprachen lange darüber, wie wir das Grayson-Mädhen herausholen könnten, aber keiner hatte eine gute Idee. Ich schätzte, daß es keinen Sinn hatte, nochmals vor Gericht zu gehen, und Kidnapping kam nicht in Frage. Ich fragte McGee, ob wir ihr nicht demonstrieren könnten, daß die Kolonie ein einziger Schwindel ist. Das würde dazu führen, daß sie weg wollte, und dann wäre alles in Butter.

»Ja«, stimmte McGee zu, »aber wo finden wir etwas, das wir ihr zeigen könnten?«

»Wie ist es mit diesen beiden kalifornischen Häschen?«

»Die sind tot.«

»Zum Teufel noch mal!«

McGee streichelte seine Hände. »Ein höchst merkwürdiger Zufall, Mr. Craven. Die eine starb bald, nachdem der Fall im Sand verlaufen war. Und einen Monat später verschied die andere, als sie im Krankenhaus des Weinbergs einem Kind das Leben schenkte.«

»Die machen da draußen doch keine faulen Tricks, oder?« fragte ich.

McGee drehte seine Handflächen nach oben und zuckte die Achseln.

»Gibt es denn niemanden, der reden würde?« fragte ich.

»Geben Sie mir einen Tag Zeit«, sagte McGee, »ich werde darüber nachdenken.«

6

Auf der Straße stach mir das Sonnenlicht schmerzhaft in die Augen. Die Luft war, als würde sie aus einer Trockenhaube in einem Frisiersalon geblasen. Ich nahm ein Taxi und sagte dem Fahrer, er solle mich zu Green Street 569 bringen. Carmel Todd. Ich fragte mich, was sie von mir wollte.

Es war ein großes, zweistöckiges Ziegelgebäude zwischen Ulmen auf einem Grundstück, das einen halben Morgen groß sein mußte. Ich ging zur Veranda und drückte auf den Klingelknopf. Ich konnte das Läuten hinten im Haus hören. Über der Tür befand sich ein seltsames achtteiliges Fenster, bei dem jede Scheibe aus anders gefärbtem Glas war. Es sah aus wie das Bild einer vergrößerten Schneeflocke, das ich mal gesehen hatte. Eine adrette schwarze Hausangestellte öffnete die Tür einen Spalt weit.

»Carmel Todd.«

»Carmel fühlt sich heute nicht gut.«

»Sie bat mich zu kommen.«

»Oh.« Die Tür öffnete sich etwas weiter. »Dann muß sie sich besser fühlen.«

»Ja, muß wohl sein.«

Das Mädchen trat einen Schritt in den Gang zurück. Sie trug ein schwarzes Seidenkleid mit weißen Manschetten und weißem Kragen. Ihre Haut war staubfarben; sie hatte Rouge auf den Wangen.

»Sie kennen ihr Zimmer, Mister?«

»Ich hab's vergessen.«

»Hinauf und das letzte am Gangende links.«

Am Ende des Ganges war eine Treppe aus Eichenholz. Ich warf einen Blick in das Wohnzimmer, als ich vorbeiging. Ich sah einen Orientteppich auf dem Boden, eine Kombination von Radio und Plattenspieler, teuer aussehende Möbel und ein paar Lampen mit Troddeln. Ich ging die Treppe hinauf, einen Gang entlang und klopfte an der letzten Tür links an.

»Wer ist da?«

»Carmel Todd?« fragte ich.

»Einen Moment bitte.«

Eine Blondine in einem grünen Kimono öffnete die Tür. Ihre Haare waren mittels Wasserstoffsuperoxyd sägemehlfarben geworden, das Gesicht war voll Rouge, Lippenstift und Mascara. »Wiedersehn, Liebes«, sagte sie über ihre Schulter.

Die Blonde roch, als ob sie ein Bad in Parfüm genommen hätte. Ich meine, sie stank. Ich ging in das Schlafzimmer. Eine Frau lag auf einem Doppelbett unter einem Laken. Sie hatte schwarze Haare, schwarze Augen und einen Verband über einem Teil ihres Gesichts. Ein Medizinfläschchen stand auf einem Tisch neben dem Bett.

»Ich fragte mich, ob du kommen würdest.«

»Ja?«

»Du erinnerst dich doch an mich, oder?«

»Nicht mit diesem Verband.«

»Ich bin diejenige, die Pug verprügelt hat. Dafür, daß ich versucht habe, dir zu helfen.«

Ich erinnerte mich. Die Frau mit der gebrochenen Nase. Die mit dem Polizeichef Piper. Ich dachte, sie wolle mich vielleicht anpumpen. Nun, sie hatte sich etwas verdient. Ich zog meine Brieftasche.

»Ich will kein Geld.«

Ich steckte die Brieftasche wieder weg.

Sie sagte: »Was wirst du unternehmen wegen der Sache letzte Nacht?«

»Was sollte ich tun?«

»Diesen Hurensohn umbringen.«

»Und auf dem Stuhl landen?«

»Du bist zu gerissen, um auf den Stuhl zu kommen.«

»Vielleicht«, sagte ich, »aber, Lady, ich hab mich neulich von der Idee, Leute umzubringen, verabschiedet.«

Sie lag auf dem Kissen und sah mich an. Ihre Haut war totenblaß und ließ ihre schwarzen Augen besonders groß aussehen. Sie war nicht jung, sah aber immer noch gut aus. Ihre Schultern waren rund und fest. Soweit ich das beurteilen konnte, war sie unter dem Laken nackt. Ich setzte mich in einen Schaukelstuhl. Er ächzte unter meinem Gewicht.

»Aber du willst ihn doch kriegen, oder?« fragte sie.

»Ich hätte nichts dagegen.«

»Ich auch nicht.«

»Er ist ganz schön hart, wenn ein Mädchen ihn angreifen will.«

»Er hat mir einen Zahn ausgeschlagen.«

Wie sie es sagte, klang es wie ein guter Grund, einen

Mann auszupusten. Vielleicht war es das auch. Mädchen behalten ihre Zähne gerne.

»Wie, stellst du dir vor, kann man ihn kriegen?«

»Schau«, sagte sie und setzte sich im Bett auf, wobei sie beinahe das Leintuch vergaß. »Ich weiß nichts über dich, aber ich mag dein Auftreten. Spielst du mit, wenn ich eine gute Idee habe?«

»Erzähl«, sagte ich.

Sie tat es. Sie war einmal Pugs Freundin gewesen, und jetzt war sie die von Polizeichef Piper. Sie wußte also, wovon sie sprach. Pug, sagte sie, kam vor ungefähr vier Jahren von St. Louis nach Paulton. Binnen weniger Monate war er der lokale Al Capone, was allerdings keinen großen Kampf erforderte. Es gab sonst keinen harten Typen in Paulton. Und als Al Capone verlangte und bekam er ein fifty-fifty-Geschäft mit dem Weinberg.

»Fifty-fifty wovon?« fragte ich.

»Von allem. Alkohol, Drogen, Spiel und Frauen.«

»Verdammt!«

»Weißt du nicht, daß der Weinberg in diesem Bezirk wieder im Geschäft ist?«

Ich schüttelte den Kopf. Ich fragte mich, warum McGee mir das nicht erzählt hatte. Vielleicht war es nicht wahr. Nein, ich glaubte Carmel. Sie sagte die Wahrheit.

»Pug ist nur die Fassade für den Weinberg«, fuhr sie fort. »Er hat viel Macht, aber der Weinberg steht hinter allem.«

»Und wer ist dort der Chef?«

»Pug kriegt seine Befehle von der Prinzessin, aber sie kriegt sie von jemandem über sich.«

Sie wußte nicht, wer das war. Aber wie sie sagte, wußte sie, daß der Polizeichef Piper ein Mann des Weinbergs war. Er bekam tausend Dollar pro Monat, um den Dingen ihren Lauf zu lassen. Er fürchtete Pug Banta.

Ich sagte: »Das hab ich bemerkt.«

Carmel sagte, der Distriktsstaatsanwalt sei ebenfalls auf der Lohnliste. Ich sagte, es würde unter solchen Bedingungen schwierig sein, Pug Banta vom Baum zu schütteln. Carmel sagte, sie glaube das nicht.

»Keiner von denen mag Pug. Meine Idee ist folgende: wenn sich die Sache zuspitzt, wird der Gouverneur eine Untersuchung androhen. Dann wird der Weinberg ihm Pug vorwerfen. Pug geht für lange Zeit in den Bau; der Gouverneur glaubt, er habe sauber aufgeräumt, und der Weinberg kann seine Geschäfte weiterbetreiben.«

Ich sagte, das klinge gut. Carmel meinte: »Nur, wie können wir die Dinge zum Laufen bringen?«

»Gibt's hier Bier?« fragte ich.

Sie läutete, und das schwarze Mädchen brachte mir vier Flaschen kaltes Budweiser. Carmel wollte keines. Ihr Mund tat ihr zu weh, als daß sie hätte trinken mögen. Ich schüttete eine Flasche Bier hinunter und fragte sie, wieviel das organisierte Verbrechen in diesem Bezirk einbrachte. Sie nahm an, daß es im Monat ungefähr zehntausend Dollar Reingewinn abwarf. Banta bekam davon die Hälfte, der Weinberg die andere. Sie sagte, sie wisse nicht, wieviel der Staatsanwalt einsteckte.

Ich meinte, wir würden vielleicht Hilfe brauchen. Sie sagte, sie kenne niemanden, dem sie vertrauen würde.

»Was ist mit McGee, dem Anwalt?«

»Das alte Fossil! Er haßt den Weinberg, klar, aber er ist nicht gescheit genug, etwas gegen ihn ausrichten zu können.«

Ich entschied, daß McGee keine große Hilfe sein würde. »Gibt's jemanden in der Stadt, der Banta wirklich haßt?«

»Gibt's jemanden, der das nicht tut?«

»Ich meine jemanden Wichtigen. Jemanden, den Banta auch gerne kriegen würde.«

Sie dachte eine Weile nach. Dann sagte sie: »Gus Papas. Er hat die einzige unabhängige Kneipe im Bezirk. Pug hat versucht, ihn zu vertreiben.«

»Gut«, sagte ich.

»Was wirst du tun?«

»Ich glaube, ich kann Gus benützen.«

Sie lächelte ein bißchen. Sie sah ganz nett aus, wie sie so unter diesem Laken dalag. Wenn ich eine Frau in einem Bett sehe, kommen mir immer eine Menge Ideen. Ich trank noch eine Flasche Bier und sagte ihr, ich sollte jetzt besser gehen.

»Ich werde morgen wieder auf den Beinen sein«, meinte sie.

Ich stand auf. Die Fenster des Zimmers waren offen, aber es kam keine Luft herein. Ich konnte die Ulmen im Hof sehen, die in der Hitze ihre Äste hängen ließen. Das Bier brachte mich zum Schwitzen. »Ich werde dich anrufen«, sagte ich.

Ich notierte mir die Telefonnummer. »Ruf nicht nach zehn Uhr nachts an«, sagte sie. »Mrs. Fleming wird sonst böse.«

Ich sagte: »Nebenbei, wer war der Kerl, den du nach mir geschickt hast?«

»Charley? Mein Halbbruder.«

»Ein Giftler?«

Sie warf mir einen Blick zu, als sei sie drauf und dran, die Medizinflasche nach mir zu werfen. »Unverschämte Frage!« Dann entspannte sie sich. »Er ist blaß, weil er Tb hat.«

Ich glaubte ihr das nicht. »Weiß er, warum du mit mir sprechen wolltest?«

»Nein.«

»Sag es ihm nicht. Sag es niemandem.«

»Tu ich schon nicht.«

Ich betrachtete wieder das Leintuch und die Formen, die sich darunter abzeichneten. Ich fragte mich, ob ich das Leintuch anheben sollte. Was würde ich davon haben, wenn ich es tat? Ich sagte »Also dann, Süße« und trat in den Gang hinaus. Ich roch Parfüm und hörte Frauen in einem der Zimmer lachen, während ich die Treppe hinunterlief.

Ich ging zurück ins Hotel. Ich fragte den Mann an der Rezeption, ob Anrufe für mich gekommen seien, aber das war nicht der Fall. Ich ging in mein Zimmer und zog meine Kleider aus, die vom Schweiß völlig durchnäßt waren, nahm mir die Bourbonflasche und stellte mich unter die Dusche. Während das Wasser über mich strömte, trank ich den Bourbon. Es war ein Fehler gewesen, zum Hotel zurück zu laufen.

Ich kam zum Schluß, daß Carmel ehrlich gewesen war; nicht, daß ich einer Nutte trauen würde – ich gehöre nicht zu der Schule von Denkern, die glaubt, alle Huren hätten goldene Herzen und würden ihre letzten zwei Dollar spendieren, wenn sie damit einen Burschen vorm Verhungern retten könnten. Alle Huren, die ich jemals kennengelernt habe – und, Bruder, ich kannte eine ganze Menge –, würden einen besoffen machen und dann ausnehmen, wenn man ihnen auch nur eine kleine Chance dazu bot. Aber Carmel haßte Pug Banta. Keine Frau wird gern von einem Burschen verprügelt, der sie vorher weggeworfen hat. Das machte den Unterschied aus.

O Gott, war ich müde! Ich setzte mich auf den Betonboden der Dusche und trank den Bourbon aus. Ich dachte darüber nach, was ich mit Gus Papas anfangen sollte. Ich würde Ginger dazu brauchen und fragte mich, ob sie wohl um sieben in der Bar sein würde. Allmählich spürte ich jene Anspannung in meinem Magen, die sich vor Football-Matches einstellte. Ich sah eine Menge Ärger auf mich zukommen. Es war noch die Frage, ob die fünf Riesen, die ich bekommen hatte, soviel Ärger rechtfertigten. Aber ja, verdammt, sie taten das.

Mein Hintern blockierte den Ablauf, und das Duschwasser begann auf den Zimmerboden zu laufen. Ich stieg aus der Dusche, wischte das Wasser auf und trocknete mich ab. Als ich auf die Uhr sah, war es zehn vor sieben.

Die Bar war leer. Ich setzte mich auf einen der Hocker und bestellte einen Old-fashioned. Der Barmann tat, als habe er mich nie zuvor gesehen. Er nahm eine Whiskyflasche und fing an, den Drink zuzubereiten. Ein tragbares Radio spielte Swingmusik aus New York. Ich hörte zu, weil sie einen guten Boogie-Woogie-Pianisten hatten. Er spielte Variationen auf den »Basin Street Blues«, die ihn wie Teile einer Symphonie klingen ließen. Nach meinem ersten Drink bestellte ich einen zweiten. Ich sah auf die Uhr. Viertel nach sieben. Ich war gerade zu der Ansicht gelangt, daß sie nicht mehr kommen würde, als ich sie sah. Sie trug ein schwarzes Abendkleid, das eine Menge von der milchfarbenen Haut zeigte, die Rothaarige meistens haben. Ich freute mich, sie zu sehen. Sie kam zu mir herüber.

»Bist du verrückt?«

»Nach dir, Baby.«

»Wenn Pug dich mit mir sieht, macht er dich alle.«

»Der Wichser.«

»Letzte Nacht hast du nicht so geredet.«

»Ich wollte keine Szene machen.«

»Eine Szene!« Sie legte mir die Hand auf den Arm. »Hör mal, ich mag dich. Das ist der Grund, warum ich dir rate, abzuhauen.«

»Ich bin nicht feige.«

»Du bist verrückt.«

»Vielleicht bist *du* feige.«

Ihre Augen wurden schmal. Meine Bemerkung gefiel ihr nicht. »Wir sprechen von *dir*.«

»Du kannst dich mit Pug nicht besonders wohlfühlen«, sagte ich, »wenn du soviel Angst vor ihm hast.«

»Ich habe vor niemandem Angst.«

»Na schön. Beweis es, indem du mit mir essen gehst.«

Sie starrte mich unentschlossen an. »Warum bist du so scharf darauf, umgelegt zu werden?«

Ich gab's ihr voll. »Weil ich verrückt bin nach dir.«

Ihr Mund stand offen.

»Also hilf mir«, fuhr ich fort. »Ich muß dich einfach haben. Ich schere mich nicht darum, ob Pug mir in die Quere kommt.«

»Du mußt Opium genommen haben!«

»Nein.«

Sie dachte darüber nach und runzelte ihre Stirn. Jetzt war es Zeit, das Steuer herumzureißen.

»Glaub mir«, sagte ich, »und ich trage nächstes Mal noch dicker auf.«

Sie zwinkerte.

»Nichts an dir macht mich an«, sagte ich, »ich bin ein einfaches Gemüt. Vielleicht trägst du ein Korsett und deine Brüste hängen.«

»Einen Dreck hängen sie.«

»Und ich mag es nicht, wenn Pug Banta mir sagt, was ich tun darf.«

Ginger öffnete einen Reißverschluß an der Seite ihres schwarzen Abendkleids. »Steck mal deine Hand hier rein.«

Ich tat es, fühlte das weiche Fleisch unter meinen Fingern.

»Okay«, sagte ich, »also kein Korsett.«

Der Barmann betrachtete uns mit hervorquellenden Augen.

»Hör zu«, sagte ich, »ich habe versucht, dich dazu zu bringen, daß du böse wirst, damit du mit mir ausgehst und ich es Banta zeigen kann.« Ich aß die Cocktailkirsche aus meinem Old-fashioned. »Ich werde ihn auf irgendeine Art fertigmachen. Aber wenn du Angst hast ...« Ich zeigte mit dem Finger auf den Barmann. »Wieviel?«

»Siebzig Cent.«

Ginger sagte: »Warte mal einen Moment. Wie hart bist du eigentlich?«

»Verdammt hart«, sagte ich.

Sie sah mich lange an. »Wenn ich das nur glauben könnte. Nun, was soll's. Bestell mir einen Drink. Dann gehen wir.«

Sie nahm einen Sidecar, ich einen weiteren Old-fashioned. Der Barmann betrachtete uns mit gerunzelter Stirn, während wir tranken.

»Fertig?« fragte ich Ginger.

»Ich hole meine Tasche.« Sie ging hinaus. Ich gab dem Barmann zwei Dollar.

»Es geht mich nichts an«, sagte er, »aber Pug Banta ist ein Killer.«

Ich nahm einen Fünfzigdollarschein, zerriß ihn in zwei Hälften und gab dem Barmann die kleinere.

»Wie würde dir der Schein gefallen?«

»Prächtig.«

»Ruf Pug Banta an, sag ihm, ich ginge mit Ginger in Gus Papas' Lokal.«

»Jessas«, sagte er, »das werd ich mich nicht trauen.«

»Warum nicht? Damit tust du ihm einen Gefallen. Vielleicht gibt er dir sogar noch einen Schein oder auch zwei.«

Er betrachtete die Zahl 50 auf dem Geldschein in seiner Hand. Er wollte das Geld unbedingt haben. Er nahm das Telefon und wählte. Er fragte nach Pug. Dann sagte er noch etwas und legte die Hand über das Mundstück.

»Er ist nicht da.«

»Sag's dem, der dran ist.«

»Wer ist da?« fragte er. »Oh. Hier ist Tom, drüben in der Bar des Arkady. Ich dachte mir nur, Pug wäre vielleicht daran interessiert, zu erfahren, daß seine Freundin gerade mit dem Burschen ausgeht, mit dem sie letzte Nacht unterwegs war. Ja, Ginger. Ich glaube, sie gehen in Gus Papas' Lokal.«

Er hängte ein. Ich gab ihm die andere Hälfte des Fünfzigers.

»Danke«, sagte ich.

Wir nahmen das Auto vom Drive-It. Ich ließ den Motor an. Es war um halb acht immer noch hell, und die Luft war heiß.

»Fahren wir zu Gus Papas.«

»Wie du willst.«

»Wo geht's lang?«

Sie sagte es mir. In drei Minuten waren wir auf dem offenen Land.

Sie saß von mir abgerückt auf dem Beifahrersitz, sah mich an, hatte die Beine auf den Sitz gezogen und lehnte mit dem Rücken an der Tür. Ihre Augen und ihre Lippen wirkten verdrießlich.

»Ich bin schön blöd«, sagte sie.

»Warum?«

»Ich weiß, daß du etwas vorhast.«

»Vielleicht.«

»Du bist kein FBI-Agent, oder?«

»Meine Güte, nein!«

»Versuchst du wirklich, Pug dranzukriegen?«

»Hör mal.« Ich sah sie scharf an. »Niemand schlägt mich ungestraft.«

»Ich mag es, wenn du so schaust wie jetzt.«

Wir bogen bei einer Schule links ab und fuhren eine schmutzige Straße entlang. Baumkronen verflochten sich über ihr und machten sie dunkel. Der Himmel war jetzt rot vom Sonnenuntergang. Kein Lüftchen blies: es würde eine heiße Nacht werden. Wir fuhren eine Weile dahin. Man konnte die Straße wegen der Bäume kaum sehen. Ich schaltete die Scheinwerfer ein, aber das nützte nicht viel. Von einem Feld neben der Straße drang der Duft von Klee zu mir herüber. Nach einer Weile kamen wir zu Gus Papas' Anwesen.

Es war größer als *Tony's*. Es war nicht nur ein Restaurant, sondern auch ein Park. Es gab einen kleinen See mit einem Landesteg und einer Anzahl Ruderboote, einen Sportplatz und eine Menge Bäume mit Tischen und Bänken darunter. Am Seeufer sah man Wochenendhäuschen für Touristen. Wir fuhren an ihnen vorbei zum Hauptgebäude, vor dem eine Benzinpumpe installiert war. Der Bau sah wie eine Jagdhütte aus, die Wände bestanden aus roh bearbeiteten Baumstämmen und Tünche. Ich parkte den Chevy neben zwei anderen Wagen.

Im Haus waren indianische Teppiche auf den Böden und Hirsch- und Elchschädel an den Wänden. Ein paar Sessel standen um einen großen gemauerten Kamin. Ginger führte mich durch einen Gang zu einer Veranda mit Fliegengittern auf der Rückseite, wo es eine Bar gab mit einem griechischen Barmann. Er unterhielt sich mit einem kleinen Mann in weißem Anzug. Wir bestellten einen

Sidecar und einen Old-fashioned. Ich fragte den Barmann, ob wir etwas zu essen bekommen könnten.

»Klar. Wir haben eine Fischspezialität.«

»Was für eine Art Fisch?«

»Forellenbarsch. Schmeckt sehr gut.«

»Was meinst du, Ginger?«

»Klingt gut.«

»Okay. Zweimal Forellenbarsch.«

Wir tranken unsere Whiskys. Ginger lächelte mich über den Glasrand hinweg an. Sie sah jetzt nicht mehr so verdrossen aus.

»Auf Pug«, sagte sie. Sie wollte auf ihn trinken, aber ihr Glas war leer. Ich bestellte zwei weitere Drinks. Dann wollten wir uns vor dem Essen frischmachen.

Der Barmann zeigte mir die Herrentoilette. Während ich drin war, kamen zwei Männer herein. Einer der beiden trug einen gelbbraunen Gabardineanzug. Der andere war ein Kellner. Er hatte einen Besen bei sich. Der Mann in dem gelbbraunen Anzug schnauzte ihn an, weil er den Waschraum nicht gereinigt hatte. Ich nehme jedenfalls an, daß es darum ging. Die beiden sprachen griechisch. Der Kellner nahm seinen Besen und begann, den Fußboden sauberzumachen. Der Mann in dem gelbbraunen Anzug und ich sahen ihm zu. Der Kellner nahm eine Schaufel und kehrte den Dreck darauf. Dann ging er hinaus.

Der andere Mann grinste mich an. Er hatte einen Goldzahn. »Verdammte Griechen«, sagte er, »faulenzen die ganze Zeit!«

»Ja«, sagte ich. »He, Sie sind Gus Papas, nicht wahr?«

»Das stimmt.«

Ich streckte meine Hand aus. »Ich bin Karl, von der Stadtverwaltung.«

Wir schüttelten uns die Hand. Er gab vor, mich zu kennen. Vielleicht glaubte er es auch wirklich. Die Griechen sind so. Sie können alles glauben, wovon sie denken, sie sollten es glauben.

»Kann ich etwas für Sie tun, Karl?«

»Vielleicht kann ich etwas für Sie tun.«

Das Lächeln verschwand von seinem Gesicht. Seine Lippen schoben sich vor wie rote Gummireifen. Er nahm offensichtlich an, daß ich ihm etwas verkaufen wollte.

»Kennen Sie Pug Banta?« fragte ich.

Sein Gesichtsausdruck veränderte sich wieder. Er sah nicht gerade weich aus. Er nickte.

»Ich glaube, er versucht, dieses Lokal zu überrollen.«

»Woher wissen Sie das?«

»Verstehen Sie mich nicht falsch. Ich weiß es nicht. Es ist nur etwas, das ich bei *Tony's* mitgekriegt habe.«

Der Mann in dem weißen Anzug kam in den Waschraum. Er war ein bißchen betrunken. Er ging zu einem der Pißbecken.

»Kommen Sie in mein Büro«, sagte Gus Papas.

Ich folgte ihm. Im Büro standen ein mit Papieren bedeckter Schreibtisch und zwei Stühle. Das Fenster ging auf den See hinaus. »Setzen Sie sich bitte; was also haben Sie gehört?«

»Nicht viel. Vielleicht sollte ich Sie überhaupt nicht damit belästigen.«

»Glauben Sie, es sei eine Belästigung für mich, wenn ich

erfahre, daß Pug Banta mein Restaurant zerstören will. Bringen Sie mich nicht zum Lachen!«

»Okay. Ich habe gehört, wie Banta mit einem griechisch aussehenden Burschen sprach.«

»Nick«, sagte Papas. »Er hat früher für mich gearbeitet.«

»Das weiß ich nicht«, erwiderte ich. »Wie auch immer, ich hörte, wie Pug sagte: ›Er hat mir jetzt lange genug im Genick gesessen.‹ Und dieser Nick antwortete: ›Warum machst du ihn nicht fertig? Er ist ein Feigling. Schlag ihm alles zusammen, und er hört nicht auf zu rennen, bis er wieder in Athen ist.‹«

»Lieber Junge, dieser Nick«, sagte Papas.

»Und Pug sagte: ›Bei Gott! Das werd ich tun. Morgen abend. Ich werde es so aussehen lassen, als hätte er mit dem Ärger angefangen.‹ Und Nick sagte darauf: ›Wenn du einen guten Kumpel brauchst, der Gus Papas Lokal kennt, ich wär einer. Ich weiß, wie sein Laden läuft.‹«

Ich betrachtete Papas, um zu sehen, wie es auf ihn wirkte. Er schien Angst zu haben und zornig zu sein. Er murmelte etwas auf griechisch. Dann fragte er: »Warum erzählen Sie mir das?«

»Pug hat mich einmal niedergeschlagen.«

»Er schlägt zu viele Leute nieder«, sagte Gus. Er drückte auf einen Knopf. Ein Kellner steckte seinen Kopf ins Zimmer. »Sag Frank, ich brauch ihn.«

Ich stand auf. »Nun, dann gehe ich zurück zu meinem Mädchen.«

»Warten Sie einen Moment. Warum sind Sie hier herausgekommen? Warum wollen Sie Ärger kriegen?«

»Ich dachte eher, ich würde eine Menge Spaß beim Zusehen haben.«

Er nickte. »Okay. Es wird eine Menge Spaß geben. Wie viele Leute bringt Pug mit?«

»Ich hab nicht mehr mitgekriegt.«

»Gut. Wir machen sie fertig.«

Ich ging zur Tür und blieb dann stehen. »Er wird einen Vorwand erfinden, um hereinzukommen. Das ist das, was er tun will: hereinkommen und dann Stunk machen.«

»Er kommt nicht rein.«

Ich ging zurück in die Bar. Ginger wartete auf mich.

»Wo zum Teufel bist du gewesen?«

»Ich hab ein Bad genommen.«

»Ich will noch einen Drink.«

Ich blickte auf die Theke. Ginger hatte beide Old-fashioneds ausgetrunken. Ich bestellte vier weitere. Als der Barmann sie brachte, gab ich ihr einen und behielt die anderen drei. »Dann sind wir wieder quitt.«

Sie trank ihren aus und griff nach einem von meinen.

»Du hast keine Angst, oder?« sagte ich.

»Ein bißchen.«

»Er wird nie hierher kommen.«

»Er käme, wenn er es wüßte.«

»Essen wir.«

Ein Ober hatte einen Tisch für uns in einer Ecke der Veranda aufgestellt. Es gab Sellerie, Oliven und gelierte Suppe in Tassen. Neben dem Tisch stand eine Flasche Champagner in einem Eiskübel.

»Ich habe das nicht bestellt.«

»Mr. Papas schickt es.«

Ginger starrte mich an. »Wieso das?«

»Gus ist ein Freund von mir.«

Sie nahm mir das nicht ab, stellte aber keine Fragen. Sie sprach nicht viel, während wir aßen. Sie dachte nach. Ich wußte, worüber. Sie versuchte zu verstehen, warum ich Pug Banta erneut sauer machen wollte.

»Du bist so ruhig.«

»Ich wünschte, du hättest eine Chance, Pug zu schlagen.«

»Sprechen wir nicht über Pug.«

»Ich wünschte, jemand könnte ihn schlagen.«

»Ich werde es für dich tun.«

»Du hast keine Chance. Er macht dich alle.«

»Vielleicht erwischt es ihn zuerst.«

»Das würde ich mir wünschen«, sagte Ginger.

Ich goß Champagner in die Gläser. Dann aßen wir. Es schmeckte gut. Wir aßen Forellenbarsch und tranken Champagner. Der kleine Mann in dem weißen Anzug hatte inzwischen an der Bar Gesellschaft von einigen Freunden bekommen, zwei Männern und einer Frau. Sie tranken eine Runde, dann gingen sie zu einem Tisch in unserer Nähe. Als wir Kaffee und gefrorene Eiercreme als Dessert serviert bekamen, bestellten sie gerade. Ich fragte mich, ob Gus Papas meine Geschichte ernstgenommen hatte. Ich sagte Ginger, ich wäre in einer Minute zurück, und ging in den Waschraum. Auf dem Weg schaute ich an der Vordertür vorbei. Ich sah, daß sie mit einer dicken Kette verschlossen worden war. An einem Fenster am anderen Ende des Raumes stand unter einem Elchkopf ein Mann mit einem Gewehr. Er beobachtete die Straße. Ich ging in den Waschraum, ließ Wasser über meine Hände laufen und kam zurück zum Tisch. Der Mann in dem weißen Anzug saß auf meinem Stuhl. Er redete mit Ginger. Als er aufstand, hielt er sich an dem Stuhl fest, um Balance zu halten.

»Ich kenne Sie«, sagte er.

»So?«

»Ich sah Sie beim Spiel Notre Dame gegen die Army. Und später gegen Southern Cal.«

Ich fühlte die warme Röte im Gesicht, wenn man von Fremden erkannt wird, und wußte im selben Augenblick, daß das sehr ungünstig war. Mann, hatte der Bursche ein Gedächtnis! Fünfzehn Jahre war es her!

»Sie irren sich«, sagte ich, »ich war nie auf einem College.«

Er ignorierte mich. »Bester Angriff, den ich je sah«, sagte er zu Ginger. »Kommen Sie auf einen Drink an unseren Tisch. Ich werde mich auch noch an den Namen erinnern.«

»Smith«, sagte ich, »und das ist Mrs. Smith.«

»Der beste Stürmer, den ich je sah. Kann mich nicht an den Namen erinnern. Nehmen Sie einen Drink, Mrs. Smith?«

Ginger sah mich an. »Wir setzen uns gern zu Ihnen«, sagte ich.

Er kicherte glücklich. »Ich wußte, daß Sie kommen würden.« Er führte uns zu seinem Tisch hinüber. »Das sind Winnie und Jonesy und Peter Davison.« Die beiden Männer standen auf. Beide waren mittleren Alters, die Frau ein bißchen jünger. Wir setzten uns.

»Was haben Sie getrunken?« erkundigte sich der Mann in dem weißen Anzug.

»Champagner«, sagte ich.

Das überraschte ihn, aber er war tapfer. Er bestellte eine Flasche für uns. Dann sagte er dem Ober, er solle das Radio einschalten. »Tanzmusik«, befahl er. Er lehnte sich zu Ginger hinüber. »Was halten Sie vom Tanzen?«

»Ich kann es tun oder es bleiben lassen.«

»Ha, ha. Sehr komisch.« Er kicherte. »Wie wäre es mit einem Tanz mit mir?«

Die Musik setzte ein. Ginger sah mich an. »Warum nicht?« sagte ich. »Er spendiert uns Champagner, oder?«

Es gefiel ihr nicht, aber sie tanzte mit ihm. Der eine, den er Jonesy genannt hatte, tanzte mit der Frau. Also blieb ich mit Davison zurück. Er rückte seinen Stuhl näher zu mir.

»In was für einer Branche sind Sie, Mr. Smith?«

Ich wollte ihm gerade sagen, daß ich Maschinengewehre verkaufte, als ich ein paar Autos kommen hörte. Sie fuhren schnell und schleuderten beim Bremsen.

»Die haben's eilig«, sagte ich.

»Wahrscheinlich Betrunkene«, meinte Davison. »Welche Branche, sagten Sie, Mr. Smith?«

»Schießpulver.«

Seine Augen weiteten sich. Ich hörte Stimmen an der Vordertür. Jemand sagte: »Mach auf.« Davison sagte: »Das ist eine eher ausgefallene Branche.«

An der Tür gab es einen Wortwechsel. Ich erkannte Gus Papas Stimme. Er wiederholte: »Es ist geschlossen. Heute ist geschlossen.« Seine Stimme klang sehr aufgeregt. »Einen Dreck ist geschlossen«, sagte eine tiefere Stimme.

»Haben Sie auch mit Dynamit zu tun?« fragte Davison.

»Klar.«

Ginger führte den Mann im weißen Anzug so, daß sie näher beim Tisch tanzten. Er versuchte, ihren Nacken zu küssen. Ich konnte die Stimmen nicht mehr hören. Ginger sah mich zornig an, aber ich schüttelte den Kopf. »Wer ist Ihr Freund?« fragte ich Davison.

»Kennen Sie ihn nicht? Caryle Waterman, von der Waterman-Industrieschmiede?«

»Großes Tier, wie?«

»Seine Familie ist ein paar Millionen Dollar schwer.«

Gus Papas betrat den Raum. Sein Gesicht war grün. Er ging hinter die Bar, stellte das Radio ab. Dann sagte er: »Da sind Leute draußen, die ein Mädchen namens Ginger sprechen wollen.«

Ginger wurde blaß, aber sie sagte nichts. Sie stand in Watermans Armen. Er hielt sie, als tanzten sie immer noch. »Hier gibt's keine Ginger«, sagte Davison.

Gus Papas sah Ginger an. »Pug Banta sagt, sie sei hier.«

Waterman nahm seine Arme von Ginger. »Gus«, sagte er, »du kennst mich seit langer Zeit. Du wirst mir glauben, wenn ich dir sage, daß dieses Mädchen Mrs. Smith heißt.«

Ich sagte zu Gus: »Er sucht nur einen Vorwand, um hereinzukommen.«

»Okay«, sagte Gus. »Ich sag ihm, daß er verschwinden soll.«

Er schaltete das Radio wieder ein und ging hinaus. Ginger ging um Waterman herum und kam zu mir herüber. Sie hatte Angst. »Setz dich hin«, sagte ich, »wir haben gerade über Sprengstoffe gesprochen.«

»Sehr interessantes Geschäft«, sagte Davison.

Waterman hängte sich über Gingers Stuhl. Er wollte wieder mit ihr tanzen. »Kommen Sie doch, meine Liebe«, sagte er.

»Sie wissen das vielleicht nicht, Mr. Waterman«, sagte ich, »aber man hat herausgefunden, daß Nitroglyzerin sehr brauchbar ist, um Ölbrände zu löschen. Der Effekt ist, als blase ein Riese eine Kerze aus. Allerdings ist die Verwendung mit sehr viel Gefahren verbunden.«

»Wer interessiert sich für verdammte Ölfelder?« fragte Waterman.

Ich hörte zornige Stimmen an der Tür. Jemand fluchte. Dann hörte man Poltern. Wieder fluchte jemand, dann wurde ein Schuß abgefeuert. Einen Moment lang war es absolut still, dann hörte man eine Salve von Schüssen und zersplitterndes Glas.

»Mein Gott!« sagte Davison.

Gus Papas kam auf die Veranda gerannt. »Geht hinein«, schrie er und winkte uns zu, »hier erschießen sie euch!«

Wir stürzten hinein. Papas drängte uns in sein Büro. Waterman fragte: »Was ist denn los, Gus?«

»Ein paar Leute versuchen einzubrechen.«

»Bei Gott, das können sie doch nicht tun! Hast du ein Gewehr, Gus?«

»Ihr bleibt hier. Ihr wollt doch nicht erschossen werden.«

»Aber sicher will ich«, sagte Waterman.

Eine neue Salve von Schüssen. Papas rannte aus dem Zimmer, schloß aber die Tür hinter sich. »Wenn das nicht eine ganz verdammte Sache ist!« stöhnte Davison.

Die Frau, Winnie, sagte: »Ich will hier raus.«

»Ich auch«, sagte Jonesy.

Stille.

Winnies winselnde Stimme: »Ich konnte Waffen noch nie ausstehen.«

»Jetzt ist es ruhig«, meinte Davison, »gehen wir!«

»Das würde ich nicht tun«, erwiderte ich.

Während die anderen nachdachten, drückte ich die Klinke. Die Tür war nicht verschlossen. »Ich seh mich mal um«, sagte ich.

Niemand erwiderte etwas. Waterman saß neben Ginger auf einem Tisch. Sie sah mich an und versuchte herauszufinden, worum es hier ging. Sie glitt vom Tisch und kam zu mir herüber.

»Warum lassen sie Pug nicht rein?« flüsterte sie.

»Gus hat Angst, daß er nicht stubenrein ist«, flüsterte ich zurück, während ich hinausging.

Sie wollte mir folgen. Waterman ergriff ihren Arm. »Geh nicht, Liebes. Bleib bei Papa.«

Sie sah aus, als würde sie ihn gleich beißen, aber sie blieb. Ich ging ins vordere Zimmer mit den Teppichen und den Tierköpfen. Zwei Männer knieten unter Fenstern, aus denen das Glas herausgeschossen worden war. Einer von beiden war der Barmann. Ein anderer Mann lag vor dem Kamin auf dem Fußboden. Ich ging zu ihm hinüber. Er hatte einen Schulterdurchschuß abbekommen. Sein Mantel war weg, und jemand hatte ihm ein Handtuch um die Wunde gelegt.

Einer der Männer am Fenster sagte: »Sie ducken sich besser, Mister.«

Ich bückte mich. »Wo sind sie?«

»Hinter den Autos, nehme ich an«, sagte der Barmann. »Ich kann sie nicht sehen.«

»Wie viele?«

»Ungefähr zehn.«

Der andere Mann schoß auf irgend etwas. Ich ließ mich flach auf den Boden fallen. Draußen wurden wieder stoßweise Schüsse abgegeben, worauf der Rest des Glases aus den Fensterrahmen fiel.

»Jesus Christus!« sagte der Barmann.

Sie feuerten eine Salve aus einer Maschinenpistole ab. Dann rief eine Stimme: »Gus. Gus Papas!«

Papas kam in den Raum gekrochen. Er kroch mit einer Pistole in der Hand, mit der er jedesmal gegen den Boden schlug, wenn er die Hand bewegte. Ich veränderte meine Stellung so, daß ich hinter ihm war, falls sie losging. »Gus Papas!« wiederholte draußen die Stimme.

»Was wollt ihr?«

»Entweder dürfen wir hinein, oder wir blasen euch aus.«

»Mach zu«, sagte Gus, »leg ihn um.«

»Schau, Gus«, rief eine andere Stimme. »Wir wollen uns nur ein bißchen umsehen. Wir wollen dir nichts tun. Oder deinem Lokal.«

»Warum schießt ihr mir die Fenster kaputt?«

»Weil ihr auf uns schießt.«

»Klar schieße ich. Warum versucht ihr, meine Tür aufzubrechen?«

»Geben wir es ihnen doch einfach«, sagte eine andere Stimme. »Mit einem Griechen kann man nicht reden.«

»Komm schon, Gus. Benütz mal deinen Kopf.«

»Haut ab«, schrie Gus.

In diesem Moment ging hinten eine Schießerei los. Die Maschinenpistole feuerte vorne und holte einen Elchkopf über dem Kamin von seinem Platz herunter. Das erschreckte mich beinahe zu Tode. Ich hatte meinen Revolver gezogen, bevor ich noch realisierte, was überhaupt geschehen war. Hinten gab es eine große Schießerei. Das Palaver vorn war nur ein Trick gewesen, um Pugs Männern Gelegenheit zu geben, von hinten loszulegen. Wieder ein Krachen vorne. Der Mann neben dem Barmann am Fenster jaulte vor Schmerz auf und ließ sein Gewehr fallen. Ein Holzsplitter hatte ihm eine Fleischwunde in die Wange gerissen. Er rannte quer durchs Zimmer auf Papas' Büro zu, aber eine Kugel warf ihn um. Er zappelte auf dem Boden herum, seine Wange blutete stark. Ich begann, quer durchs Zimmer zu kriechen. Ich wollte ins Büro. Ich sah Ginger und Waterman an der Tür stehen, die anderen hinter ihnen.

»Geht zurück«, schrie ich.

Waterman stieß Ginger zurück und machte sich auf Händen und Knien auf den Weg zum Fenster. Als er hinter mir war, sagte ich: »Das ist nicht Ihr Kampf.«

Jetzt wurde rund ums Haus geschossen. Der Barmann feuerte aus seinem Fenster. Ich konnte hinten ein zweites Maschinengewehr hören. Schießpulverschwaden füllten das Zimmer. Waterman kroch weiter. »Seien Sie kein verdammter Narr!« schrie ich hinter ihm her.

Papas war irgendwohin verschwunden. Ginger und die anderen hatten sich ins Innere des Büros zurückgezogen. Waterman erreichte die Fensterfront und nahm das Gewehr, das der verwundete Mann fallen gelassen hatte. Er stand auf und feuerte auf die geparkten Autos. Direkt vor ihm stand ein Mann auf, der sich unter dem Fenster versteckt hatte. Er richtete eine Pistole auf Waterman und gab ihm die volle Ladung. Es war, als hätte jemand Watermans Magen mit einer Axt geöffnet. Er sackte zusammen und knallte mit dem Schädel auf den Boden. Winnie kreischte. Ich stützte mich mit dem linken Ellbogen auf dem Boden ab, richtete den Revolver auf den Mann und zog ab. Es folgten die Explosion und das WONK, mit dem Blei auf Knochen trifft. Ein Teil des Gesichts des Mannes spritzte weg, und er verschwand außer Sicht, als er zusammenbrach. Waterman lag auf dem Boden, zusammengekrümmt wie eine Brezel. Hinten wurde heftig geschossen. Ich kroch zur Tür von Papas' Büro. Die beiden Männer bemühten sich, Winnie zu beruhigen.

»Nicht, Winnie, nicht«, sagte Jonesy immer wieder.

Ginger starrte mich an. Ihre Miene war erregt. »Hast du Angst?« fragte ich sie.

»Gib mir eine Waffe.«

Ich warf einen Blick in den Raum mit den Trophäen. Der Barmann schoß noch immer aus seinem Fenster. Ich konnte ihn in dem ganzen Rauch gerade noch erkennen. Ich sah Waterman und die beiden verwundeten Männer auf dem Boden. Die Maschinenpistole begann wieder loszuknattern; die Kugeln brachen Stücke aus dem Kamin.

»Wenn du glaubst, daß ich dich da hinausgehen lasse, bist du verrückt«, sagte ich zu Ginger.

Winnie hatte sich ein wenig beruhigt. »Ist er tot?« fragte sie zwischen zwei Schluchzern.

»Es geht ihm gut«, sagte ich.

Draußen rief jemand etwas, und die Schießerei hörte auf. Die plötzliche Stille war merkwürdig. Ich steckte meinen Revolver weg und fand eine Packung Zigaretten. Ich zündete erst Ginger, dann mir eine an. Der Rauch verbrannte meinen Mund.

»Ich denke, wir haben sie abgewehrt«, sagte ich.

7

Einen Dreck hatten wir sie abgewehrt. Wir fanden das heraus, als Davison in den Raum mit Trophäen ging, um nach Caryle Waterman zu sehen. Der Barmann am Fenster winkte ihm, er solle sich ducken, aber er schenkte ihm keine Beachtung. Er ging hinüber zu der Leiche, und gerade als er auf sie hinuntersah, schoß jemand von draußen auf ihn. Ich sah den Blitz und hörte das Geräusch der Kugel, und als Davison zu Boden fiel, dachte ich, es hätte jetzt auch ihn erwischt. Aber er kroch wie eine Krabbe zurück ins Büro.

»Gott!« sagte er, als er aufstand. »Das war knapp!«

Winnie fragte: »Caryle?«

»Er ist tot.«

Sie mußte es schon gewußt haben, aber es war trotzdem ein Schock. Sie begann zu flennen. »Wir werden alle umgebracht«, schluchzte sie, »alle.«

»Aber, aber«, sagte Jonesy und tätschelte ihren Rücken.

Ginger saß auf Papas' Tisch und hatte die Beine gekreuzt. Sie hatte lange, schlanke Beine. Ich hätte mir gewünscht, mit ihr allein zu sein. Blut regt mich immer an. »Sieht nach einem Unentschieden aus«, sagte Ginger.

»Bis jetzt schon«, sagte ich.

»Was versuchen die eigentlich?« fragte Davison. »Ich hab noch nie von so etwas gehört.«

Ich löste meinen Blick von Gingers Beinen. »Das sind eben Gangster«, sagte ich.

»Aber denen fehlt jeglicher Stil«, sagte Davison. »Es gibt keine richtigen Gangster mehr heutzutage.«

»Ich schlage vor, Sie gehen hinaus und sagen ihnen das.«

Winnie fragte: »Warum rufen wir nicht die Polizei?«

Das war eine gute Idee. Ich fragte mich, warum ich nicht daran gedacht hatte. Ich nahm den Telefonhörer auf Papas' Schreibtisch in die Hand. Der Apparat war tot. Ich warf ihn auf den Boden. Der Krach ließ alle zusammenfahren. Ich hörte Lärm aus dem Trophäenzimmer, schaute zur Tür hinaus und sah Gus Papas über den Gangboden kriechen. Er packte den Mann, der als erster verwundet worden war und neben dem Kamin lag, und schleifte ihn mit sich ins Büro.

»O ja! Ist das schrecklich«, sagte Papas gutgelaunt.

Er wollte das Telefon vom Boden aufheben. »Außer Betrieb«, sagte Ginger. Ich sah mir den Verwundeten an. Er würde nicht sterben. Die Blutung aus seiner Schulter hatte aufgehört.

»Wir halten sie uns vom Leib«, sagte Papas.

»Ja«, sagte ich.

»Hab hinten drei Männer«, sagte Papas. »Der Barmann und ich sind vorn. Die kommen nicht rein.«

Er sah ausgesprochen fröhlich aus. Er hatte bewiesen, daß er ein Mordskämpfer war. Er hatte Pug Banta eine Abfuhr erteilt. Winnie schluchzte wieder, und die Männer versuchten, sie zu beruhigen. Ich kroch hinüber in den Trophäenraum und ans Fenster neben dem Barmann. Er spähte durch die Vorhänge hinaus.

»Was tun sie jetzt?«

»Geh an dein eigenes Fenster«, knurrte er.

Ich kroch zum anderen Fenster. Nachdem ich den Vorhang ein wenig verschoben hatte, konnte ich hinaussehen. Hinter den Wagen brannte ein Feuer. Ich konnte die Schatten von Männern sehen, die sich um die Benzinpumpe bewegten. Sie blieben sorgfältig außer Schußweite. Nach einer Weile gingen zwei Männer mit Fackeln vom Feuer weg. Die Flammen der Fackeln schlugen hoch auf. Die Dinger waren in Benzin getränkt worden. Die Männer bewegten sich auf uns zu, blieben aber hinter den Autos. Ich sah, wie der Barmann seine Flinte hob. Wir warteten, während die Männer dahinkrochen, während ihre Fackeln Bäume, Büsche und parkende Autos beleuchteten.

Plötzlich begannen zwei Maschinenpistolen das Haus zu beharken. Ich konnte spüren, wie der Vorhang unter den Geschossen zuckte. Die beiden Männer mit den Fakkeln rannten auf das Haus zu. Ich bog mein Handgelenk übers Fensterbrett, ließ meinen Körper in Deckung, und feuerte dorthin, wo ich sie vermutete. Papas und der Barmann schossen ebenfalls. Ich sah eine Fackel durch die Luft segeln und drei Meter vor der Eingangstür zu Boden fallen. Das Schießen hörte auf. Ich linste durch die Vorhänge. Die andere Fackel lag in der Nähe der Autos. Jemand mußte den Burschen getroffen haben, der sie gehalten hatte. Papas lehnte sich aus seinem Fenster und schoß auf etwas. Die Maschinenpistole legte wieder los.

Ich lag flach auf dem Boden und hörte dem fliegenden Blei zu. Ich dachte mir, daß wir Glück gehabt hatten. Die Fackeln hätten ebensogut das Haus treffen können. Was wäre das für ein toller Anblick gewesen, wenn wir versucht hätten, das Feuer zu löschen, während die uns aus ihren Maschinenpistolen besprühten. Aber das war jetzt vorbei. Wir hatten zwei von Pugs Leuten erwischt. Er würde keine weiteren opfern wollen. Vielleicht würde er jetzt abhauen.

Ich kroch zurück ins Büro. Winnie war ohnmächtig geworden. Sie lag auf dem Tisch. Ginger wusch ihr mit einem nassen Tuch das Gesicht. Die beiden Männer sahen Ginger zu. Der verwundete Kellner lag auf dem Rücken und blickte zur Zimmerdecke.

»Was ist passiert?« fragte Davison.

Ich sagte es ihm. Beide Männer hatten Angst. »Ich habe im Krieg gekämpft«, sagte Jonesy, »aber das war nicht so wie das hier.«

Winnie begann zu stöhnen. Ich durchsuchte Papas' Schreibtisch und fand einen Liter griechischen Wein. Als Winnie zu sich kam, gab ich ihr etwas davon zu trinken, dann nahm ich selbst einen. Er schmeckte schrecklich, wie das Zeug, das aus den Föhren herausrinnt; Harz, nehme ich an.

»Ich möchte auch einen«, sagte Ginger.

Ich gab ihr einen Drink. Sie zog ein Gesicht. Winnie setzte sich auf, und Jonesy legte seinen Arm um sie. »Sind sie weg?« fragte sie.

»Ja«, sagte Jonesy. »Es ist alles in Ordnung, Liebes.«

Der Wein zeigte gewaltige Wirkung. Ich fühlte ihn in meinem Magen. Ich nahm noch einen Drink. Davison und Jonesy beobachteten mich. Sie wollten keinen Alkohol.

»Wir müssen die Polizei erreichen«, sagte Davison.

»Sie gehen«, sagte ich.

»Die sind doch weg, oder nicht?«

»Das werden Sie herausfinden. Ich bleibe hier.«

»Ich auch«, sagte Ginger.

Ich gab ihr einen Drink und nahm mir auch noch einen. Ich fühlte mich allmählich vom Wein etwas benommen. Ich setzte mich neben Ginger auf den Tisch. Gus Papas kroch zur Tür herein. »He«, sagte er zu mir.

Er wollte, daß ich hinauskäme. Ich kroch hinter seinen Beinen her zu einem Fenster im Trophäenraum. Er zog die Vorhänge für mich einen Zentimeter auseinander.

»Was tun die da?« fragte er.

Ich konnte nur sehen, daß sich Gestalten hinter der Linie geparkter Autos bewegten. Das Feuer war niedergebrannt, und es war schwierig, etwas zu erkennen. Ich wußte nicht, was sie taten. Es sah aus, als trügen sie Kübel voll irgend etwas irgendwohin. Das gab nicht viel Sinn. Ich hörte die Benzinpumpe arbeiten. Sie trugen Benzin.

»Ich will verdammt sein, wenn ich das weiß«, sagte ich.

Ich hörte das Geräusch, wie ein Kübel auf den Boden gestellt wurde. Zwei Männer zündeten Fackeln an.

Der Barmann sagte an seinem Fenster drüben: »Die versuchen dasselbe noch einmal.«

»Im Schutz eines Autos«, ergänzte ich.

»'ne gute Idee«, sagte Papas.

Wir wollten ihnen eins verpassen. Ich nahm an, daß wir sie aufhalten konnten. Sie mußten hinter dem Auto herauskommen, um die Fackeln zu werfen, dann konnten wir ihnen in die Arme schießen. Ich sah, wie ein Mann sich hinters Lenkrad setzte. Das war komisch; die Männer mit den Fackeln waren jetzt vor dem Auto, nicht dahinter. Ich hörte den Starter, dann bewegte sich der Wagen. Er war genau auf die Vordertür gerichtet. Ich hörte den Motor aufheulen.

»Was zum Teufel –«, sagte der Barmann.

Plötzlich ruckte der Wagen nach vorn; der Fahrer sprang heraus; die beiden Männer warfen ihre Fackeln auf den fahrenden Wagen, der in Flammen aufging und beschleunigte, während er auf uns zurollte. Das Auto war von Benzin durchtränkt.

»O Gott!« rief ich. »Und es ist auch noch mein Wagen!«

Er kam im zweiten Gang auf uns zugefahren, wobei er sich schnell genug bewegte, daß die Flammen dröhnten. Das Feuer schoß fünfzig Fuß in die Höhe, dick und gelb. Der Wagen beschleunigte immer noch. Ich hörte das Knattern der Maschinenpistolen, aber darauf piff ich jetzt. Ich wollte weg. Ich sprang auf und rannte in Papas' Büro.

Ich muß wild ausgesehen haben. Sie starrten mich an. »Kommt«, schrie ich sie an, »wir müssen raus!«

Ich packte Gingers Hand, und wir rannten zu der Veranda mit dem Fliegengitter. Sie kamen hinterher. Nirgendwo sah ich Gus Papas oder den Barmann. Gerade als wir die Veranda erreichten, knallte der Wagen mit einem lauten Krachen gegen die Vordertür. Es gab einen Ausbruch der Flammen, einen heißen Luftstoß und eine Explosion, die uns zu Boden warf. Gingers Hand entglitt mir. Für eine Sekunde lang lag ich platt am Boden und hörte auf das Knistern der Flammen. Ich wußte, daß ich wieder hochkommen mußte, aber ich konnte nicht. Ich zwang mich aufzustehen. Ich brachte auch Ginger wieder hoch. Sie war benommen. Ich kümmerte mich nicht um die anderen. »Mir nach«, sagte ich zu Ginger.

Ich konnte nirgendwo eine Tür sehen, also rannte ich voll gegen das Fliegengitter und traf es in zusammengekrümmter Haltung. Eine ganze Partie von dem Zeug wurde abgerissen, und ich landete auf Händen und Knien. Ginger stieg hinter mir durch. Ich stand auf, und wir rannten zum See. Der ganze Himmel war vom Feuer erleuchtet. An der Vorderseite des Hauses wurde immer noch geschossen. Ich rannte ins Wasser hinein, das um meine Knöchel spritzte, und packte eines der Ruderboote. Ich hob Ginger hinein und stieg selbst ein. Ich steckte die Ruder in die Dollen und ruderte vom Strand weg. Aber wir kamen nicht vorwärts. Es war wie das Rudern in einem Alptraum. Ich ruderte wie ein Verrückter, und wir bewegten uns kaum vorwärts. Ich bekam zum ersten Mal wirkliche Angst. Dann sah ich, was los war. Ich stand auf, ging zu Ginger an den Bug und holte den Anker heraus. Ich ruderte in den Schatten einiger Weidenbäume und legte dann eine Pause ein.

»Ein netter, ruhiger Abend«, sagte Ginger.

Wir schauten auf das Haus. Das Feuer war jetzt auf dem Dach und auf der ganzen einen Seite. Gegen den purpurnen Himmel stand eine dicke schwarze Rauchwolke. Ich hörte kein Schießen mehr. Das Haus war erledigt; alle Feuerwehren der Welt hätten es nicht mehr retten können. Ich konnte niemanden sehen, auch nicht am Ufer. Ich fragte mich, ob Winnie und die anderen herausgekommen waren.

Auf dem See war es sehr still. Das Ruderboot bewegte

sich überhaupt nicht. Ich konnte Gingers Gesicht und ihre Hände im Licht des brennenden Hauses sehen. Ihr Haar glühte im reflektierten Licht. Sie sah schön und geheimnisvoll aus.

»Was tun wir jetzt?« fragte sie.

Ich setzte mich neben sie. »Ich zeige es dir«, sagte ich, riß sie auf meinen Schoß und küßte sie. Sie kämpfte. Sie fuhr zurück und schlug mir ins Gesicht, und als ich ihre Hände festhielt, biß sie mich ins Handgelenk.

Ich ließ sie sich aufrichten. Sie zog ihr Kleid hinunter und strich es glatt.

»Du bist wirklich ein Tier.«

Ich spürte Blut auf meinem Handgelenk. »Du hast schlechten Einfluß auf mich, Baby.«

»Das haben wohl alle Frauen.«

»Nicht so wie du, Baby.«

Ich nahm wieder die Ruder in die Hand. Ich saugte das Blut von meinem Handgelenk und begann, über den See zu rudern. Ich dachte, es wäre eine gute Idee, die Nachbarschaft zu dieser Hölle aufzugeben. Vielleicht konnten wir auf der Hauptstraße ein Auto stoppen. Da würden Lastwagen fahren.

»Bist du böse?« fragte Ginger.

»Nein.«

»Frag nächstes Mal vorher.«

»Es ist so lustiger«, sagte ich, rudernd.

»Die Gefängnisse sind voll von Männern, die dieser Meinung waren«, sagte Ginger.

Der See war nur eine halbe Meile breit. Ich setzte das Boot in den Schlamm am anderen Ufer und trug Ginger auf den Strand. Wir gingen über einen Acker zu einem Feldweg und dann auf diesem zur Hauptstraße. In der Entfernung sah ich das rote Glühen von Gus Papas' Haus. Wir standen an der Straße und warteten auf jemanden, der uns mitnehmen würde. Unter den Bäumen zirpten Grillen.

»Wie bist du an Banta geraten?« fragte ich.

»Ich war pleite und brauchte einen Job.«

»Ich würde das für mehr als einen Job halten.«

»Ja?« sagte Ginger. »Ist es aber nicht.«

»Und du magst ihn wirklich nicht?«

»Was glaubst du?«

Die Scheinwerfer eines Wagens erhellten die Straße. Das Auto kam sehr schnell von Paulton her. Ich hörte das Kreischen der Sirene und zog Ginger von der Straße weg. Wir sahen hinter einem Busch zu, wie der Wagen vorbeifuhr. Er hatte gut hundertvierzig drauf. Wir betraten den Asphalt erst wieder, als die Rücklichter in der Dunkelheit verschwanden.

»Was geht dich das eigentlich an?« fragte Ginger. »Was kümmerst du dich um meine Angelegenheiten?«

»Ich mach mir eine Menge Gedanken.«

»Ich weiß, worüber du dir Gedanken machst.«

»Darüber auch.«

Sie sagte nichts mehr. Ich sah, daß ein Auto die Straße entlangkam. Es fuhr in Richtung Paulton. »Das werden wir stoppen«, sagte ich. Wir standen auf der Straße. Der Wagen kam langsam näher. Ich dachte, es sei ein Laster oder das Auto eines Farmers. Die Lichter machten es unmöglich, das zu erkennen. Als es nahe genug war, schwenkte ich meinen Daumen in Richtung Paulton. Das Auto hielt.

»Sieh mal an, wer da ist«, sagte eine Stimme.

Es war Pug Banta.

8

Wir fuhren die dunkle Überlandstraße mit achtzig Stundenkilometern entlang, in Richtung Paulton. Quatsch, in Richtung Paulton, dachte ich mir, Richtung Kugel in den Bauch. Ich saß zwischen zwei von Pugs Jungs auf dem Rücksitz, beide hielten mir ihre Schießeisen in die Rippen. Ginger saß vorne mit Pug und dem Fahrer. Es gab keine Konversation. Der Kerl links von mir stank nach Knoblauch.

Wir fuhren an der Stadtgrenze von der Überlandstraße ab. Links sah ich Straßenlaternen. Auf Wiedersehen, Straßenlaternen! dachte ich mir. Wir fuhren mit summenden Reifen auf Asphalt. Pug zündete sich eine Zigarette an und hielt Ginger die Packung hin.

»Willst du eine, Mädel?«

»Nein.«

Er steckte die Packung weg. Wir fuhren eine Seitenstraße mit einer Allee entlang und kamen zu einem großen Fachwerkhaus, vor dem wir anhielten. Ich konnte Frösche quaken hören.

»Joe.«

»Ja, Boss«, sagte der Kerl rechts von mir.

»Bring Ginger hinein.«

»Okay.«

Joe stieg aus. Pug auch, um Ginger herauszulassen.

»Pug.«

»Ja, Mädel?«

»Es ist nicht sein Fehler.«

»Ich hab ihn gewarnt.«

»Ich brachte ihn dazu, mit mir wegzugehen. Ich sagte ihm, es wäre in Ordnung.«

»Es ist alles in Ordnung«, sagte Pug.

»Oh, Pug.« Gingers Stimme klang heiser.

Es war ekelhaft. Sie war ziemlich beunruhigt. Es sah nicht gut aus für mich. Ich hatte ein komisches Gefühl im Magen.

»Ich wollte dich eifersüchtig machen«, sagte Ginger.

»Guter Witz.«

»Wirklich, Pug.«

»Bring sie rein, Joe.«

Der Typ neben mir sagte: »Sitz ruhig, Trottel.«

Ich hörte Ginger weinen. Sie sagte nichts zu mir. Pug stieg hinten ein. »Fahren wir.«

»Wohin?« fragte der Fahrer.

»Zum Haus«, sagte Pug.

Wir fuhren los. Ich sah, wie in einem Fenster des Fachwerkhauses Licht anging.

Ich sagte: »Wie wär's mit einer Zigarette?«

»Klar, Kumpel«, sagte Pug.

Er gab mir eine Zigarette und zündete sie mir an. Wir fuhren von der Straße herunter und wandten uns nach rechts. Der Wagen war nun etwas schneller unterwegs als zuvor. Ich nahm einen tiefen Zug von meiner Zigarette.

»Was zum Teufel ist mit dir eigentlich los, Kumpel?« fragte Pug.

»Nichts.«

»Du mußt lebensmüde sein.«

»Warum?«

»Du hast doch gehört, was ich gestern abend gesagt habe, oder?«

»Ich dachte, du hättest es nicht so gemeint.«

»Hört euch das an!« lachte Pug. »Der Junge sagt, er dachte, ich hätte es nicht so gemeint.« Er kam mir mit seinem Gesicht ganz nahe, um mich besser sehen zu können. »Hast du geglaubt, meine Schläge waren auch nicht ernst gemeint?«

»Waren das Schläge?«

Es folgte ein Augenblick, in dem ich das Geräusch des Motors und das Zischen der Luft hören konnte. Dann schlug mich Pug, wobei mir die Zigarette ins Gesicht prallte. Die Glut verbrannte meine Lippen.

»Du wirst langsam besser«, sagte ich.

»Bei Gott!« Pugs Stimme klang überrascht. »Ich kann dich nicht begreifen, Kumpel. Weißt du nicht, daß ich dich jetzt ausblasen werde?«

»Das ist das, was du glaubst, Kumpel.«

»Hört euch den Burschen an.«

»Hält sich für einen klugen Jungen«, sagte der Mann links von mir.

Eine Weile lang fuhren wir schweigend dahin. Wir dachten alle nach. Ich fragte mich, ob es einen Weg gab, aus dem Schlamassel herauszukommen, und ob es eine gute Idee wäre, Pug zu erzählen, ich sei ein FBI-Mann. Er würde es nicht glauben, und es würde ihn auch gar nicht interessieren. Ich brauchte eine bessere Geschichte.

Pug sagte: »Ich denke gerade über die beste Art, dich auszublasen, nach.«

»Die Chinesen machen es mit Ratten«, sagte ich. »Sie lassen sie das Opfer auffressen.«

»Woher soll ich jetzt Ratten nehmen?«

»Na«, sagte ich, »drei sitzen ja hier im Auto.«

Ich weiß nicht, wer mich diesmal schlug, Pug oder der Kerl mit dem Knoblauchatem. Er nahm jedenfalls den Lauf seiner Pistole dazu, und ich war anschließend ein paar Minuten weggetreten. Als ich wieder zu mir kam, waren wir bei einer kleinen Hütte stehengeblieben. Ich war mit dem Mann zu meiner Linken allein.

»Wieder voll da?« fragte er mich und stieß mich mit der Pistole in die Seite.

»Klar.«

»Du nimmst es witzig für einen Mann, der nur noch zehn Minuten zu leben hat.«

Mein Kopf schmerzte.

»Hör zu«, sagte er, »wenn du brav bist, gehst du hinüber, ohne daß es dir besonders weh tut. Aber wenn du Pug noch saurer machst, kann man nicht sagen, was er vorher noch alles tun wird.«

»Wenn ich deinen Rat brauche, frag ich dich danach«, sagte ich.

Ich glaube, er wollte mich schlagen, aber mein Getue hatte ihn verunsichert. Ich spürte, wie er im Dunkeln dasaß und mich prügeln wollte, sich aber doch nicht ganz getraute. Der Fahrer und Pug kamen zurück. Sie hatten eine Rolle Draht, wie man ihn für Viehzäune verwendet, und ein paar Steinbrocken dabei. Sie warfen das Zeug neben mich und stiegen ein. Wir begannen, über ein Feld zu fahren. Ich schüttelte meinen Kopf, um ihn klar zu bekommen. Die Bewegung schmerzte höllisch.

»Dieses Zeug ist zu nichts gut«, sagte ich und gab dem Draht einen Fußtritt.

»Du weißt ja gar nicht, wofür wir's brauchen«, sagte Pug.

»Ach, weiß ich nicht? Ihr wollt mich fesseln und die Steine auf mich draufbinden und dann alles zusammen in den See schmeißen.«

»Der Kerl ist hell im Kopf«, sagte der Fahrer.

»Bloß, wenn mein Fleisch verfault, löst sich das Zeug ab, und ich treibe an die Oberfläche.«

»Nicht, wenn man's wie wir macht«, sagte Pug.

»Es ist nicht so gut wie Zement.«

»Ich habe keinen Zement.«

»Das zeigt, daß du eine Flasche bist«, sagte ich.

Ich war bereit für den Schlag. Er kam nicht. »Hör zu«, sagte Pug, »du bereitest dir selbst eine Menge Probleme. Du kannst es leicht haben oder aber auf die harte Tour. Ich denke allmählich, es wird die harte Tour werden.«

»Mach dich nicht lächerlich. Ich trete überhaupt nicht ab.«

»Jessas«, sagte der Mann mit dem Knoblauchgeruch, »ich glaube, der spinnt.«

Das Auto blieb stehen. Pug sagte: »Jetzt machen wir einen netten kleinen Spaziergang.«

»Zuerst möchte ich mit dir allein reden«, sagte ich.

»Komm schon«, erwiderte Pug und öffnete die Tür.

»Nicht bevor ich mit dir gesprochen habe.«

»Also leg los«, sagte Pug, »ich habe keine Geheimnisse.«

»Hast du Angst, mit mir allein zu reden?«

»Mach vorwärts«, sagte Pug, »rede.«

Seine Stimme klang verändert. Er hatte noch nie jemanden gehabt, der sich auf dem Weg zu seinem Tod so benommen hatte. Ich nahm an, daß sie meistens um ihr Leben bettelten. Ich hatte ihn wenigstens zum Nachdenken gebracht.

»Bevor du mich umlegst«, sagte ich, »fragst du besser erstmal die Prinzessin.«

Darauf entstand ein Schweigen. Im Osten sah ich einen Lichtschimmer. In einer Stunde würde es Tag sein. Man hörte das leise Geräusch von Wasser am Strand.

»Warum?« fragte Pug.

»Sie wird wütend sein.«

Pug sagte: »Und warum glaubst du, daß mich das etwas schert?«

»Das schert dich was.«

Ich konnte beinahe hören, wie die anderen Burschen ihre Ohren gespitzt hatten. Ich war mir ziemlich sicher, daß Pug ihnen nichts über sein Abkommen mit dem Weinberg gesagt hatte. Ein Bursche wie er würde das nicht tun. Er würde sich benehmen wollen, als sei er der große Boss.

Pug sagte: »Wie kommst du auf diese Idee?«

»Frag die Prinzessin.«

Pug erwiderte nichts.

»Hör zu«, sagte ich. »Schick diese Gauner weg.« Ich versuchte, seine Miene zu erkennen. »Du wirst alle Hilfe brauchen, die du nach der heutigen Nacht kriegen kannst.«

Der Wagen schaukelte ein bißchen, als jemand sein Gewicht verlagerte. Einer der Sitze hatte eine ächzende Feder. Eine kühle Brise kam vom See herüber.

»Weißt du, wen du bei Papas umgelegt hast?« fragte ich.

»Ich war gar nicht bei Papas«, sagte Pug. »Ich kann beweisen, daß ich woanders war.«

»Nicht, wenn Gus plaudert.«

»Das wird er nicht.«

»Sei nicht allzu sicher.«

»Wer ist umgelegt worden?«

»Jemals was von einem Burschen namens Caryle Waterman gehört?«

Das traf ihn voll. Er schwieg eine Minute lang. Dann sagte er zu den anderen Schuften: »Haut ab, Leute.«

Sie stiegen aus dem Wagen und gingen weg. »Ich dachte mir schon, daß an dir etwas faul ist«, meinte Pug.

»Schau. Der Weinberg wird wegen dem, was du heute nacht angerichtet hast, verdammt sauer sein. Du weißt, was sie über so harte Angelegenheiten denken.«

»Weiß ich das?«

Ich machte geradlinig weiter. »Morgen werden eine Menge Bullen hier sein. Und du wirst die Hilfe des Weinbergs brauchen. Aber du wirst sie nicht kriegen, wenn du mich auspustest.«

»Wer sagt das?«

»Die Prinzessin zum Beispiel.«

»Okay«, sagte Pug, »vielleicht stecke ich in der Tinte. Aber warum sollte ich dir glauben?«

Ich sagte ihm ein paar von den Dingern, die mir die Schwarzhaarige, Carmel, erzählt hatte. Ich redete über die Zehntausend pro Monat, und daß der Weinberg die meisten Lokale im Bezirk im Griff hatte. »Und wenn dich das alles nicht davon überzeugt, daß ich dazugehöre, dann frag die Prinzessin.«

»Wenn du lügst, zerhacke ich dich zu einem Hamburger.«

»Frag die Prinzessin.«

»Okay, Kumpel.«

Ich fühlte mich besser. Das gab mir ein bißchen Zeit. Vielleicht konnte ich abhauen, bevor sie kam. Vielleicht geschah auch sonst etwas. Ein Erdbeben oder eine Springflut. Ich war da nicht wählerisch. Pug rief die anderen.

»Wir werden diesen Burschen eine Weile zwischenlagern«, sagte er.

Wir fuhren zurück zu der Hütte, wo sie den Draht und die Steine geholt hatten. Der Wagen blieb stehen. »Steig aus.«

Ich stieg aus. Pug befahl den anderen, bei mir zu bleiben. Sie stießen mich zur Hütte. Pug kletterte auf den Fahrersitz.

»Bin in einer halben Stunde zurück.«

Wir gingen in die Hütte. Einer der Gangster zündete eine Laterne an. Es war der Fahrer. Der andere grinste mich an. Er hatte schiefe Zähne.

»Du mußt verdammt schnell geredet haben.«

»War wohl nötig.«

Er fand das komisch und lachte. Der Fahrer war ein dunkler Typ mit einem schmalen Gesicht. Mit seinem linken Auge war etwas nicht in Ordung. Er lachte nicht. Er beobachtete mich und hielt dabei die Pistole ständig auf meinen Magen gerichtet. Er sah wie ein Armenier aus.

»Setz dich hin.«

Um einen Ofen standen drei Stühle. Ich setzte mich in einen davon. Die Hütte sah aus, als würde sie von Fischern und Entenjägern benützt. Ich sah ein paar Angelruten und alte Schachteln für Kaliber-12-Schrot auf dem Boden. In der Ecke stand ein Feldbett, darüber gab es ein Fenster mit gesprungenem Glas. Die Gangster zogen ihre Stühle von dem meinen ein Stück weg und setzten sich. Ihre Pistolen hielten sie im Schoß.

Ich versuchte, mir einen Trick auszudenken. Wenn ich einen von ihnen allein erwischen konnte, hatte ich eine Chance. »Gibt es hier Wasser?« fragte ich. »Ich bin durstig.«

»Er will Wasser«, sagte der Fahrer.

»Stell dir vor«, sagte der andere.

Sie rührten keinen Finger. Sie würden auch sonst nichts tun. Ich streckte meine Beine aus und sah, daß ich den Stuhl des Fahrers erreichen konnte. Wenn ich meinen Fuß um das Stuhlbein legte und den Stuhl unter dem Mann wegzog, konnte ich versuchen, seine Pistole zu erwischen. Allerdings nur, wenn mich der andere Bursche nicht vorher erschoß. Ich rechnete mir aus, daß ich diese Chance ergreifen mußte, denn es war alles vorbei, wenn ich wartete, bis Pug zurückkam. Ich rückte mit meinem Fuß näher an den Stuhl. Der Fahrer schlug mir mit der Pistole auf das Schienbein.

»Werd nicht komisch.«

Das Schienbein tat höllisch weh. Ich rieb es eine Weile. »Ihr Jungs spielt aber verdammt hart, nicht wahr?«

»Halt's Maul.«

Ich konnte an ihren Gesichtern ablesen, daß sie schießen würden, wenn ich noch etwas probierte. Es war ein Wunder, daß der Knoblauchstinker nicht den Moment benützt hatte, als sein Kumpel mich schlug. Ich saß ruhig auf meinem Stuhl. Es gab keine einzige verdammte Sache, die ich hätte tun können. Mein Geist beschäftigte sich mit all den vielen Malen, wo ich so etwas im Kino gesehen hatte. Dort machten sie es ganz toll, in Büchern auch. Der Held schlug locker drei oder vier bewaffnete Männer zusammen. Ich hab sogar mal einen Film gesehen, wo er acht auf einmal schaffte. Ich glaube, es war Franchot Tone. Ich hätte jederzeit acht Franchot Tones verdreschen können, bewaffnet oder nicht, aber ich konnte nichts gegen die zwei Gangster hier unternehmen. Nicht, ohne dabei erschossen zu werden. Ich wollte aber so lange wie irgend möglich nicht erschossen werden. Ich schloß die Augen. Ich dachte mir, na gut, vermissen wird mich allerdings ohnehin niemand.

9

Ich hörte, wie das Auto die Straße entlangkam. Es war ein paar Minuten vor dem Sonnenaufgang. Der Himmel war blau. Ich konnte ihn durch das gesprungene Fenster sehen. Er war wolkenlos. Ich hatte ein komisches Gefühl im Hals. Ich war dem Tod schon viele Male zuvor nahe gewesen, aber ich hatte noch nie soviel Zeit gehabt, darüber nachzudenken. Ich wünschte mir, ich hätte doch den Fluchtversuch gemacht, Schießerei oder keine. Ich würde ohnehin erschossen werden. Der Wagen fuhr vor die Hütte. Ich hörte, wie der Motor abgeschaltet wurde. Dann hörte ich die heisere Stimme einer Frau sagen: »Ist er drinnen?«

»Ja«, erwiderte Pug.

Sie kam in die Hütte herein und starrte mich an, während sie mit einer Hand auf der Hüfte dastand. Die Laterne und das gesprungene Fenster sorgten für genügend Helligkeit. Ihr Haar hatte die Farbe einer Bambusangelrute, und sie hatte Rouge und Mascara aufgelegt, aber ihre Haut unter der Schminke war tadellos. Sie trug schwarze Hosen, ein scharlachrotes Hemd und offene Sandalen. Sie war schön. Pug betrachtete mich düster über ihre Schulter. Bruder, ich dachte mir, das ist der Vorhang zum dritten Akt.

»Du bist das also«, sagte sie.

Ich gab keine Antwort. Ich wußte nicht, was ich sagen sollte.

Sie drehte sich um zu Pug. »Was ist das für 'ne Idee, ihn zusammenzuschlagen?«

Die Frage war wie ein Tritt in den Bauch. Mir blieb der Atem weg; ich konnte hören, wie ich heftig Luft ausstieß. *Sie machte mein Spiel mit!*

Pug sagte: »Er wollte es nicht anders.«

»Das wird man von dir auch bald sagen.«

»Er hat nie gesagt, daß er ein Freund von dir ist, bis ganz zuletzt«, sagte Pug. Der Fahrer und der Armenier sahen ihn an.

»Leute, ihr zieht Leine«, wies Pug sie an.

Sie gingen hinaus. Die Prinzessin sagte zu Pug: »Wir nehmen uns einen anderen Mann, wenn du weiterhin jeden fertigmachst, der nach diesem Rotschopf grabscht.«

»Kapier das«, sagte Pug, »niemand hat zu grabschen.«

»Kapier du das; noch ein oder zwei Morde von dir, und die setzen den ganzen Bezirk unter Druck.«

Pug sah nachdenklich aus. Ich fragte mich, ob er ihr erzählt hatte, was bei Papas geschehen war. »Er hat sie schon begangen«, sagte ich.

Pug sah mich finster an. Sie sagte: »Ja?« Ich erzählte ihr von Caryle Waterman.

»Mußtest du dir gerade den reichsten Burschen in der Stadt aussuchen?« fragte sie Pug.

»Woher sollte ich wissen, daß er da drin war?«

»Du Trottel!«

»Sie werden mich nicht dafür festnageln. Ich habe ein Alibi.«

»Das wird eine Menge wert sein. Der Gouverneur kümmert sich überhaupt nicht darum. Er wird eine Anklagejury zur Untersuchung einsetzen, und wir können den Laden dichtmachen. Wer wird dir dann an jedem Monatsersten deinen Kies auszahlen? Wir nicht. Dann wirst du vielleicht mit Bankraub oder mit Kidnapping anfangen, und dann kriegen dich die Regierungsagenten.«

Sie war wirklich wütend. Pug gab ihr keine Antwort. Er stand da und sah mich zornig an. Er wünschte sich, er hätte mich schon lang vorher erschossen.

Sie sagte zu ihm: »Hau jetzt ab.«

»Gut.« Er ging zur Tür. »Und wie kommst du zurück?«

»Wir werden fahren, du blöder Idiot. Das Laufen wird dir guttun. Es sind nur ein paar Meilen.«

Pug sagte: »Es sind drei Meilen.«

»Um so besser für dich. Und jetzt hau endlich ab.«

»Nein.«

Sie schlug ihm ins Gesicht. Es war ein harter Schlag. Seine Augen wurden rot vor Wut. Dann drehte er sich um. »Okay.«

Sie lachte, als er hinausging. Es hatte ihr gefallen, ihn zu schlagen. Sie ging zum Fenster. Ich stand auf und trat neben sie.

»Das hättest du nicht tun sollen«, sagte ich.

»Warum nicht?«

»Jetzt muß er mich umbringen.«

»Versteh ich nicht.«

»Kein Mann wie Pug hält es aus, daß ein anderer Mann sieht, wie eine Frau ihn schlägt. Der Schlag war in Ordnung, aber nicht, daß ich ihn gesehen habe.«

»Und nun?«

»Und nun wird er versuchen, mich auszupusten, sobald er kann.«

»Hör zu, Süßer«, sagte sie, »du kannst nicht in eine schlechtere Lage geraten als du vor einer halben Stunde warst.«

Das war die Wahrheit. Ich sollte nicht wegen Pug jammern. Ich schaute aus dem Fenster. Die Sonne war aufgegangen. Sie sah aus wie eine Orange. Pug und die anderen gingen über das Feld. Die Frau lachte.

»Diese mickrigen Halsabschneider«, sagte sie.

Ich starrte sie an. Im Licht sah sie bleich aus. Ich konnte die Kurven ihrer Schultern und die Wölbung ihrer Brust unter dem scharlachroten Hemd sehen. Ihre Haut war weiß und sah weich aus. Sie drehte sich um und sah mich an. »Nun...«

»Danke.«

»Ich mag große Männer«, sagte sie.

Ihre Stimme war rauh, als sei sie verkühlt. Sie trat an mich heran und griff nach meinem Arm. Ihre Finger schmerzten auf den Muskeln. Ich konnte ihr Parfüm riechen. Sie kam nahe an mich heran. Ich dachte, ich wüßte, was sie wollte. Ich versuchte, sie zu küssen. Sie fuhr zurück.

»Nein.«

»Tut mir leid.«

Sie gab mir eine Ohrfeige. Sie war stark; meine Wange brannte. Sie kam wieder näher und schwang beide Arme, jetzt mit geschlossenen Fäusten. Sie schlug mich auf die Arme und gegen die Brust. Ich versuchte, sie zu halten.

»Schlag mich!« sagte sie.

Es war verdammt merkwürdig. Ich hielt ihre Arme, aber sie riß sich los. Sie schlug mir auf die Brust.

Sie sagte: »Schlag mich.«

Ich schlug ihr leicht gegen die Rippen. »Richtig so! Richtig so!« Sie versetzte mir ein paar harte Schläge. Ihre Augen waren wild. Sie traf mich hart ins Genick. Ich schlug ihr in den Magen. Ich hörte, wie ihr Atem herausfuhr: Uff! Es stoppte sie nicht. Sie kam wieder näher, schlug hart zu.

Ich gab ihr eins über die Niere. Sie grunzte und umklammerte mich. Sie biß in meinen Arm, daß Blut kam. Ich schlug ihr ins Gesicht. Sie stieß mir das Knie in die Leiste. Es tat weh. Ich verlor die Balance, griff nach ihr, und wir gingen beide zu Boden. Wir rollten auf dem dreckigen Boden der Hütte herum und keuchten. Sie war kaum festzuhalten, und jedesmal, wenn sie sich losreißen konnte, schlug oder trat oder biß sie mich. Ich rollte mich über sie und preßte sie auf den Fußboden. Sie sah schön und wild aus. Sie biß mich neuerlich in den Arm, und ich schlug sie in die Rippen. Sie stöhnte und kämpfte sich frei. Meine Hand blieb in dem roten Hemd hängen. Die Seide zerriß bis zum Nabel.

»Ja«, sagte sie.

Ich begriff. Ich riß ihr das Hemd vom Leib, wogegen sie kämpfte, obwohl es ihr gefiel. Ich riß an ihren Kleidern, ohne mich darum zu kümmern, wie weh ich ihr tat. Sie krümmte sich keuchend auf dem dreckigen Boden. An ihrem Mund war Blut. Ich wußte nicht, ob von mir oder von ihr. Es schmeckte süß. Plötzlich hörte sie auf, sich zu winden.

»Jetzt«, sagte sie, »jetzt, verdammter Kerl. Jetzt!«
Später lagen wir auf dem Boden.
»Ich verstehe dich nicht«, sagte ich.
»Es macht Spaß, oder nicht?«
»Ja.«
»Also, was machst du dir dann Gedanken.«

Wir brauchten einige Zeit, bis wir die Kleider für sie wieder zusammenhatten. Ich hatte sie alle in Fetzen gerissen. Wir hatten keine Nadeln. Ich fand ein paar Angelhaken und befestigte die schwarze Hose an dem Hemd. Sie half mir. Dann steckte ich Haken durch die schlimmsten Stellen im Hemd. Ich trat einen Schritt zurück, um sie anzusehen. Über ihrer rechten Schulter war noch ein großer Riß. Ich heftete ihn zusammen und küßte dann ihren Nacken. Ich hätte ihren Mund geküßt, aber sie ließ mich nicht.

»Was ist los?«

»Ich will das nicht.«

»Also gut.«

Ich trat nochmal einen Schritt zurück. Aus der Entfernung konnte man nicht sehen, daß etwas nicht stimmte.

»Ich sollte zu schneidern anfangen«, sagte ich.

»Du solltest anfangen zu ringen«, erwiderte sie, »ich fühle mich, als wäre ich durch die Mangel gedreht worden.«

»Du hast es so gewollt, Baby.«

»Klar. Ich liebe das.«

»Ich liebe es auch.«

Draußen war es hell. Die Sonne stand am Himmel. Es

wehte kein Wind; der See lag wie dunkles Glas da. In Strandnähe wuchsen ein paar Gräser. Wir gingen zum Auto.

»Wohin gehen wir?« fragte ich.

»Zum Weinberg.«

Ich ließ den Motor an und drehte um, damit ich mit dem Kühler zur Straße stand. Die Reifen holperten über etwas weg. Ich sah, daß es der Drahtkegel und die Steine waren. Das versetzte mir einen Schock. Ich hatte vergessen, wie nahe ich dem See schon gewesen war. Ich fragte mich, wie viele Männer schon unter diesem spiegelglatten Wasser lagen, mit Draht zusammengebunden und durch die Steine unten gehalten. Ich fuhr zur Straße.

»Rechts«, sagte sie.

Sie kuschelte sich in den Vordersitz und betrachtete mich durch halbgeschlossene Lider. Sie lächelte ein bißchen. Plötzlich fühlte ich etwas wie Furcht vor ihr. Ich weiß nicht warum, aber das Gefühl überkam mich. Es lag kein Sinn darin. Sie konnte mir nichts tun. Aber das Gefühl war da.

Ich fuhr die Straße entlang und kam an wenigen Autos vorbei. Die elektrische Anzeige im Auto gab sieben Uhr an. Ich sah den Weinberg auf dem Hügel links von uns, das Sonnenlicht lag hell auf den großen roten Gebäuden. Von hier aus sah ich, wie groß die Anlage war, die Weingärten und Felder erstreckten sich über Meilen. Die dunkelgrünen Reben sahen kühl aus.

Wir kamen zu dem großen Tor des Weinbergs. Ich wollte hineinfahren. »Nein«, sagte sie, »geradeaus.« Wir fuhren weiter bis zu einer kleinen Seitenstraße. Sie sagte mir, ich solle da abbiegen. Hundert Meter von der Straße entfernt, endete das Sträßchen in einem Gebüsch. Die Frau stieg aus.

»Komm.«

Ich folgte ihr. Wir gingen durch das Gebüsch. Ich sah einen Weg, der zur Rückseite eines der großen Gebäude führte. Sie blieb stehen.

»Das ist mein Eingang.«

»Oh.«

»Bist du in der Lage, ihn zu finden, wenn du heute abend kommst?«

»Komme ich heute abend?«

»Was glaubst du?«

»Ich glaube, ich komme.«

»Du wirst nicht nur kommen, sondern auch für mich arbeiten.«

»Verdammt«, sagte ich, »ich habe schon einen Job.«

»Wie würdest du dich fühlen, wenn ich Pug sagte, daß du gar nicht für den Weinberg arbeitest?«

»Da würde ich mich schlecht fühlen.«

»Gut«, sagte sie, »komm abends vorbei.«

10

Ich fuhr durch die Stadt zum Arkady und stellte Pugs Auto ab. Ein paar Touristen beluden vor dem Hotel eine Limousine. Ich war so müde, daß ich kaum laufen konnte. Ich ging eine Treppe hinunter, über der sich ein Schild *Türkisches Bad* befand. Ein Finne mit einem biederen Gesicht sortierte im Büro Handtücher. Ich sagte, daß ich ins Dampfbad wollte. Er öffnete mir ein Schließfach. »Bringen Sie mir eine Zeitung.«

»Ja, Sir.« Er machte sich auf den Weg.

»He! Bringen Sie mir auch diesen Neger – Charles.«

Ich zog mich aus, nahm ein Handtuch und ging in den Dampfraum. Die Luft war erfüllt von weißem Dampf, der nach Menthol roch. Er schmerzte in den Augen. Ich legte das Handtuch auf eine Bank und setzte mich. Mein Körper war schon naß vom Dampf. Ich schloß die Augen und holte ein paarmal tief Atem. Ich fühlte, wie meine Muskeln weich zu werden begannen.

Der Finne streckte seinen Arm zur Tür herein und warf mir die Zeitung zu. Ich rollte sie auf. Es war eine Extraausgabe über das Feuer und die Schießerei in Gus Papas' Lokal. Die Schlagzeile lautete: *Schlacht zwischen Gangsterarmeen!* Im ersten Absatz hieß es, Anarchie regiere Paul County. Ich las die Story. Sie besagte, daß mindestens dreißig Männer an einer wilden Schießerei im Joyland

Erholungspark beteiligt gewesen seien und mindestens einer davon getötet worden war. Weitere vermutete man noch in dem verbrannten Gebäude. Die Schießerei hatte beinahe fünfzehn Minuten gedauert. Man suchte nach Gus Papas und dem Besitzer eines Autos, das auf mysteriöse Weise zerstört bei dem Haus gefunden wurde. Der Rest der Story war eine Beschreibung des Tatorts. Pug Bantas Name wurde nicht erwähnt.

Wenn das schon Anarchie sein sollte, was würden sie denn erst schreiben, wenn sie herausfanden, daß eine der Leichen die von Caryle Waterman war? Dann würde die Hölle losbrechen: möglicherweise eine Untersuchung durch die staatlichen Behörden. Ich legte die Zeitung auf meine Knie und atmete den Dampf ein. Eine solche Untersuchung war genau das, was ich wollte. Sie würden die Verbindungen des Weinbergs mit Laster und Glücksspiel herausfinden, und dadurch würde das Grayson-Mädchen aus der Sache herauskommen. Alles wäre dann prima, nur ich wäre vielleicht tot.

Ich wunderte mich über das Verhalten der Prinzessin. Warum hatte sie mich gerettet? Fürchtete sie, was ich dem Weinberg antun konnte? Oder brauchte sie jemanden fürs Bett? Nach meiner Einschätzung war es eine Kombination von beidem. Sie langweilte sich allein und hatte keine Angst vor mir. Tatsächlich war eher das Gegenteil der Fall. Sie sagte, sie mochte große Männer. Ich war ein großer Mann. Aber eines wußte ich: wenn ich nicht tat, was sie wollte, würde sie Pug gestatten, mich umzulegen, ganz gleich, wie gut ich war. Das würde Pug gefallen.

Ich schloß die Augen. Der Dampf begann mich zu

entspannen. Ich dachte beinahe zufrieden an die Dinge, die ich tun mußte. Ich mußte Pug Banta loswerden. Ich mußte das Grayson-Mädchen aus dem Weinberg herausholen. Und Oke Johnsons Mörder finden. Und dann war da noch meine Verabredung mit der Prinzessin. Zusammen war das eine ganze Menge.

Ich suchte die Johnson-Story in der Zeitung. Sie war auf eine der Innenseiten gerutscht. Es gab nicht viel Neues. Die Polizei verfolgte mehrere vielversprechende Spuren, wenn man dem Polizeichef Piper glauben wollte. Gegen Ende zu war in einem Absatz erwähnt, daß eine Mrs. G. A. Kellerman in der Fern Street 467 einen merkwürdigen Landstreicher ungefähr zu der Zeit gesehen hatte, als Johnson erschossen worden war. Die Notiz erwähnte nicht, was an dem Landstreicher merkwürdig gewesen sein soll.

Ich warf die Zeitung auf den Boden und verließ den Dampfraum. Charles wartete auf mich.

»Ich möchte meine Kleider wechseln, Charles. Und brauche Whisky und ein Frühstück. Eier und Schinken und ein Sirloin-Steak.«

»Ja, Sir.« Er war zum Gehen bereit.

»Noch was, Charles. Erinnerst du dich an Ginger?«

»Ja, Mr. Craven.«

»Ist sie zurück?«

»Vor ungefähr einer Stunde, Mr. Craven.«

»Okay«, sagte ich, »troll dich.«

Der Finne war ein guter Masseur. Seine Hände waren stark, und er ging mit den lädierten Stellen vorsichtig um.

Ich weiß nicht, was er von meiner Sammlung von Bissen und Blutergüssen hielt. Er sagte kein Wort darüber. Charles kam mit Kleidern, Whisky und Frühstück zurück, während ich auf dem Tisch lag. Ich ließ den Finnen eine Pause machen, während ich trank. Dann massierte er mich weiter. Auf der Straße schrien Zeitungsjungen »Extrablatt!« Der Finne ließ mich in einen Raum mit trockener Hitze gehen. Da drinnen war es sehr heiß; der Schweiß rann an mir herunter. Der Mann kam mit einem Schlauch und spritzte mich mit kaltem Wasser an. Das brachte mich dazu herumzuspringen. Ich trocknete mich ab und zog frische Unterwäsche an. Ich goß Whisky in meinen Kaffee und trank die Mischung. Dann einen Orangensaft. Ich fühlte mich wohl. Ich machte mich an die Vertilgung des Steaks.

»Es klingt so verrückt«, sagte Mrs. Kellerman kichernd.

»Sagen Sie mir's trotzdem«, sagte ich. »Sie wollen doch nicht, daß Mr. Johnsons Mörder ungestraft davonkommt, oder?«

»Dieser arme Mensch«, erwiderte sie.

Mrs. Kellerman war eine dünne Frau in einem blauen Kleid, das an den Ellbogen verschlissen war. Sie zuckte, wenn sie sprach, als kitzelte sie jemand mit einer Feder. Sie hatte mir bereits ihre Lebensgeschichte erzählt, eingeschlossen die Tatsache, daß ihr Mann seit fünf Jahren tot war.

»Wie spät war es denn, als Sie diesen Landstreicher sahen?«

»Gerade Tagesanbruch.« Sie schüttelte den Kopf. »Die

Polizei benahm sich so komisch, als ich meine Geschichte erzählte. Sie taten, als ob sie mir nicht glauben würden. Einer der Männer hatte die Stirn, mich zu fragen, ob ich vielleicht geträumt haben könnte. Geträumt! Ich kriege so schon wenig genug Schlaf, auch ohne diese Polizisten . . .«

»Bitte, Mrs. Kellerman: Was haben Sie gesehen?«

»Es war reiner Zufall, daß ich ihn überhaupt zu Gesicht gekriegt habe. Aber ich hörte ein Geräusch; es ist komisch, wie nervös eine Frau in einem Haus wird, wenn kein Mann da ist, meine ich.« Sie kicherte und zuckte am ganzen Körper.

»Was für ein Geräusch?«

»Eine Art Schritte, schlurfende Schritte. Ich kann Ihnen sagen, das machte mir angst!«

Es war wie Zähneziehen. Aber ich wollte es wissen. Ich sagte: »Was taten Sie dann?«

»Ich ging zum Fenster.« Sie machte eine Pause und sah mich an, ob ich hinreichend beeindruckt war. »Und da war er.«

»Wer?«

»Ich weiß nicht. Woher sollte ich? Er sah aus wie ein Priester.«

»Wie ein Priester?«

»Er hatte einen schwarzen Kittel, wie die Priester sie haben. Und er trug einen Stock.«

»Ich habe noch nie von einem Priester mit einem Stock gehört.«

Mrs. Kellerman kicherte. »Ich auch nicht. Sein Gesicht sah auch nicht wie das eines Priesters aus. Es war so bleich und so – äh – bösartig.«

»Was tat er denn?«

»Er schlurfte nur am Haus vorbei und verschwand.«

»Nach hinten.«

»Ja, nach hinten.«

»Würden Sie ihn wiedererkennen, Mrs. Kellerman?«

Sie dachte nach. »Ich weiß nicht. Es war so früh. Da war es nicht sehr hell.« Sie kicherte plötzlich. »Und ich hatte so sehr Angst.«

Ich stellte noch einige weitere Fragen, aber das blieb alles, was ich aus ihr herausbrachte. Ein Mann in einem schwarzen Kittel war mit einem Stock in der Hand an ihrem Haus vorbeigeschlurft. Ich begann einzusehen, warum die Polizei nicht viel von dieser Story hielt. Man sieht nicht oft solche Typen wie den Beschriebenen, und wenn, dann sehen ihn andere Leute auch.

»Ich danke Ihnen sehr, Mrs. Kellerman.«

»Wollen Sie nicht ein bißchen Kaffee? Und ein Stück Kuchen. Mein Mann sagte immer, mein Kuchen sei wunderbar.«

»Ich liebe Kuchen, Mrs. Kellerman, wirklich. Aber ich habe eine Verabredung.«

Von dort fuhr ich zur Drive-It-Garage, um zu melden, mein Mietauto sei gestohlen worden. Ich erzählte dem Manager, daß ich es in der vergangenen Nacht gegen elf Uhr vor dem Arkady geparkt hätte und es nicht finden konnte, als ich heute morgen aufstand. Er schrieb die Details auf und sagte, er würde sie der Polizei mitteilen. Er schien nicht besorgt. Ich nehme an, die Versicherung und mein Deposit nahmen ihm alle Sorgen.

Ich mußte in McGees Vorzimmer lange warten. Er telefonierte eifrig. Ich schlief in dem Korbsessel fast ein. Schließlich sagte das Mädchen: »Jetzt wird er Sie empfangen, Mr. Craven.«

McGee lehnte sich über seinen Schreibtisch und schüttelte mir die Hand. Seine Haut fühlte sich klamm an. »Haben Sie die Nachrichten gehört?« fragte er.

»Ich weiß nicht.«

Seine Augen in den Dreiecken aus Fleisch leuchteten. »Caryle Waterman«, sagte er langsam, »wurde in der Schießerei im Joyland getötet.«

»Ja? Und wer ist das?«

»Der Sohn unseres reichsten Bürgers.«

Ich stieß einen Pfiff aus. »Das ist allerdings etwas!«

»Ja. Ich habe gerade mit einem Vertreter des Gouverneurs gesprochen. Der Gouverneur wird dieser Stadt den Marsch blasen ... wenn er kann.«

»Warum sollte er nicht können?«

Er begann, mit den Händen Waschbewegungen zu machen. »Er wird es schwierig finden ... wie ich seinerzeit.« Er lächelte und tippte mit einem Fingernagel gegen seine gelben Zähne. Ich hatte den Eindruck, er würde nicht sehr erfreut sein, wenn dem Gouverneur etwas gelänge.

»Aber wie ist es mit Miss Grayson?« fragte ich ihn und legte meine Stirn in Falten. »Was werden wir ihretwegen tun?«

»Ich glaube, es wäre das beste, wenn wir eine Zeitlang nichts unternehmen, Mr. Craven. Es ist möglich, daß der Weinberg in diese Untersuchung hineingezogen wird. Wenn das der Fall ist – aber beachten Sie, ich sage nicht, daß es sein muß –, werden wir etwas haben, worüber wir mit Miss Grayson sprechen können.«

Ich dachte darüber nach. Die Idee klang nicht schlecht.

»Ich habe vielleicht für den Gouverneur ein paar interessante Fakten«, sagte er lächelnd, »sehr interessante Fakten.«

»Nun, dann lassen wir uns ein paar Tage Zeit«, erwiderte ich. »Wann soll ich Sie wieder aufsuchen?«

»Würden Sie gerne am Sonntag den Weinberg besuchen? Das ist der Tag, an dem man Salomons Leiche sehen kann.«

»Das wäre schön.«

»Ich hole Sie in Ihrem Hotel ab.« Er machte die Waschbewegung mit beiden Händen. »Wie wär's mit zehn Uhr?«

»Abgemacht«, sagte ich.

Ich bekam Gingers Zimmernummer von dem Neger Charles. Es war im dritten Stock, Nummer 347. Ich klopfte an die Tür. Dann wartete ich und klopfte nochmals. Ich hörte, wie sich jemand bewegte.

»Wer ist es?«

»Telegramm.«

»Stecken Sie's unter der Tür durch.«

»Kann ich nicht, Miss. Sie müssen unterschreiben.«

Sie seufzte. »Okay. Warten Sie eine Minute.«

Sie ging durchs Zimmer und öffnete die Tür. Sie trug einen grünen Morgenmantel.

»Mein Gott! Bist du nicht tot?«

»Ich doch nicht.«

Sie starrte mich aus aufgerissenen Augen an. Ich konnte unter dem Morgenmantel ihre Beine in Pyjamahosen sehen. Ihr rotes Haar hing über die Schultern; das sah gut aus.

»Wie wäre es heute mit gemeinsamem Mittagessen?«

»Wie bist du davongekommen?«

»Spielt keine Rolle. Wie wär's mit Mittagessen, Süße?«

»Hör zu, großer Junge, du hast Glück gehabt, daß du am Leben bist. Wir haben beide Glück gehabt. Lassen wir die Finger von Dynamit.«

Ich grinste sie an. »Ich dachte, du gehörtest zu meinem Team.«

»Ich weiß, was gesund ist.«

Sie schlug die Tür zu.

Ich verschlief den Rest des Tages in meinem Zimmer. Es war heiß, aber ich kümmerte mich nicht darum. Ich fühlte mich sehr viel besser, als ich gegen sechs aufwachte. Ich trank ein bißchen Whisky und nahm eine Dusche, dann ging ich ins Hotelrestaurant zum Abendessen. Während des Essens las ich eine Zeitung. Jetzt gab es eine Menge Aufregung über Caryle Waterman, und der Herausgeber verlangte in einem Editorial auf der ersten Seite, daß sein Mörder gefunden werde. Die Polizei suchte immer noch nach Papas. Ich begann mich zu fragen, ob Pug Bantas Leute ihn erwischt hatten. Da stand, daß drei weitere Leichen in dem Gebäude gefunden, bis jetzt aber nicht identifiziert worden waren. In der ganzen Zeitung stand nichts mehr über Oke Johnson.

Ich hatte den Schlüssel in Pug Bantas Auto stecken

gelassen, so daß er es jederzeit abholen konnte, aber es stand immer noch vor dem Hotel. Ich fand das nett von ihm. Ich fuhr hinüber zu Carmels Haus, aber die schwarze Hausangestellte sagte, sie sei nicht da.

»Wo ist sie?«

»Ich weiß es nicht.«

»Jemand da drinnen muß es ja wissen.«

»Nein. Niemand weiß es.«

»Einen Dreck weiß es niemand«, sagte ich. »Man schmeißt einen Laden wie den hier nicht auf diese Art.«

Eine Stimme sagte: »Laß mich mit dem Gentleman reden, Agnes.« Eine große Frau in einem dunkelroten Morgenmantel kam zur Tür. Sie war früher fett gewesen, in der letzten Zeit aber stark abgemagert. Die Haut in ihrem Gesicht hing in Falten herunter. Sie trug ein Diamantenarmband.

»Carmel ist nicht hier«, sagte sie.

»Wo ist sie?«

»Wenn sie gewollt hätte, daß Sie das wissen, dann hätte sie das gesagt.«

»Also gut«, erwiderte ich. »Werden Sie ihr eine Nachricht übermitteln?«

»Ganz sicher nicht.«

»Meine Güte, warum nicht?«

»Wir tun Leuten mit schlechten Manieren keinen Gefallen.«

Sie schloß die Tür. Ich überlegte eine Minute, ob ich sie eintreten sollte, ging dann aber zum Wagen. Zum Teufel damit. Ich fuhr bis zur Dämmerung in der Stadt umher, hielt einmal an einer Bar für einen Whisky und machte mich schließlich auf den Weg zum Weinberg. Ich fuhr am Haupttor vorbei zu dem Nebensträßchen, bog ab und parkte bei dem Gebüsch an seinem Ende. Diesmal zog ich den Zündschlüssel ab. In der Magengrube begann ich ein kitzliges Gefühl zu spüren. Ich wußte nicht, ob es Angst oder Erregung war. Ich nehme an, es war Erregung; ich dachte daran, wie die Prinzessin nackt auf dem Fußboden von Pugs Fischerhütte ausgesehen hatte. Ich ging den Weg zum Frauengebäude entlang. Irgendwo sangen Leute; ich konnte nur ihre Stimmen hören. Sie sangen ein religiöses Lied. Der Weg endete an einer Stiege. Ich sah mich nach einer Tür in Bodenhöhe um. Als ich eine gefunden hatte, ging ich aber nicht hinein, sondern umrundete das Gebäude, wobei ich mir überlegte, wie ich Penelope Grayson erwischen könnte, falls ich das wollte. Es gab Türen am Ende der Stiegen vorn und hinten am Gebäude, aber die Fenster waren alle außer Reichweite. Ich nahm an, daß die Türen nachts wahrscheinlich verschlossen sein würden. Das sah nicht so gut aus. Ich ging zurück zu der ebenerdigen Tür und klopfte.

Die Prinzessin lächelte, als sie mich sah. »Komm rein, Schatz.«

Ich trat ein. Sie führte mich zwei Stiegen hinauf in einen Raum, der indirekt beleuchtet war. Es war eine Wucht von einem Raum. Über den ganzen Fußboden zog sich ein dicker blauer Teppich, auf ihm stand ein mit Seide bespanntes Sofa in der Größe eines normalen Doppelbetts. Die Fenster hatten schwarze Seidenvorhänge. Es gab einen Kamin und mehrere Tische und Polsterstühle.

»Gefällt's dir, Lieber?«

»Es sieht toll aus.«

Ich betrachtete sie. Sie trug eine karmesinfarbene Robe, deren Schnitt dem eines Morgenmantels ähnelte, wie mir schien, dazu einen goldenen Gürtel, goldene Halsketten und goldene Pantoffeln. Sie sah in diesem Kleid schmaler aus, aber ich konnte die Kurve ihrer Hüften gut sehen. Ich fühlte Wärme in meiner Magengrube.

»Setz dich.«

Ich setzte mich neben sie auf das Sofa. Es war, als sitze man auf Federn. Es kam mir vor, als sinke ich bis zur Hüfte ein. Ich konnte ihr Parfüm riechen, schwer und süß, wie der Jasmin unten in New Orleans.

»Spielst du mit?«

»Was bleibt mir anderes übrig?«

»Du bist gescheit.« Sie tätschelte meinen Arm mit ihrer Hand, an der ein Diamant in der Größe eines Zuckerwürfels blitzte. »Aber, Lieber, du wirst die Idee aufgeben müssen, das Grayson-Mädchen von hier wegzubringen.«

Ich war nicht überrascht, daß sie davon wußte. Penelope Grayson würde es ihr gesagt haben. Das war vielleicht ein weiterer Grund, warum sie Pug davon abgehalten hatte, mich umzubringen.

»Ich werde einen Vorwand brauchen«, sagte ich, »schließlich bin ich dafür angeheuert worden.«

»Klar.« Sie rieb meinen Schenkel. »Aber mach nicht mehr weiter.«

»In Ordnung.«

»Aber ganz sicher«, bestärkte sie. »Sie brauchen sie für die Zeremonie der Braut.«

»Was ist denn das?«

»Spielt keine Rolle. Aber begreif's: das sind keine Leute, denen du in die Quere kommen kannst.«

Sie lächelte. Sie hatte mich im Griff, und sie wußte es. Diese Vorstellung gefiel ihr. In gewisser Weise mir auch.

»Was soll ich tun?«

»Trinken wir erstmal einen, Schatz. Dann sage ich es dir.«

Sie holte eine Karaffe und zwei große Weingläser. Sie füllte sie, und wir tranken. Es war Brandy. »Nicht übel«, sagte ich.

»Machen wir selbst.«

Ich spürte, wie er sich mit jenem anderen Glühen in meinem Magen vermischte. Ich machte eine Bewegung, daß ihre Schulter meinen Arm streifte. Das Parfüm begann mir zu gefallen.

Sie sagte: »Mir hängt dieser Ort hier zum Hals heraus.«

»Warum?«

»Keine Freiheit. Ich kann nicht raus. Ich kann mich nicht betrinken oder spielen oder tolle Kleider tragen ...«

»Die hier kommen mir aber toll vor.«

»Klappe, Lieber. Ich versuche gerade, dir etwas klarzumachen. Ich tanze gerne. Ich mag gute Restaurants und Nachtclubs und Filme. Hier ist alles, was ich tun darf, an Gott denken. Das macht mich fertig.«

»Magst du Gott nicht?«

»Ich schaff's mit oder ohne ihn.«

Ich lachte.

Sie sagte: »Ich war ein Kind, als Salomon mich aufgriff. Achtzehn. Ich wollte dem Weinberg nicht als reguläre Tochter beitreten, deshalb machte er mich zur Prinzessin.

Soly war gar nicht so übel.« Sie sah mich an. »Er war auch ein großer Kerl.«

»Du magst die Großen, stimmt's?«

»Je größer, desto besser.« Jetzt lächelte sie. »Soly überließ mir die Durchführung bestimmter Dinge, und als er starb, machte ich einfach weiter.«

»Wo hat er dich eigentlich gefunden?«

»In New York?«

»In was für einer Tanzgruppe?«

Sie schaute erst verwirrt drein, dann lachte sie.

»Klugscheißer.«

»Klar.« Ich griff an ihr vorbei nach der Karaffe und den beiden vollen Gläsern. Allmählich begann ich den Brandy zu spüren. »Warum verläßt du den Weinberg nicht?« fragte ich.

»Das werde ich bald tun.«

Sie stand auf und ging zu einem Schreibtisch. Das Seidenkleid klebte an ihrem Hintern. Sie trug nicht viel darunter. Sie kam mit einem kleinen, in Leder gebundenen Buch zurück.

»Schau mal.«

Es war ein Sparbuch, in dem ein gefalteter Bankauszug lag. Das Konto lautete auf Bethine Gleason und wies ein Guthaben von 87 567,46 Dollar aus. Ich mußte blinzeln, als ich die Zahlen sah.

»Sobald es auf hundert Riesen ist, haue ich ab.« Sie legte das Buch weg, setzte sich neben mich und trank ihr Glas leer. Ich meines ebenfalls.

»Und, was habe ich jetzt zu tun?«

»Du wirst für mich arbeiten.«

»Okay.«

Ihre Augen wurden schmal. »Nach außen hin übernimmst du Pugs Stellung – Arbeit für den Weinberg. Die Ältesten wollen ihn loswerden.«

»Was tu ich für dich?«

»Du händigst mir einen Teil der Einnahmen aus.«

»Zum Aufbau der hundert Riesen?«

»Ja.«

»Was habe ich davon?«

»Nun, einmal, daß du nicht von Pug Banta umgelegt wirst.«

»Das ist sicher schon etwas.«

»Und ein Gehalt.«

»Wie hoch?«

»Zwei Riesen pro Monat.«

»Klingt gut.«

Sie sagte: »Und wenn ich meinen Kies beisammen habe, Schatz, kannst du mit mir kommen, wenn du willst.«

Ich goß den restlichen Brandy aus der Karaffe in die Gläser. »Woher weißt du, daß ich nicht 'ne Frau und fünf Bälger habe?«

»Ich weiß es eben.«

»Hör doch mit diesem Geheimnistuerei-Quatsch auf.«

»Du bist Privatdetektiv«, sagte sie. »Du wohnst im Bellair Apartment Hotel in St. Louis. Apartment Nummer 912. Dein Büro ist im Hawthorne-Building. Du warst drei Jahre lang mit einem Mann namens Johnson im Geschäft. Vorher warst du Streikbrecher in Detroit, wo du für eine New Yorker Firma gearbeitet hast. Davor warst du bei Burns beschäftigt, und noch früher in der Armee.

Du hast dreitausend Dollar auf der Bank und zweieinhalb Jahre lang Notre Dame besucht. Du…«

»Mein Gott!« sagte ich. »Das ist ja, wie wenn man seinen eigenen Nachruf hört.«

Sie holte neuen Brandy. Ich war erschüttert. Es schien unmöglich, selbst wenn sie über Oke Johnson Bescheid wußten. Sie waren gerissen, klar. Allzu gerissen. Ich fragte mich, wer von ihnen Oke Johnson gekillt hatte.

Sie kam mit dem Brandy zurück. Ich goß mir einen ein und stellte ihn auf den Tisch. Wir saßen auf dem Sofa.

»Weißt du, daß Johnson getötet worden ist?« fragte ich.

»Ich hab's in der Zeitung gelesen.«

»Irgendeine Ahnung von der Sache?«

Sie berührte mein Bein. »Komm schon, Schätzchen. Laß uns nicht übers Geschäft reden.«

Ihre Robe war ein bißchen aufgegangen. »Worüber sollen wir sprechen?«

»Müssen wir denn reden?«

Ich legte einen Arm um sie und versuchte, ihre Lippen zu küssen. Sie wollte das nicht. Alles andere, aber nicht ihre Lippen. Es war verdammt komisch. Ich versuchte es wieder, und wir kämpften. Sie begann zu keuchen.

»Schlag mich«, sagte sie, »schlag mich!«

11

Als ich zu der Nebenstraße kam, wo ich das Auto geparkt hatte, war es weg. Das hieß, daß Pug also wieder zu Kräften kam. Aber ich war zu müde, um Angst zu haben. Ich nahm um zwei Uhr einen Bus, der zwischen den Städten hin- und herfuhr. Der Fahrer starrte mich an, als ich ihm meinen halben Dollar gab, aber er sagte nichts. Ich setzte mich auf einen der rückwärtigen Sitze und schloß die Augen. Jesus, bin ich müde! dachte ich mir. Was für eine Frau! Ich war zu nichts zu gebrauchen. Ich würde ein paar Tage lang zu nichts zu gebrauchen sein.

»Endstation, Kumpel. Weiter geht's nicht.«

Es war der Fahrer, der mich auf dem Stadtplatz wachrüttelte. Ich ging zu Fuß zum Arkady und schleppte mich die Vordertreppe hinauf. Der Weihrauch erwürgte mich beinahe, als ich die Lobby durchquerte. Am Rezeptionstisch war niemand. Eine Zeitung lag auf dem Boden. Sie enthielt eine lange Story über die Schießerei. Ich las den ersten Absatz und fand eine Neuigkeit: Pug Banta war vom Bezirksstaatsanwalt vernommen worden, hatte aber ein Alibi. Das brachte mich zum Lachen. Der Polizeichef Piper hatte es ihm verschafft. Er erklärte, Pug sei wegen einer Geschwindigkeitsübertretung die ganze Nacht im Gefängnis gewesen. »Ich selbst hatte ihn eingesperrt«, wurde er wörtlich zitiert.

Das war ein guter Witz! Ich konnte es vor mir sehen, wie der Polizeichef Pug einsperrte.

Der Portier kam zur Rezeption. Es war ein neuer.

»Etwas für Craven da?« fragte ich.

»O ja.« Er war ein dicker Mann mit dem teigigen Gesicht des Nachtarbeiters. »Jemand aus St. Louis versucht gerade, Sie zu erreichen.«

Ich sagte ihm, er solle den Anruf in die Telefonkabine legen. Ich nahm den Hörer ab und sagte: »Hallo.« Die Vermittlung antwortete: »Hier ist Ihr Gesprächspartner, St. Louis.«

»Grayson am Apparat.«

»Oh, hallo, Mr. Grayson.«

»Was tut ihr Bastarde da unten eigentlich?«

»Wir machen Fortschritte.«

»Quatsch! Man sagte mir, Sie und Johnson könnten was zusammenbringen, aber bis jetzt habe ich nichts gesehen.«

Ich holte tief Luft. Er klang, als wolle er uns feuern. Ich sagte: »In drei Tagen haben wir sie draußen.«

»Ist das ein Versprechen?«

»Absolut.«

»Nun gut, das klingt besser.« Er schwieg zwei Sekunden. »Braucht ihr mehr Geld?«

»Könnten wir brauchen, ja.«

»Also gut. Ich sende euch morgen einen Tausender.«

Er hängte auf. Ich verließ die Zelle und fuhr mit dem fetten Portier im Lift hinauf.

»Immer noch heiß«, sagte er.

»Ja, ja.«

Ich ging in mein Zimmer. Ich schwitzte. Ich fragte mich,

wie zum Teufel ich Penelope Grayson binnen drei Tagen herausholen sollte. Oder wenigstens in drei Jahren.

Am Morgen blieb ich lange im Bett liegen. Ich war immer noch fix und fertig. Ich ließ Kaffee und sechs rohe Eier kommen. Die Eier schlug ich in ein Glas mit Bourbon und trank die Mixtur. Dann noch Kaffee. Ich fühlte auf schreckliche Art, daß es der falsche Monat für Austern war.

Ich stopfte mir im Bett die Polster hinter den Rücken und dachte über Oke Johnson nach. Er war ein großer, dummer Schwede gewesen, der sich für schlau gehalten hatte. Aber ich mußte den Burschen kriegen, der ihn erschossen hatte. Es wäre ja sonst ganz toll, wenn die Leute auf mich mit dem Finger zeigten als den Privatdetektiv, der nicht hell genug war, den Mörder seines Partners zu finden. Oke würde mich aus demselben Grund zu rächen gehabt haben. Ich hatte sicher einen prächtigen Einstieg: ein Mann, der einen Stock trug. McGee schien der einzige zu sein, auf den die Beschreibung paßte. McGee! Ich stieg aus dem Bett.

Der Weinberg wirkte nicht wie ein Ort, an dem man in Schwierigkeiten geraten könnte. Frauen arbeiteten auf den Feldern, ihre Kleider leuchteten farbig gegen die Reihen grünen Gemüses. Vögel suchten auf dem großen Rasen nach Insekten. Ich ging zum Frauengebäude, stieg die hölzerne Treppe hinauf und klopfte an die Tür. Eine verwelkt aussehende Frau in schwarzer Kleidung kam heraus.

»Ich möchte Miss Grayson sprechen.«

»Waren Sie schon im Büro?«

»Ja. Die haben mich herübergeschickt.«

Sie blickte zweifelnd, verschwand aber im Inneren. Ich wartete auf der Treppe. Ziemlich bald kam Penelope Grayson heraus. Sie trug ein weißes Kostüm und sah wacher aus als letztes Mal. Ihr Teint war klar. Ihr aschblondes Haar hing ihr über die Schultern. »Oh, Sie sind es.«

»Ich wollte mal nachsehen, ob Sie Ihre Meinung geändert haben.«

»Sie verschwenden nur Ihre Zeit.«

»Das ist es eben, wofür mich Ihr Onkel angeheuert hat.«

»Warum läßt er mich nicht in Ruhe?«

»Er will Ihnen helfen.«

»Ich brauche keine Hilfe.« Sie trat einen Schritt näher. »Sagen Sie ihm das. Und jetzt gehen Sie bitte.«

»Ich möchte Sie nur eine Sache fragen.«

»Was?«

»Haben Sie jemandem davon erzählt, daß ich mit Ihnen über Mr. Johnson gesprochen habe?«

»Nein.«

Ich sah ihr ins Gesicht. Ihre braunen Augen waren ruhig. Ich war mir sicher, daß sie nicht log. »Bitte gehen Sie«, sagte sie. »Ich muß mein Brautkleid vorbereiten.«

»Ihr Brautkleid?«

»Ich werde Salomons Braut sein.«

Sie drehte sich um und ging ins Gebäude zurück. Salomons Braut, dachte ich mir, mußte eine Bezeichnung für die Initiierung in den Weinberg sein. Ich stand eine Minute lang nachdenklich auf der Treppe, dann ging ich zur Straßenbahn. Ich war immer noch gleich weit wie zuvor.

Ich stieg aus dem Straßenbahnwagen und ging zu dem Haus, wo ich mit Carmel gesprochen hatte. Es war heiß, und ich kam beim Gehen ins Schwitzen. Ich fragte mich, ob man über Paulton jemals Wolken gesehen hatte. Die Vorhänge in dem Haus waren vorgezogen, und es sah aus, als schlafe jedermann noch. Ich läutete.

Nach langer Zeit kam die dicke Frau, mit der ich mich gestritten hatte, an die Tür. Sie trug einen rosa Morgenmantel und war unfreundlich. »Was wollen Sie?«

»Ist Carmel da?«

»Sie haben Nerven, so früh am Morgen vorbeizukommen.«

Sie hätte die Tür zugeschlagen, aber ich schob meinen Fuß dazwischen. »Ist sie da?«

»Ziehen Sie Ihren Fuß zurück, oder ich rufe um Hilfe.«

»Nur zu.«

Sie trat gegen meinen Knöchel. Ich drückte meine Schulter gegen die Tür und machte eine schaufelnde Bewegung. Die Frau fiel auf ihren Rücken.

»Sie Bastard!«

Ich trat ein und schloß die Tür. Die Frau trug ein Seidennachthemd unter ihrem rosa Morgenmantel. Sie kreischte: »Jim! Oh, Jim!« Sie rappelte sich hoch und wollte die Stiege hinauf. Ich packte ihren Arm und warf sie in einen Stuhl. Das Haar hing ihr über die Augen.

»Schauen Sie, daß Sie hinauskommen«, sagte sie wütend. »Das ist ein respektables Haus. Ich habe eine Lizenz.«

»Hören Sie: alles, was ich haben will, ist eine höfliche Antwort auf meine Frage.«

Zwei Mädchen kamen oben an die Stiege. Beide waren blond. Die Dicke sah sie. »Greta, wo ist Jim?«

Die Blonden kamen die Stiege herunter. Im selben Moment erschien ein Schwarzer in einer Tür neben der Stiege am Ende des Ganges. Seine Unterlippe war von einer Messernarbe gespalten. Er sah groß und gemein aus.

»Wirf diesen Bastard hinaus, Jim«, sagte die dicke Frau.

Der Schwarze kam auf mich zu, wobei er sich auf seinen Füßen so leicht wie eine große Katze bewegte. »Wir wollen keinen Ärger, weißer Mann. Gehen Sie einfach hinaus.«

»Zuerst kriege ich eine Antwort auf meine Frage«, sagte ich.

Der Schwarze kam ständig näher. »Sie Blödmann«, sagte die Dicke, »einfach Frauen herumstoßen!«

»Komm schon, weißer Mann«, sagte der Schwarze.

Ich ließ ihn nahe herankommen. »Also gut«, sagte ich, »ich gehe.«

»Zieh ihn an den Löffeln, Jim«, sagte die Dicke.

Er griff nach meinem Kragen, und ich knallte ihm das Knie zwischen die Beine. Er grunzte. Ich schlug eine Rechte gegen sein Gesicht, das ganze Gewicht der Schulter hineingelegt. Er wich zurück, ich folgte ihm und verpaßte ihm einen Doppelschlag, worauf er zu Boden ging. Da lag er auf dem Gangläufer auf seinem Rücken.

»Verdammter Kerl!« sagte eine Frau hinter mir. »Laß Jim in Ruhe!« Ich drehte mich gerade rechtzeitig, um mit einer als Lampe dienenden chinesischen Vase am Kopf getroffen zu werden. Das Porzellan – oder woraus immer sie bestand – regnete in Scherben über mich herunter. Die

Blonde, die zugeschlagen hatte, stand da und wartete darauf, daß ich hinfalle.

»Was soll das?« fragte ich sie. »Was bedeutet dir der Schwarze?«

Sie stürzte sich mit gekrümmten Klauen auf mich. Ich packte einen Arm, riß heftig an ihm und ließ sie los. Sie drehte sich um die eigene Achse in den Salon hinein und prallte an die gegenüberliegende Wand. Die andere Blondine kreischte von der Stiege herab. Ich warf einen Blick auf den Schwarzen. Er versuchte, auf die Beine zu kommen und hielt ein übel aussehendes Rasiermesser in der Hand. Ich wartete, bis er hochgekommen war, dann riß ich am Läufer. Der Schwarze fiel auf seine Seite. Ich trat ihm das Messer aus der Hand. Dann versetzte ich ihm einen Tritt ins Gesicht. Die Blonde oben kreischte wieder. Ich nahm den Schwarzen an seinem Gürtel auf und warf ihn durch eines der Gangfenster. Er nahm den Rahmen und die untere Glasscheibe mit sich. Ich rannte durch den Gang und fegte die Dicke vom Telefon weg, dann riß ich es von der Schnur ab und schmetterte es in einen großen Spiegel. »So, verdammt noch mal«, sagte ich zu der Frau, »wo ist Carmel?«

Sie war so verängstigt, daß sie kaum sprechen konnte. »Sie ist weggegangen … gestern abend.«

»Wohin?«

»Ich weiß es nicht.«

»Mit wem?«

Sie schüttelte stur ihren Kopf.

»Natürlich wissen Sie das«, sagte ich. »Sie lassen Ihre Mädchen nicht einfach so weggehen.«

Ich packte ihre Arme und schüttelte sie. Ihr Gebiß fiel heraus und rollte über den Fußboden. Ich hörte auf, sie zu schütteln. »Polizeichef Piper«, sagte sie.

Ich rüttelte sie noch einmal durch. Ziemlich viele Köpfe waren oben am Ende der Stiege erschienen, aber als ich hinaufsah, verschwanden sie. Ich wollte in den Salon, aber ein magerer Mann in Hemdsärmeln war im Weg. Ich verpaßte ihm eine, und er fiel um. Im Gang begann die Blonde, die mich mit der Lampe geschlagen hatte, zu schreien. Sie dachte, ich wollte etwas von ihr. Ich ging zu dem großen Radioapparat in der Ecke. Ich nahm ihn auf, zog den Stecker heraus und warf ihn quer durch den Raum. Er krachte gegen die Wand. Ich stieß mit einem Fußtritt einen Tisch um, auf dem zwei Lampen standen. Von der Couch riß ich einen Teil des Überzugs ab. In das große Ölgemälde über dem Kamin schleuderte ich einen Stuhl. Ich packte eine Stehlampe aus Metall und bog sie in Brezelform. Ich nahm einen Orientteppich und riß ihn in der Mitte auseinander. Die dicke Frau und die Blonde sahen mich aus Augen wie Austern an. Ich ging wieder in den Gang hinaus.

»Nach alldem werdet ihr in Zukunft höflicher sein«, sagte ich.

Ich ging zur Tür hinaus. Der Schwarze lag im Gebüsch unter dem Fenster. Ich machte mir keine Gedanken um ihn; ein Schwarzer verträgt eine Menge. Ich ging zum Hotel zurück, immer schön auf der schattigen Seite der Straße. Ich weiß eigentlich nicht, warum ich das tat; eine Gewohnheit, nehme ich an; schließlich waren meine Kleider schon verschwitzt.

Im Hotel gab mir der Portier eine Nummer, die ich anrufen sollte. Prospect 2332. Ich ging auf mein Zimmer, zog meine Kleider aus und stellte mich unter die Dusche. Ich hatte eine ordentliche Beule am Kopf, wo mich die Lampe getroffen hatte. Nach einer Weile trocknete ich mich ab und wählte die Nummer. Die Prinzessin meldete sich, ihre Stimme so weich wie Schlagobers. »Hallo, Süßer.«

»Hallo.«

»Wie fühlst du dich?«

»In Ordnung.«

»Du kommst doch heute abend, oder?«

»Ich weiß nicht.«

»Oh, aber ich erwarte dich. Iß nichts; wir werden zusammen zu Abend essen.«

Ich sagte nichts.

»Wie klingt das, Süßer?«

»Es klingt wundervoll.«

»Ungefähr um sieben.«

»In Ordnung.«

»Bis dann, Lieber.«

»Bis dann.«

Sie hängte ein, und ich drückte mehrmals den Haken am Telefon. Als sich der Portier meldete, bestellte ich eine Flasche Brandy und ein Dutzend rohe Eier.

12

McGees alter Tourenwagen war einmal grün gewesen. Er war dann schwarz gespritzt worden, aber diese Farbe war abgeblättert, und man konnte auf der Kühlerhaube das originale Grün wieder durchkommen sehen. Die Kotflügel waren noch schwarz. Der Zähler zeigte 53 562 Meilen an, aber der Motor lief gut. McGee fuhr, als habe er ein Pferd vor sich, sagte »Hü«, wenn er starten wollte, und »Brrr«, wenn er stoppte. Ich fürchtete, er könnte irgendwann vergessen, daß er es nicht mit einem Pferd zu tun hatte, und zu stoppen versuchen, indem er das Lenkrad zurückzog. Das tat er aber doch nicht. Wir kamen ohne Unfall durch die Stadt. Auf der Überlandstraße beschleunigte McGee auf fünfundfünfzig Meilen.

»Was haben Sie getan?« fragte er.

»Nichts.«

»Sie sehen ein bißchen blaß aus.«

»Das ist die Hitze«, sagte ich und versuchte, ein Gähnen zu verbergen.

»Ich kann mich nicht an eine noch größere Hitzewelle erinnern«, stimmte McGee zu.

Er begann über die Hitze zu reden, wobei er sich an jede Welle seit dreißig Sommern erinnerte. Seine Stimme machte mich schläfrig. Ich versuchte, meine Augen offenzuhalten und die Gebäude des Weinbergs auf dem Hügel vor uns zu betrachten, hinter deren roten Ziegelmauern die Sonne hervorkam.

Ich hatte der Prinzessin erst vor etwa zwei Stunden auf Wiedersehen gesagt. Und wir hatten eine weitere Verabredung heute abend, wenn ich das noch erlebte. Ich gähnte. Ich dachte mir, ich könnte sie wirklich zusammenschlagen, wenn sie mich wieder aufforderte, sie zu schlagen. Vielleicht würde sie das ein bißchen bremsen.

»Das ist schon ein besonderer Ort.«

»Häh?«

»Der Weinberg.«

»Oh. Ja, das kann man sagen.«

»Beinahe wie eine mittelalterliche Kolonie.«

»Genau«, sagte ich.

»Nur hat sie sich verändert«, seufzte McGee, »als der alte Salomon starb.«

Die Straße begann anzusteigen, an Weinreben vorbei. Ich fühlte die Sonne durch das Stoffdach dringen und dachte mir, es müßte im Schatten dieser Reben sehr angenehm sein. Dort sah es kühl aus.

»Der alte Salomon hätte mich und Sie niemals auf seinen Grund gelassen«, sagte McGee soeben. »Er führte das Ganze, als sei es ein Königreich.«

»Wer führt es jetzt?«

»Die Ältesten.«

»Ich hörte, die Prinzessin –«

»Brrr!« McGee stieg auf die Bremse und bog in die Auffahrt zum Weinberg ab. Ich sah eine Menge geparkter Autos neben den Gebäuden. »Ich denke, sie hat auch ihre Hand im Spiel«, sagte McGee.

Wir parkten, stiegen aus und gingen zum Mausoleum. Auf den Steinstufen stand eine Reihe von Leuten an, die darauf warteten, hineingehen zu können. Für mich sahen sie wie Leute aus der Stadt und Farmer aus. Ihre Gesichter waren feierlich, und sie sprachen wenig. Eine ganze Anzahl hatte Blumen bei sich. Wir stellten uns in die Reihe.

»Dieser Tempel hat hundertfünfzigtausend gekostet«, sagte McGee. »Salomon hat ihn vor seinem Tod erbaut.«

»Er ist größer als Grants Grab«, sagte ich.

Die Schlange schob sich über die Stufen empor. Ich betrachtete das Gebäude. Es war aus Marmor erbaut, aus jener Sorte, die im Sonnenlicht rosa leuchtet. Über dem Eingang stand: »Eitelkeit! Eitelkeit! Alles ist eitel.« Das war aus der Bibel, nahm ich an. Von den Stufen aus konnte man nicht ins Tempelinnere sehen, dazu war es dort zu dunkel.

McGee las die Inschrift laut. »Sieht nicht so aus, als hätte Salomon das auf sich selbst bezogen«, fügte er hinzu.

Eine Frau vor uns warf einen Blick über ihre Schulter. Was McGee gesagt hatte, gefiel ihr nicht. Sie war schwarz gekleidet. McGee schenkte ihr keine Beachtung.

»Komische Sache«, sagte McGee. »Salomon starb am Tag, nachdem der Tempel fertig war. Sah so aus, als könne er es nicht erwarten, ihn auszuprobieren.«

Die Frau schnaubte. Wir rückten ein paar Stufen vor. Mittlerweile waren auch hinter uns Besucher. Ich schätzte, daß mindestens tausend Leute sich auf dem Gelände befanden. Jetzt sah ich, daß ein brauner Teppich von der Treppe ins Innere führte. Die Menschen traten auf ihn, während sie langsam in die Dunkelheit hineintraten. Als wir zum Eingang kamen, wurde die Schlange dichter. Mein Gesicht berührte beinahe McGees Nacken, und der Mann hinter mir drängelte.

McGee sagte: »Das Haus, das Schnaps gebaut hat.«

Wir kamen an den Eingang. Die Menschen rundum waren sehr still. Ich bekam den Teppich unter die Füße. Am anderen Ende des Raumes sah ich Kerzen brennen. Ich roch Weihrauch.

»Der Prohibitionsprophet«, sagte McGee laut.

Die Frau drehte sich um. »Ruhe!« sagte sie zu McGee. »Das ist ein Gotteshaus.«

»Madam, tut mir leid, wenn ich Sie verletzt habe«, erwiderte McGee, »aber ich habe ein Recht auf meine Meinung.«

»Haben Sie keine Ehrfurcht vor den Toten?«

»Vor manchen schon, sicher«, sagte McGee.

Der Mann hinter mir sagte: »Halt's Maul.« Andere Leute begannen zu murmeln. Ich hörte jemanden sagen: »Schmeißt ihn hinaus.« Wir gingen langsam den Teppich entlang.

Meine Augen hatten sich an das Dunkel gewöhnt. Es befand sich nichts in dem großen Raum außer einem Sarg und einem Altar an seinem anderen Ende. Sowohl auf dem Sarg als auch auf dem Altar standen Kerzen. Am Fußende des Sarges waren eine Menge Kränze und Blumen aufgehäuft. Während ich hinsah, legte eine Frau einen Rosenstrauß auf den Haufen und ging weiter.

»Haben Sie den Gestank schon bemerkt?« fragte McGee.

Ich gab keine Antwort. Ich fürchtete, daß McGee uns in

Schwierigkeiten bringen würde. Als wir ein paar Schritte weitergegangen waren, fuhr mir der Gestank in die Nase. Das war vielleicht etwas! Es stank nach einem Pferd, das schon zwei Wochen tot war. Es zog mir die Nasenlöcher zusammen. Es vernichtete den Weihrauchgeruch. Ich sagte »Pfui Teufel« und lenkte damit einige wütende Blicke auf mich. McGee lachte.

Mittlerweile waren wir dem Sarg schon ziemlich nahe. Er stand auf einem Tisch aus Gold und Marmor, der sich ungefähr einen Meter über den Boden erhob. Der Sarg war aus Bronze, in die überall Blätter eingraviert waren. Der Deckel war aus Glas. Der Tisch war größer als der Sarg, und ein paar Blumen waren vom Fußende des Sarges auf ihn heruntergefallen. Ungefähr zehn Dutzend Kerzen warfen ein seltsames Licht auf alles. Ich hörte, wie die Frau vor uns zu keuchen begann. Sie blickte durch das Glas in den Sarg.

»Bitte weitergehen.«

Ich fuhr zusammen und fiel beinahe über den Mann hinter mir. Einer der Ältesten stand in einer weißen Robe auf der anderen Seite des Sarges. Er sagte nochmals: »Geht weiter, Leute.« Er hatte eine tiefe Stimme. Ich versuchte, ihn genauer zu sehen, aber sein Gesicht war im Schatten. Ein unheimliches Gefühl überkam mich.

McGee hatte den Kopf des Sarges erreicht. Er blickte hinein, beugte sich dazu vor, bis seine Nase fast das Glas berührte, und richtete sich dann nickend auf, als sei alles in Ordnung. Ich weiß nicht, was er zu sehen erwartet hatte. Er ging weiter, ich war der nächste. Ich hielt den Atem an und spähte in den Sarg.

Salomon lag auf rotem Samt, das Gesicht nach oben, blaugrüne Augen starrten mich an. Die offenen Augen schockierten mich. Er trug ein schwarzes Gewand und an einem seiner Finger den größten Diamanten, den ich je gesehen hatte. Er sah überhaupt nicht tot aus, abgesehen davon, daß sein Gesicht wachsfarben war. Die Haut kontrastierte mit seinem tintenschwarzen Haar. Er war ein großer Mann, etwa einsneunzig, und schlank. Sein Gesicht war unter den Augen und an den Wangen eingefallen. Er sah lasterhaft und grausam aus. Ich konnte hinter den weißblauen Lippen einen Zahn sehen.

»Bitte weitergehen«, sagte der Älteste.

Ich folgte McGee zu einer Seitentür. Das Sonnenlicht tat mir in den Augen weh. Ich roch immer noch die sonderbare Mischung von Weihrauch, Blumen und Verwesung rund um den Sarg. Es war gut, wieder in der frischen Luft atmen zu können.

»Nun«, sagte McGee, »was halten Sie davon?«

»Es ist etwas, das ich nicht so schnell vergessen werde.«

Wir gingen die Stufen hinunter. »Werfen wir einen Blick in die Runde?« fragte McGee.

»Klar.«

Wir gingen auf das größte der Ziegelgebäude zu. McGee sagte, da sei die Verwaltung untergebracht. Er zeigte mir das Frauenhaus.

»Da war es, wo ich das Grayson-Mädchen gesehen habe«, sagte ich.

McGee sagte, daß ein anderes Gebäude für die Männer bestimmt war. Das letzte war das Kinderheim. Es war nur zwei Stockwerke hoch, aber lang.

»Wo kommen die Kinder her?« fragte ich.

Er führte mich zum Kinderheim hin. »Manche von den Frauen bringen sie mit. Und manche kriegen sie, während sie hier sind.«

»Ich dachte, das sei eine religiöse Kolonie. Wie bringen sie das dann zustande?«

Es gingen noch andere Leute auf dem Gelände herum. McGee wartete, bis ein Mann und zwei Frauen an uns vorüber waren.

»Haben Sie jemals etwas von der Walpurgisnacht gehört?«

»Nein«, sagte ich.

»Nun, das war eine Nacht, in der alle Männer und Frauen in die Wälder hinausgingen. Dort blieben sie die ganze Nacht, tranken und tanzten und machten Liebe. Es spielte keine Rolle, wer mit wem, alles war ein Teil der Zeremonie.«

»Und das haben die hier auch?«

Er nickte. »Zweimal im Jahr. Das eine ist die Zeremonie der Braut. Das andere das Weinfest. Das, hat man mir gesagt, sei das Wildeste überhaupt.«

»Warum stoppt man sie nicht? Müssen sie nicht die Babys registrieren lassen?«

»In dem Punkt sind sie ziemlich schlau. Wenn eine Frau in den Orden aufgenommen wird, veranlassen sie sie, einen der Männer zu heiraten. Dann sind die Babys legitim, obwohl eine Frau oftmals ihren Ehemann niemals wiedersieht.«

»Du meine Güte!« sagte ich.

Ich fragte mich, wieviel McGee wirklich wußte. Ich

konnte es nicht sagen. Er sprach, als wisse er alles über den Weinberg. Vielleicht war das auch der Fall.

Ich sagte: »Und was ist die Zeremonie der Braut?«

McGee sah mich an. »Sie haben davon gehört?«

»Das Grayson-Girl wird die Braut sein.«

McGees Unterkiefer sank herab. »Wer sagt das?«

»Das Mädchen selbst.«

»Das ist ja schrecklich!«

Ich fühlte mich alarmiert. »Warum?«

Er schüttelte bekümmert den Kopf. Er ging zu einer Bank und setzte sich hin. Er sah aus, als sei ihm übel.

»Was passiert mit der Braut? Was ist das für eine Zeremonie?«

»In der einen Nacht ist ein Fest. Und die nächste verbringt sie in Salomons Mausoleum.«

»Im Ernst?«

»Sie ist angeblich Salomons Braut.«

»Und was dann?«

»Sie nimmt einen ganz besonderen Platz im Weinberg ein. Sie muß nichts mehr arbeiten.«

»Wie viele Bräute sind dort?«

McGee sah merkwürdig drein. »Keine.«

»Keine! Haben sie diese Zeremonie denn noch nie ausgeführt?«

»Doch. Jedes Jahr, seit Salomon gestorben ist.«

»Was ist mit ihnen passiert?«

»Sie sind gestorben.«

»Gleich hier im Mausoleum?«

»Ich weiß es nicht. Jedenfalls wurde ihr Tod nicht viel später mitgeteilt.«

Großartig! Ich würde prächtig dastehen, wenn das Grayson-Mädchen starb. Ich fragte: »Wann ist diese Zeremonie?«

»In drei Tagen.«

Was für ein gottverdammter Fall! Ich wollte eben weitere Fragen stellen, als drei der Brüder auf uns zutraten. Sie sahen reichlich unfreundlich aus.

Einer von ihnen sagte: »Wir haben Sie gebeten, nicht zum Weinberg zu kommen, Mr. McGee.«

»Heute ist ein öffentlicher Tag«, sagte McGee.

»Ja, aber wir mögen Sie nicht auf unserem Grund haben.«

»Wollen Sie mich hinauswerfen?«

»Wenn es notwendig ist, Mr. McGee.«

McGee stand von der Bank auf.

»Gehen wir«, sagte ich.

»Nein.« McGee starrte die drei Brüder an. »Ich glaube, Sie sind als religiöse Institution eingetragen.«

Sie starrten zurück, ohne ihm zu antworten.

»Sehen Sie«, sagte McGee triumphierend zu mir, »die wissen es nicht.« Er wandte sich an sie. »Ich werde Sie informieren. Sie sind so eingetragen. Und das Gesetz sagt, daß solch eingetragenes Grundeigentum jedem offensteht, der zur religiösen Verehrung hinkommt.«

Einer der Brüder war rothaarig. Er sagte: »Sie sind ja nicht zur religiösen Verehrung hier.«

Weitere Brüder versammelten sich. Ein halbes Dutzend hatte Richtung auf uns genommen. »Gehen wir«, sagte ich.

»Sie können nicht wissen, ob ich in meinem Herzen

religiöse Verehrung fühle oder nicht«, sagte McGee zu dem Rothaarigen.

»Gehen Sie jetzt bitte.«

Mehrere Brüder kamen McGee sehr nahe. »Wenn einer von Ihnen mich auch nur mit einem Finger berührt«, sagte der Anwalt, »hänge ich Ihnen einen Prozeß an.«

»Werden Sie jetzt gehen?« fragte der Rothaarige grimmig.

»Zur angemessenen Zeit«, erwiderte McGee.

Es kamen noch mehr. Plötzlich bemerkte ich den dunkelhaarigen Mann, den ich im Frauenhaus niedergeschlagen hatte, als ich zum ersten Mal Penelope Grayson traf. Er erkannte mich im selben Moment. Er stieß den Mann neben sich an und flüsterte etwas, dann betrachteten mich beide finster.

»Um Himmels willen«, sagte ich zu McGee, »gehen wir endlich.«

Er fühlte sich ausgesprochen wohl. Er verneigte sich spöttisch vor dem Rothaarigen. »Ich gehe jetzt, aber nur aus meinem eigenen freien Willen.« Er lächelte ihn an. »Haben Sie das begriffen?«

Der Mann gab keine Antwort. Wir gingen zu dem Tourenwagen, gefolgt von meinem dunklen Freund, dem Rothaarigen und zwanzig anderen Brüdern. Die Schlange auf den Stufen zum Mausoleum wartete immer noch, und weitere Autos kamen zur Einfahrt herein. Eine Menge Leute betrachteten uns mit Stielaugen. Wir stiegen ins Auto. McGee warf den Motor an und winkte den Brüdern. »Hü«, sagte er, und wir fuhren los.

Ich drehte mich um. Die Brüder beobachteten uns immer noch. »Sie scheinen sich nicht große Sorgen Ihretwegen zu machen«, sagte ich.

»Ich mir wegen ihnen auch nicht«, sagte McGee und lenkte den Wagen auf die Hauptstraße. »Wissen Sie, was ich einmal getan habe?«

»Nein.«

»Nun, dem Weinberg gehört keines der Grundstücke, auf denen er operiert. Hat nie eines gehört. Ich kam an Geld und kaufte ein halbes Dutzend davon, weil ich dachte, ich könne ihn zwingen, wegzugehen. Ich erhöhte die Mieten um hundert Prozent.«

»Und?«

»Der Weinberg zahlte, ohne mit der Wimper zu zukken.«

13

McGee ließ mich beim Arkady aussteigen, und ich ging hinunter ins Türkische Bad. Meine Absicht war, ein bißchen Brandy wieder auszuschwitzen, aber zuerst mußte ich mich um meinen Magen kümmern. Es kam mir jetzt so vor, als sei ich ununterbrochen hungrig. Ich schickte den Finnen los, um ein doppelt großes Filetsteak, gebratene Kartoffeln, eine Doppelportion Tomatensalat, Brot, Kaffee und einen halben Apfelkuchen zu holen. Während ich wartete, las ich die Zeitung.

Ich platzte gleich zu Lektürebeginn mit Lachen heraus. Eine Menschenjagd war im Bezirk im Gange, und zwar nach einem Peter Jensen aus Fond du Lac, Wisconsin. Das war ich! Folgendes war geschehen: die Bullen hatten herausgefunden, daß der Wagen, der in Papas' Haus gedonnert war, vom Drive-It von einem gewissen Peter Jensen gemietet worden war. Er war als gestohlen gemeldet worden, aber das, meinte die Polizei, war nur ein Trick, um sie von der Spur abzulenken. Die Theorie lautete jetzt, daß die Schießerei bei Papas ein geplanter Überfall mit Jensen als dem Gehirn hinter der Sache gewesen sei. Die Zeitung nannte ihn einen geheimnisvollen Unbekannten.

Das fand ich schön. Es gefiel mir, ein geheimnisvoller Unbekannter zu sein. Allerdings war es auch nicht die allerbeste Einschätzung. Ich konnte mich an keinen einzigen großen Fall für die Bullen erinnern, in dem es nicht einen geheimnisvollen Unbekannten oder, noch besser, eine geheimnisvolle Unbekannte gegeben hätte. Normalerweise handelte es sich um eine Frau mit einem schwarzen Schleier. Die Bullen brauchten auch ihre Romanzen. Ich stand auf und ging aufs Klo. Ich nahm die Karte, die mich als Peter Jensen identifizierte, aus meiner Brieftasche, zerriß sie und warf sie in das Wasser. Dann zog ich an der Kette. »Leb wohl, Pete«, sagte ich.

Ich ging zurück und las weiter in der Zeitung. Der Gangster, den ich umgelegt hatte, war als Piper Sommes identifiziert worden. Er hatte in einer der beiden Billardhallen dieser Stadt gearbeitet. Die Cops sagten, er gehörte zu Jensens Räuberbande. Kein Wort über eine Verbindung zu Pug Banta. Eine andere Leiche war als Joe Manno, einer von Papas' Kellnern, identifiziert worden. Eine Leiche war immer noch übrig. Von Gus Papas war eine Spur gefunden worden. Ein Auto mit fünf Griechen hatte an einer Tankstelle in Cairo, Illinois, vollgetankt. Einer der fünf war verwundet gewesen. Der Tankwart berichtete das der lokalen Polizeistation. Man glaubte, daß sie Richtung Chicago unterwegs waren.

Das war wohl Papas gewesen, schätzte ich. Er war vielleicht aus guten Gründen abgehauen. Griechen kämpften nicht gerne. Ich fragte mich, was aus Winnie und den beiden Männern geworden war. Sie hatten sich vielleicht dafür entschieden, ruhig zu bleiben. Mir war der Gedanke gekommen, daß Winnie mit einem der beiden Männer ein Verhältnis gehabt hatte. Ich las weiter. Ich las gerade die Aussage des Polizeichefs Piper, daß Caryle Waterman während des Überfalls versehentlich getötet worden war, als ein Kellner mit meinem Essen kam. Ich legte die Zeitung hin. Oben hatte sich jemand ausgerechnet, daß hier unten zwei bestellt haben mußten, deshalb setzte der Ober zwei Gedecke auf den Massagetisch. Mir war das recht. Es bedeutete doppelte Mengen an Brot und Kaffee.

Als ich mit dem Kuchen fertig war, sagte ich dem Finnen, daß er die Teller in die Küche zurückschicken solle. Ich zog mich aus und ging mit der Zeitung und einem Handtuch in den Dampfraum. Ich wollte eine halbe Stunde im Dampf bleiben, dann eine Massage und eine kalte Dusche nehmen. Dann würde ich mich um meine Geschäfte kümmern. Ich wollte etwas wegen Oke Johnson unternehmen. Ich fühlte mich seinetwegen schuldig.

Ich saß auf der hölzernen Bank und versuchte, in der Zeitung etwas über Oke zu finden. Es gelang mir nicht. Die Papas-Sache hatte diesen Mord uninteressant gemacht. Ich las ein Statement des Staatsanwalts, daß er jetzt im Bezirk aufräumen werde. Dann gab es noch eines vom Bürgermeister. Und eines vom Gouverneur. Der Karren lief. Ich hatte nicht schlecht gearbeitet. Es war ein glücklicher Zufall, daß Caryle Waterman getötet worden war. Auf einer Innenseite sah ich ein Bild von dem verbrannten Haus. Es war nichts übrig als das Fundament und der gemauerte Kamin.

Man konnte in dem Dampf kaum lesen, der Druck verschwamm. Ich legte die Zeitung hin und saß da, ohne viel sehen zu können. Der Dampf war so dicht, daß ich die gegenüberliegende Wand nicht erkennen konnte. Er kam in Wellen aus den Rohren, heiß und stark nach Menthol riechend. Der Schweiß rann mir über Gesicht und Brust und prickelte auf meiner Haut. Ich fragte mich, ob ich Gewicht verlor. Ich dachte an Ginger. Wie sähe sie wohl hier im Dampfraum aus? Ich dachte an ihre langen Beine und hoch angesetzten Brüste. Das regte mich nicht sehr auf. Die Prinzessin hatte dafür gesorgt. Ich wäre von der gesamten Georg-White-Tanzgruppe nicht sonderlich erregt worden.

Ich versuchte, ans Geschäft zu denken. Ich hatte noch zwei Tage, um das Grayson-Mädchen herauszubekommen. Ich fragte mich, warum McGee nichts erreicht hatte. Ein Rechtsanwalt weiß gewöhnlich für alles einen Weg. Ich wischte mein Gesicht mit dem Handtuch ab, nahm eine Handvoll Salz aus der Schachtel und rieb mir damit den Körper ab. Das Salz brannte, aber es reinigte meine Haut. Ich schwitzte noch immer und begann mich zu entspannen. Das Menthol im Dampf erzeugte ein angenehmes Gefühl in meinen Lungen.

Das Schlimmste war die Zeremonie der Braut. Sie klang theatralisch, aber so klang im Weinberg alles. Die Vorstellung, daß es keine überlebenden Bräute gab, gefiel mir gar nicht. Was, wenn die Bräute sofort nach der Zeremonie verschwanden? Wurden sie irgendwohin gebracht oder so? Das war kaum möglich. Leute verschwinden nicht einfach. Sie schreiben an ihre Familien, brauchen ihre Kleider oder heben in Banken Geld ab. Aber wenn sie wirklich sterben, wie McGee behauptete, wie konnte der Weinberg das dann geheimhalten?

Ich stellte mir diese letzte Frage, aber sie war nur eine Formalität. Ich wußte, daß nahezu alles im Weinberg ein

Geheimnis bleiben konnte. Religiöse Kulte waren die härtesten von allen Nüssen, die es zu knacken gab. Man sehe sich beispielsweise mal Vater – – – an. Die Regierung hat seit Jahren versucht herauszufinden, woher er das Geld hat, in Rolls-Royces herumzufahren und Liegenschaften am Hudson zu kaufen, aber er muß sich nicht einmal die Mühe machen, Einkommensteuer zu zahlen. Es würde für den Weinberg nicht schwer sein, ein Mädchen pro Jahr verschwinden zu lassen. Sie konnten einfach sagen, daß sie weggegangen sei, und niemand würde daraus schlau werden, solange nicht die Leiche irgendwo auftauchte.

Vielleicht war das auch alles Unsinn; Mädchen werden nicht auf diese Weise umgebracht – und trotzdem machte mir die Sache angst. Es wäre das Ende, wenn Penelope Grayson verschwand. Ich konnte es vor mir sehen, wie ich Grayson erklärte, daß ich glaubte, sie sei tot, und nicht einmal wußte, wo ihre Leiche war. Das würde ihm gefallen! Ich steckte in der Klemme, zusammen mit einer Menge komischer Leute, und hatte drei Tage, um aus ihr herauszufinden. Ich begann darüber nachzudenken, wie es sein würde, wenn ich in Mexiko leben mußte. Ich hatte beinahe vier Riesen. Das würde eine Weile reichen. Das Problem war, daß es in Mexiko nicht viele Rotschöpfe gab.

Jemand öffnete die Tür. Ich fühlte, wie der Dampf sich im Luftzug bewegte. Ich konnte nicht bis dorthin sehen.

»Craven?«

»Ja.«

Ich erkannte die Stimme nicht. Es war nicht der Finne. Die Tür schloß sich, und der Dampf bewegte sich nicht mehr. Ich konnte nach wie vor nichts erkennen.

»Sei verdammt, Craven«, sagte die Stimme. »Du hast meine Schwester umgebracht.«

Ich rollte von der Bank auf den Fußboden. Die Pistole machte ein Geräusch, das wie »Plopp« klang, und das Blei klatschte gegen die Fliesenwand über mir. Bruder, das war ein Augenblick, in dem ich verdammt viel Angst verspürte. Ich konnte mir nicht vorstellen, wer auf mich schoß, oder wovon er sprach. Ich kannte niemandes Schwester. Ich kroch zu der Duschkabine, die die Leute zum Abwaschen des Salzes verwendeten. Er schoß wieder. Ich konnte jetzt gerade eben etwas Dunkles im Dampf erkennen, aber ich wußte, daß er von mir nicht einmal soviel wahrnehmen konnte. Meine Haut kam der Farbe des Dampfes näher, besonders in diesem Augenblick.

Ich sagte: »Geh weg, oder ich schieße.«

»Halt mich nicht zum Narren.«

Er machte einen Schritt nach vorn. Ich nahm die hölzerne Salzschachtel auf und warf sie nach ihm. Ich erwischte ihn oben, und er verschwand in Richtung Tür außer Sicht. Ich hörte, wie er gegen die Tür schlug. Ich sprang auf und wollte mich auf ihn werfen, aber meine Füße rutschten auf dem nassen Boden aus. Ich knallte mit dem Kiefer gegen den Tisch. Meine Knie und Ellbogen bekamen auch etwas ab. Ich kroch zu der Duschkabine. Er schoß zweimal. Keiner der beiden Schüsse schlug in meiner Nähe ein. Ich kroch in die Kabine, wobei ich einen Schuß in den Rücken erwartete.

Ich war froh, als ich da drin war. Es war ein komisches Gefühl, nackt gegen einen Mann mit einer Pistole zu kämpfen. Mir gefiel es nicht. Ich fühlte, daß die Kugeln einen mehr schmerzen würden, wenn man nackt war. Ich griff in der Kabine herum und fand einen Seifenriegel und eine Rückenbürste. Zusammen gaben sie ein prächtiges Paar Waffen ab. Ich konnte den Kerl nicht sehen. Er war jetzt ruhig und wartete darauf, daß ich mich bewegte. Er hatte viermal geschossen. Das ließ zwei oder drei Kugeln übrig. Das gab keinen Anlaß zur Freude: es würde eine einzige genügen, um mich auszublasen.

Ich spähte um die Ecke der Kabine. Der Dampf war so dick, daß ich ihn nicht sehen konnte. Ich fragte mich, ob der Finne die Schüsse gehört hatte. Ich dachte mir, daß der Dampf im Raum sie vielleicht gedämpft hatte. Dann sah ich ihn! Er kam langsam auf mich zu. Er wußte nicht, wo ich war, aber er wollte für seine letzten Schüsse näher heran. Ich sah ihn kommen, sah durch den Dampf seine Kleider.

Ich wartete eine Sekunde, dann schüttelte ich den Duschvorhang. Er schoß zweimal; ich fühlte, wie der Vorhang zuckte, als die Kugeln hindurchgingen. Ich kniete und stöhnte ein paarmal, machte ein nach Luft schnappendes Geräusch in meiner Kehle und hielt dann den Atem an. Er war ein Tölpel. Ging genau auf den Vorhang zu. Ich streckte meinen Arm aus und riß ihm die Beine weg. Als er fiel, ging noch einmal die Pistole los. Er schlug hart auf, ich rappelte mich hoch und entwand ihm die Waffe. Er hatte nicht mehr viel Kampfgeist, trotzdem schlug ich ihn zweimal mit der Pistole. Dann lag er still am Boden.

Ich wußte noch immer nicht, wer er war. Ich wartete nicht, bis ich das herausgefunden hatte. Ich rannte aus dem

Dampfraum. Der Finne stand an der Tür und blickte wild um sich.

»Was ist los?«

»Nichts.« Ich zog eine Fünfzigdollarnote aus meiner Brieftasche. »Hol einen Hammer und ein paar Nägel.« Er zögerte, ich drückte ihm den Fünfziger in die Hand. Seine Augen traten vor Erstaunen hervor. Er holte Hammer und Nägel. »Reparier irgendwas.«

Er sah sich im Zimmer um. »Was soll ich reparieren?«

Ich nahm einen Stuhl und riß die Lehne ab. »Hier.«

Er begann, daran zu arbeiten, wobei er laut hämmerte. Ich versteckte die Pistole unter einem Handtuch, dann setzte ich mich auf den Massagetisch und begann zu plaudern. »Da waren sie, und noch sechzig Sekunden Spielzeit«, sagte ich. »Duke führte drei zu null, und ich hatte hundert Dollar auf California gesetzt. Was sollte ich tun? Ich sagte zu Fritz: ›Ich setze zwei zu eins.‹ Und Fritz sagte: ›In Ordnung.‹«

Ich schaute sehr überrascht auf, als der Mann von der Rezeption und ein uniformierter Polizist ins Zimmer gerannt kamen. Sie blieben stehen, als sie sahen, wie der Finne an dem Stuhl herumhämmerte.

»Was ist los?« fragte ich.

Der Angestellte wandte sich an mich. »Oh, Mr. Craven.« Er kicherte. »Ganz was Schreckliches! Ich dachte, ich hätte hier unten Schüsse gehört.«

»Wir haben nichts gehört«, sagte ich und sah den Finnen an. »Ich schätze, er macht zuviel Lärm.«

Der Finne schlug einen Nagel ein. Der Angestellte kicherte. Der Polizist schnaubte und sagte: »Und ich war gerade am Essen.« Sie gingen hinaus. Ich glitt vom Tisch und ging in den Dampfraum.

Ich hatte tödliche Angst gehabt, daß er wieder zu sich kommen würde, während der Polizist noch herumstand, aber ich hätte mir keine Sorgen machen müssen. Er war noch immer bewußtlos und lag auf dem Steinboden genau dort, wo ich ihn zurückgelassen hatte. Ich ging hin und sah ihn mir an. Zuerst erkannte ich ihn gar nicht, schließlich aber doch. Es war der Strolch, der mir die Botschaft von Carmel überbracht hatte. Der, der mit mir beim Kaffee an der Theke gesessen hatte. Sein Gesicht war weiß und sehr zusammengefallen. Ich wußte nicht, ob er durch den Dampf so aussah oder wegen des Schlages auf den Kopf. Ich zerrte ihn aus dem Dampfraum. Der Finne zog ihm die Kleider aus, und ich steckte ihn unter eine kalte Dusche. Das brachte ihn zu sich. Er spuckte und schnappte nach Luft und versuchte, wieder zu Atem zu kommen. Er war ein kleiner Bursche, hatte nicht mehr als fünfundsechzig Kilo und war mager. Ich konnte seine Rippen sehen. Ich warf ihm ein Handtuch hin.

»Na, was ist die große Idee hinter dem Ganzen?« fragte ich.

Der Strolch sah verängstigt aus, sagte aber: »Es gibt keine.«

»Hast du einfach nur zum Spaß auf mich geschossen?«

»Nein.«

»Also dann: warum?«

Der Strolch antwortete nichts, stand nur einfach da neben der Dusche, das Handtuch um sich gewickelt. Ich sah ein, daß ich so nicht weiterkam.

»Was bringt dich zur Annahme, deine Schwester sei tot?«

Er wollte nichts sagen.

»Schau«, redete ich ihm zu, »ich würde sie niemals töten. Sie war eine Freundin. Ich mochte sie.«

Er starrte mich eine Minute lang zornig an, dann begann er zu weinen. »Sie war alles, was ich hatte«, stieß er zwischen Schluchzern hervor.

Ich dachte, du meine Güte! Ich rief den Finnen und sagte ihm, er solle uns zwei Drinks bringen. Der junge Strolch weinte, während er an der Wand lehnte und das Handtuch um seine Hüften hielt, bis die Drinks kamen.

Der Finne hatte Roggenwhisky mit Ginger Ale verdünnt. Ich brachte den Jungen dazu, das zu trinken. Nach einer Weile hörte er auf zu weinen.

»Also, erzähl mir jetzt darüber«, sagte ich.

Es brauchte noch eine Weile, bis er zu sprechen begann. Ich zeigte ihm eine Karte, die besagte, daß ich ein Spezialagent des Schatzamtes war, aber was ihn wirklich zum Reden brachte, war, daß ich nicht sauer auf ihn war, weil er versucht hatte, mich umzubringen. Er sagte, er nehme jetzt an, daß er einen Fehler gemacht hatte. Er sagte, es täte ihm leid.

»Warum glaubst du, daß deine Schwester tot ist?« fragte ich wieder.

»Ich weiß es.« Er begann, heftig zu atmen. »Ich habe ihre Leiche gesehen.«

»Zum Teufel!« Ich schrie nach dem Finnen. »Bring diesmal gleich die Flasche!« sagte ich zu ihm.

Der Finne holte den Roggenwhisky. »Wo hast du sie gesehen?« fragte ich den Jungen.

»Sie – ihre Leiche – ist bei einem Leichenbestatter in Valley.«

Ich erinnerte mich an etwas, das ich in der Zeitung gelesen hatte. Ich ging in den Dampfraum und holte die Zeitung. Sie war naß, aber der Druck nicht verschmiert. Ich fand die Story, die ich meinte, auf der Seite sechs.

> Valley, 10. August. – Die beinahe nackte Leiche einer jungen Frau, die wahrscheinlich totgeschlagen worden ist, wurde heute früh in einem Abzugsgraben am Daniel Boone Pike gefunden. Eine hübsche Brünette, ungefähr fünfundzwanzig Jahre alt und ohne irgendwelche zur Identifikation geeigneten Merkmale. Sie war nur mit Seidenstrümpfen und Unterwäsche bekleidet. Man glaubt, daß sie aus einem fahrenden Auto geworfen wurde.

Valley war ein Städtchen, ungefähr sechzig Meilen entfernt von Paulton in Richtung St. Louis gelegen. Es war zwei Bezirke weiter. Ich zeigte dem Jungen den Artikel.

»Ja.«

»Was für ein Pech«, sagte ich.

Ich glaubte wirklich an einen unglücklichen Zufall. Sie war eine nette kleine Hure gewesen, und sie hatte mir geholfen. *Sie hatte mir geholfen!* Ich spürte ein leichtes Gruseln.

»Wie hast du mich mit ihr in Zusammenhang gebracht?« fragte ich.

»Sie sagten mir in dem Haus, daß Sie gestern nach ihr gefragt hätten ... und sehr sauer über irgend etwas gewesen seien.« Er weinte wieder. »Da hab ich zwei und zwei zusammengezählt.«

»Und sechs herausbekommen.«

»Kann sein.«

»Absolut«, sagte ich. »Ich tue hier nur meine Arbeit.« Ich wedelte mit der Karte vom Schatzamt. »Ich war nicht auf sie sauer. Ich war zornig, weil sie mir nicht sagen wollten, wo sie war.«

»Das Negermädchen wollte nicht?«

»Niemand wollte. Deshalb wurde ich ärgerlich. Hast du die Trümmer gesehen?«

Der Strolch nickte.

»Nun, ich hab schließlich herausgefunden, daß sie mit... jemandem weggegangen war.«

Er hörte auf zu weinen. »Mit wem?«

»Zuerst erzählst du mal ausführlich.«

»Gut.«

Der Finne kam mit der Roggenschnapsflasche. Ich goß dem jungen Strolch eine ordentliche Menge ins Glas. »Trink.« Er schüttete den Whisky hinunter.

»Wie hast du herausgefunden, daß sie in Valley ist?« Er schüttelte den Kopf, und ich sagte: »Willst du, daß ich dich einbuchten lasse?«

»Das ist mir gleich.«

»Ein Mordversuch ist eine ziemlich üble Anklage. Komm schon. Wer hat es dir gesagt?«

»Ginger. Sie rief mich an. Gestern nachmittag. Ich wollte ihr nicht glauben. Aber sie sagte, ich solle nach Valley gehen. ›Geh einfach hin‹, sagte sie. Also tat ich das.«

»Hat Ginger mich erwähnt?«

»Nein.« Er schüttelte den Kopf und dachte nach. »Aber als ich mit den Leuten in dem Haus sprach, sagten sie, das müßten Sie gewesen sein.«

»Klar sagen die das. Aber warum hätte ich Carmel töten sollen?«

»Das weiß ich nicht.«

»Sagte Ginger, woher sie wußte, daß sie dort war?«

»Nein.«

Ich goß uns beiden Whisky nach. Ich trank meinen und füllte das Glas neuerlich. »Mir sagten sie in dem Haus, sie sei mit dem Polizeichef Piper weggefahren.«

»Das ist also ...«, begann der Junge.

»Wart einen Moment. Ginger ist mit Pug Banta befreundet. Und der Polizeichef ebenfalls. Aber Ginger ist keine Freundin des Chefs. Kommst du mit?«

»Nein.«

»Es ist nicht so schwierig.« Ich nahm einen Schluck vom Whisky. »Pug dachte, Carmel hätte mir Informationen gegeben. Und er wußte, daß sie nicht kommen würde, um sich mit ihm zu treffen.«

Er nickte. »Das ist klar.«

»Also veranlaßt er den Polizeichef, sie zu sich zu rufen. Als sie kommt, übernimmt Pug sie.«

»Ja?« Er hatte seine Zweifel.

»Klar. Und nachdem er sie getötet hatte, verriet er es Ginger. Vielleicht unabsichtlich. Und sie rief dich an, weil es ihr um deine Schwester leid tat.«

Ich duschte, während er darüber nachdachte. Der Schweiß vom Dampfraum begann klebrig zu werden. Ich beschloß, die Massage ausfallen zu lassen. Ich wollte irgendwo hingehen, wo ich in Ruhe nachdenken konnte. Es kam mir vor, als seien die Dinge ein bißchen außer Kontrolle geraten. Die arme Nutte! Na ja, vielleicht war sie tot besser dran. Als ich aus der Dusche kam, zog der Junge seine Kleider an.

»Wohin gehst du?«

»Ich werde Pug finden.«

»Das bringt nichts. Er ist zu ausgekocht. Nebenbei, wir beide wissen nicht mit Sicherheit, daß er es gewesen ist.«

»Ich weiß es.«

»Noch vor kurzer Zeit hast du gedacht, ich sei es gewesen.«

Das stoppte ihn.

»Hast du Anspruch auf ihre Leiche erhoben?«

»Nein.«

»Tu das zuerst. Gib mir Zeit, mich umzusehen. Ich werde mir etwas ausdenken. Wo willst du sie begraben lassen?«

»Zuhause, denke ich.«

»Und wo ist das?«

»In Temple.«

Das war eine andere Kleinstadt, ungefähr hundert Meilen in der Gegenrichtung von Valley. »Hast du das Geld dafür?« fragte ich.

»Ich weiß nicht.«

»Hier.« Ich zog zwei Hunderter aus meiner Brieftasche. »Das wird helfen. Laß mich wissen, was du tust.«

»Nun, danke ...«

»Vergiß es«, sagte ich.

Ich nahm ein Taxi zu dem aus roten Ziegeln gebauten County Building und ging dort in den zweiten Stock, wo die Akten aufbewahrt wurden. Halb herabgezogene blaue Sonnenblenden tauchten den Raum in düsteres Licht. Ein alter Beamter mit dünnem weißem Haar, der heftig zitterte, gab mir die Auszüge, die ich haben wollte. Es sah aus, als hätte McGee die Wahrheit gesagt. *Tony's* gehörte Thomas McGee. Ebenso das Arkady-Hotel. Und das *Silver Grove,* ein Tanzlokal. Und das *Ship*, Paultons einziges Trinklokal.

»Noch eine«, sagte ich zu dem alten Mann. »569 in der Green Street.«

Das war das Hurenhaus. Er brachte mir die Papiere. Der Eigentümer war Thomas McGee.

Im Hotel lag eine Mitteilung von Western Union. Sie hatten eine Geldanweisung für mich. Ich ging hin und wies mich aus, worauf das Mädchen mir einen Scheck über tausend Dollar gab. Ich ließ sie die Bank anrufen, dann ging ich hin und löste den Scheck ein. Damit hatte ich mehr als fünftausend Dollar in bar. Ich fühlte mich, als würde ich mich betrinken.

Stattdessen ging ich zu einem Juwelier nahe der Main Street, aber nicht in dieser. »Etwas Nettes für eine Dame«, sagte ich zu dem Geschäftsinhaber.

»Was für eine Art Geschenk? Ein Armband?«

»Klar«, sagte ich.

Er zog ein Tablett mit Armbändern heraus und legte es auf die Glastheke. Sie sahen billig aus. Eine Menge Gold und farbiges Glas und falsche Diamanten. »Wieviel?«

»Von fünf bis fünfundzwanzig.«

»Oh, nein. Was Teureres als das.«

Er brachte ein anderes Tablett. Das Zeug darauf sah nicht viel besser aus. Der Mann war dick, der Schweiß rann ihm über sein Gesicht. Mir wurde heiß, wenn ich ihn ansah. Ich wischte mir das Gesicht mit dem Taschentuch ab.

»Das hier ist hübsch«, sagte er und hielt eines mit großen Goldgliedern hoch, »solides Gold.«

In einem anderen Teil des Schaukastens sah ich ein wirklich gutes Stück. Es war groß, und die Steine sahen aus wie Diamanten und rechteckig geschnittene Saphire. Ich zeigte darauf.

»Wieviel?«

»Fünfundsiebzig. Eine sehr feine Imitation.«

»Wickeln Sie's ein.«

Ich zählte das Geld auf den Tisch. Dann nahm ich eine Karte und schrieb darauf: »Baby, warum bist du auf mich böse?«

Ich nahm das Paket und ging zurück zum Hotel. Ich gab es dem stets zum Kichern aufgelegten Mann an der Rezeption.

»Geben Sie das Ginger.«

»Das werde ich sicherlich tun, Mr. Craven«, sagte er. »Gleich in dem Moment, wenn sie hereinkommt.«

14

In der Lobby fand ich die Karte wieder, auf die ich den Namen von Oke Johnsons Freund geschrieben hatte. Carter Jeliff. Ich schlug ihn im Telefonbuch nach. Er war ein Fleischer und wohnte in der Oak Street 987. Ich dachte mir, Carter Jeliff sei ein angeberischer Name für einen Fleischer.

Ich nahm ein Taxi und fuhr zur Oak Street hinaus. Es war heiß draußen, aber große Bäume beschatteten die Straße. Unter ihnen gab es kühle Plätze. Ich wunderte mich über Jeliffs Beruf. Oke Johnson war ein mieser Bastard gewesen; er machte sich keine Freunde, außer er versprach sich etwas von ihnen. Ich konnte nicht verstehen, warum er mit einem Fleischer angebändelt haben sollte.

Ich sagte dem Fahrer, er solle warten. Mrs. Jeliff kam zur Tür. »Er ist im Garten«, sagte sie.

Jeliff sah aus wie alle Metzger. Er war massig, fast so massig wie ich, aber nicht ganz so groß, und hatte ein Gesicht wie ein Schinken. Er war blond. Er wässerte gerade ein paar Tomatenstauden. Ich sagte ihm meinen Namen und daß ich ein Freund von Oke Johnson sei. Er sagte, er freue sich, mich zu sehen, und ob es nicht wirklich schade um den alten Oke sei? Ich sagte, das sei es.

Er drehte das Wasser ab und fragte mich, ob ich gerne

ein Bier hätte. Ich sagte, klar. Wir gingen in den Keller hinunter. Es war dunkel und kühl. Er nahm zwei Literflaschen Bier aus einer Badewanne und öffnete sie.

»So verbringe ich meine Sonntage«, sagte er.

Es lagen noch mindestens zwei Dutzend Bierflaschen in der Wanne, zusammen mit einem Eisbrocken. Ich fragte mich, ob er sie wohl alle selbst trank. Er sagte *Prosit!* und wir tranken, nachdem wir uns in zwei Korbstühle gesetzt hatten.

Er sah nicht wie ein Bursche aus, von dem man Informationen kaufen konnte; er sah ehrlich aus. Ich sagte ihm, daß ich Privatdetektiv bin, und erzählte ihm, daß ich an Oke Johnsons Tod interessiert sei. Gab es da irgend etwas, was er darüber wußte?

Er grinste mich an. »Glauben Sie, ich sei's gewesen?«

»Teufel, nein. Ich habe nur herausgefunden, daß er mit Ihnen befreundet war. Das ist alles.«

Er sagte, das beruhige ihn. Er lachte glucksend ein bißchen über seinen eigenen Witz. Dann wurde er ernst. Er sagte, etwas habe er bemerkt. »Oke war nervös wegen irgend etwas.«

»Weswegen?«

»Das hat er mir nie gesagt. Aber ich wußte es. Er hatte Angst vor Fremden, und eines Nachts sagte er, er sei verfolgt worden.«

»Stimmte das?«

»Ich weiß es nicht.«

»Hat er Ihnen jemals gesagt, was er tat?«

»Nein.«

Das schien nirgendwohin zu führen. Wir tranken zwei

weitere Flaschen Bier, während ich noch mehr Fragen stellte. Ich begann mich wohl zu fühlen; das Bier und der Keller waren so kühl.

»Schauen Sie«, sagte ich, »Oke war kein besonders freundlicher Mensch.«

»Er kam mir freundlich genug vor.«

»Vielleicht wollte er etwas aus Ihnen herauskriegen.«

Er überlegte sich das. »Das ist ein harter Schlag«, sagte er dann grinsend.

»Hat er Sie jemals über irgend etwas genauer befragt?«

»Nur über das Fleischergeschäft.«

Hol's der Teufel! dachte ich mir. Das Fleischergeschäft. Das hatte eine Menge zu tun mit einem Mordfall. Ich machte trotzdem weiter.

»Inwiefern?« fragte ich.

»Nun ja!« Er dachte eine Minute lang nach. »Er schien an dem Fleisch interessiert zu sein, das ich dem Weinberg verkaufe.«

»Sie beliefern die?«

»Nein. Ich verkaufe ihnen nur die Abfälle. Alles, was ich nicht verwenden kann. Sie zahlen auch einen guten Preis dafür.«

Ich fühlte Erregung aufsteigen. »Wer bezahlt Sie dafür?«

»Bruder Joseph.«

Das war der Grund, warum Oke so freundlich zu Jeliff gewesen war. Fleisch für den Weinberg. Ich war auf etwas gestoßen. Ich fühlte mich wohl, bis mir ein anderer Gedanke kam: Warum war Oke an dem Fleisch interessiert?

Jeliff wußte keine Antwort darauf. Alles, was er wußte,

war, daß er einmal pro Woche Fleisch an Bruder Joseph im Ältestenhaus lieferte. Es spielte keine Rolle, wie sehr es schon verdorben war; Bruder Joseph zahlte immer gleich viel dafür.

»Wenn die da draußen spinnen«, meinte er, »was geht mich das an?«

Ich trank das Bier aus, dankte ihm und verabschiedete mich. Nach dem Keller kam es mir draußen jetzt doppelt so heiß vor. Ich stieg in das Taxi. Den ganzen Weg zurück zum Hotel versuchte ich herauszufinden, warum sich Oke für das an den Weinberg gelieferte Fleisch interessiert hatte. Ich fand keine Antwort.

Zum Mittagessen nahm ich ein vierpfündiges Steak. Ich konnte offenbar gar nicht genug Fleisch kriegen. Mein System verlangte ständig danach. Halb durchgebratenes Fleisch. Es wurde mir in meinem Zimmer serviert. Aus irgendeinem Grund fühlte ich mich draußen nicht wohl. Ich aß das Steak im Liegen.

Als der Kellner den Tisch wegbrachte, blieb ich auf dem Bett liegen und las *Black Mask.* Mein Bauch war voll Fleisch. Ein heißer Wind blies durchs Fenster herein, und ich begann zu schwitzen. Ich fühlte mich wieder müde. Ich rechnete zurück und bekam heraus, daß ich in den letzten drei Tagen sieben Stunden Schlaf gehabt hatte. Ich fand, ein Bad und ein Nickerchen würden mir guttun. Ich stand auf und zog mich aus. Jedesmal, wenn ich an einem Fenster vorbeikam, duckte ich mich, fiel mir auf. Ich spähte hinaus. Die Fenster gingen auf die Hauptstraße hinaus, und es gab keine hohen Gebäude in der Nähe. Trotzdem zog ich die Vorhänge zu.

Ich füllte die Wanne mit kaltem Wasser und legte mich lange hinein. Es kam mir komisch vor, daß ich ein so unheimliches Gefühl hatte. Vielleicht lag es daran, daß der Junge versucht hatte, mich zu erschießen. Ich würde mich in einem Dampfraum nie wieder wohl fühlen. Ich versuchte, über das Fleisch für den Weinberg nachzudenken. Leicht angefaultes Fleisch. Wofür zum Teufel konnte jemand das gebrauchen?

Ich dachte über die Prinzessin nach. Vielleicht konnte sie mir sagen, wofür das Fleisch gut war. Ich würde sie heute abend wieder sehen. Es wurde allmählich zu einem allnächtlichen Brauch. Nun ja, es war ein großartiges Erlebnis. Ich fragte mich, wie lang ich es durchhalten konnte. Vielleicht würde ich eines Nachts ...

Ich hörte jemanden im Zimmer; Füße und das Geräusch einer sich schließenden Tür. Ich drehte meinen Hals, konnte aber nicht ins Zimmer sehen. Die Badezimmertür war beinahe geschlossen. Ich wünschte, ich hätte mir einen zweiten Revolver gekauft. Wenn ich das überlebte, würde ich es gleich tun.

»Wer ist da?« rief ich.

Die Schritte kamen zum Badezimmer. Die Tür öffnete sich einen Spalt, und ich war bereit, aus der Wanne zu springen. Ginger steckte lächelnd ihren Kopf durch den Türspalt.

»Hallo«, sagte sie.

Sie sah hübsch aus mit ihrer weißen Haut und den roten Haaren. Ich nahm ein Handtuch vom Halter und wickelte es mir wie eine Schürze um. »Verdammt noch mal!« sagte ich. »Ich nehme ein Bad.«

»Ich habe schon vorher nackte Männer gesehen«, sagte Ginger.

»Nicht solche wie mich.«

»Kann sein«, räumte sie ein. Sie kam in das Badezimmer und setzte sich auf einen Duschschemel.

Ich mußte lachen. »Warum ziehst du nicht deine Kleider aus und kommst rein?«

»Es wäre nicht genug Platz.«

»Ich würde Platz schaffen.«

»Darauf wette ich.«

»Dann komm.«

»Nein, danke.« Ihr Gesicht wurde ernst. »Ich bin gekommen, um über das Armband zu reden.«

»Oh. Wie hat es dir gefallen?«

»Es ist schön. Wieviel hat es gekostet?«

»Eine Menge.«

»Du bist kein so übler Kerl.« Sie drehte das Armband an ihrem Handgelenk. Es paßte gut zu dem schwarzen langärmligen Kleid, das sie trug. Die falschen Diamanten glimmten im Badezimmerlicht.

»Hör zu, du hättest mir das nicht geben sollen. Pug Banta ist so schon genug hinter dir her.«

»So?«

»Er hat herausgefunden, daß Carmel dir Informationen über ihn gegeben hat.«

»Ja. Carmel... bevor er sie umgebracht hat.«

Ihre Augen wurden groß. »Woher weißt du das?«

»Ihr Bruder hat es mir gesagt.«

»Das arme Mädchen.« Sie schüttelte den Kopf. »Und du bist vielleicht der nächste.«

»Nicht ich. Er weiß, wenn er mich umlegt, kriegt er Ärger mit dem Weinberg.«

»Er ist allmählich so weit, daß er sich darum keine Gedanken mehr macht«, sagte Ginger und lehnte sich über die Wanne. »Schau. Warum gibst du es nicht auf? Er weiß nicht, wo du wohnst. Er wird dich niemals finden. Und du mußt kein Geld für deinen Sarg ausgeben.«

»Hat er dich hergeschickt, um mir das zu sagen?«

»Ach, du Idiot!« Ihre grünen Augen wurden hart. Sie holte tief Luft. »Wenn du nicht der eingebildetste Bastard bist! Pug hat vor niemandem Angst.«

»Das glaubst du.«

»Ich nehme an, du glaubst, er fürchte sich vor dir!«

»Dazu ist er nicht klug genug«, sagte ich. »Aber frag ihn doch mal nach der Prinzessin.«

Das machte sie wirklich wütend. Ich konnte es in ihren Augen sehen. »Ich habe es satt und bin's müde, ewig von der Prinzessin zu hören.«

»Was ist los«, fragte ich. »Bist du keine Konkurrenz für sie?«

Sie stand von dem Schemel auf. »Ich verpaß dir gleich eine!« Sie zog sich das Armband ab. »Hier!« Sie warf es in die Wanne. »Du weißt, wohin du dir das stecken kannst, du Scheißkerl!«

»Danke.«

»Und, Bruder, sag nicht, ich hätte dich nicht gewarnt, wenn Pug dich kriegt.«

Sie wollte zur Tür. Ich fischte in der Wanne nach dem Armband.

»Geh nicht so wütend weg«, sagte ich.

»Ich bin nicht wütend. Ich werde nie wütend.«

Ich hörte, wie sie die Tür schloß. Ich nahm ein anderes Handtuch und trocknete das Armband ab. Das nasse Tuch warf ich auf den Fliesenboden. Wasser sickerte heraus. Ich fühlte mich jetzt besser. Gingers Besuch hatte mir bessere Laune verschafft. Ich nahm einen Drink und lag nackt auf dem Bett. Ich dachte über Ginger nach und dann über die Prinzessin.

Es war drei Uhr. Noch vier Stunden, bevor ich im Weinberg sein mußte. Ich hatte immer noch dieses komische Gefühl in meinem Magen. Ich nahm einen großen Drink Roggenwhisky mit kaltem Wasser und lag dann auf dem Bett herum. Die Prinzessin war einerseits das Beste, was ich je gehabt hatte. Sie war so gut wie irgendeine Hure auf dieser Welt, und sie war es mit Leib und Seele. Sie hatte einen wunderbaren Körper, Stahl und Seide, Marmor und Gummi, alles richtig zusammengemischt. Ich fühlte, wie meine Erregung stieg. Ich nahm noch einen Drink, dann stieg ich unter die Dusche und ließ das kalte Wasser über mich herabrinnen. Ich tränkte ein Laken mit Wasser und ging ins Bett, ohne mich abzutrocknen. Das nasse Laken zog ich über mich. So war es kühler. Ich stand nochmals auf und schloß die Tür ab. Dann ging ich zurück ins Bett und fiel nach kurzer Zeit in Schlaf. Ich war wirklich gereizt, als der Portier mich um halb sieben telefonisch weckte, aber eine weitere Dusche und ein Drink verschafften mir einen klaren Kopf. Ich fragte mich, was die Prinzessin zum Abendessen servieren würde.

15

Ich fuhr aus dem Schlaf hoch, das Herz dort, wo der Adamsapfel hätte sein sollen. Ich stellte fest, daß ich Atemschwierigkeiten hatte. Das Mondlicht blendete mich. Ich roch eine Frau, aber ich wußte nicht, wer sie war. Ich wußte nicht einmal, wo ich war. Eine Minute lang dachte ich, ich sei wieder mit der ersten Frau zusammen, mit der ich jemals im Bett gewesen war, also mit der Turnlehrerin an der Lincoln High-School, als ich dort im ersten Jahr war. Es war verwirrend, so etwas zu denken.

Als sich meine Augen an das Licht gewöhnt hatten, sah ich eine Frau neben dem Bett stehen. Sie blickte auf mich herunter. Ich sah ihren Körper durch das Seidennachthemd, und alles fiel mir wieder ein. Es war die Prinzessin. Sie hatte mich beobachtet, während ich schlafend dalag. Ich setzte mich auf, fühlte mich erschrocken und starrte zurück. Ihre Haut sah im Mondlicht milchig aus. Die Pupillen ihrer Augen waren dunkel und verschwommen, wie Tintenflecken. Ihr Gesichtsausdruck war merkwürdig.

Sie wisperte: »Wieviel Mumm hast du, mein Schatz?«

Alles schien irreal. Ich fühlte mich, als träumte ich. Das Mondlicht hatte das Aussehen des Zimmers verändert und ließ Dinge erscheinen, die ich nie zuvor gesehen hatte. Eine offene Schranktür warf einen großen Schatten an die

Wand. Das Fußende des Bettes sah wie eine Palisade aus. Im Spiegel schien ein zweiter Mond. Ich hatte immer noch Schwierigkeiten mit meinem Atem.

Sie flüsterte wieder: »Wieviel Mumm, mein Lieber?«

»Verdammt noch mal«, sagte ich, »hast du mich nur aufgeweckt, um mich das zu fragen?«

Sie legte ihre Hand auf meine bloße Brust. Ihre Haut war heiß. »Wie würden dir fünfzig Riesen gefallen?«

Ich war jetzt wach. »Wo sind sie?«

»Im Tempel.«

Sie setzte sich auf die Bettkante und ließ ihre Hand auf meiner Brust liegen. Im Tempel gab es einen Tresor, sagte sie, im Keller. Darin lagen die Geschenke, die die Leute seit Jahren dem Weinberg gemacht hatten; Juwelen, Schmuck, Gold und Silber ... und Bargeld.

»Sie führen keine Aufzeichnungen darüber«, sagte sie. »Niemand weiß, wieviel dort liegt. Niemand wird vermissen, was wir wegnehmen.«

»Warum hast du es nicht schon längst genommen?«

»Ich brauche Hilfe, und es gab niemanden, dem ich hätte vertrauen können.«

»Warum glaubst du, daß du mir vertrauen kannst?«

»Das kann ich, solange Pug Banta am Leben ist.«

Ich dachte darüber nach. Sie hatte recht. Ich wäre am Ende, wenn sie mich Pug auslieferte. Er war jetzt schon heiß genug auf mich, aber bis jetzt stand sie ihm im Weg.

Sie sagte: »Also, kommst du jetzt mit?«

»So? Nackt?«

Sie ging zum Schrank und nahm eines der Kostüme des Weinbergs heraus. Es bestand aus einer weißen Seidenbluse und einer schwarzen Hose. Ich zog es an. Die Hose spannte um die Hüften. Die Prinzessin nahm ein rotes Kleid. Während sie es anzog, fand ich die Brandykaraffe und nahm einen Drink.

»Wie ist die Vorgehensweise?« erkundigte ich mich.

»Nicht so laut.« Sie trat nahe an mich heran. »An der Tür ist eine einzige Wache«, flüsterte sie. »Wir schaffen sie uns vom Hals, und dann ist alles ein Kinderspiel.«

»Ist die Tür denn nicht abgeschlossen?«

»Ich habe einen Zweitschlüssel.«

»Klingt nicht schlecht«, sagte ich. »Nur, wie sollen wir die Wache loswerden?«

»Du wirst sie töten müssen.«

Sie sagte das in einem Tonfall, als meine sie, ich solle noch einen Drink nehmen. Ich starrte sie an. Das Mondlicht zeigte keinen Ausdruck auf ihrem Gesicht. Es war blaß und ruhig. Ihre Augen waren mit diesen großen Pupillen wie schwarze Teiche. Das Gefühl, mich in einem Traum zu befinden, überkam mich wieder.

»Hör zu«, sagte ich, »wir werden niemand töten.«

»Wir lassen es wie einen Unfall aussehen.«

»Nein.«

Sie sah, daß ich es so meinte, wie ich es sagte. »Also gut. Wir können ihn auch anders aus dem Weg schaffen. Ich kann das.«

»Das ist kein Bluff?«

»Ich glaube allerdings, daß es sicherer wäre, ihn zu töten.«

»Ich mache bei einem Mord nicht mit, das ist mein letztes Wort.«

»Also gut. Komm jetzt.« Ihre Stimme klang spöttisch. Sie stieß mich zur Tür.

»Ziehen wir keine Schuhe an?«

Sie gab mir noch einen Stoß. Wir gingen den Gang entlang, zur hinteren Tür hinaus und um das Frauengebäude herum, wobei wir die ganze Zeit im Schatten blieben. Das Gras war taunaß und fühlte sich kalt unter den bloßen Füßen an. Aus der Stellung des Mondes schloß ich, daß es ungefähr zwei Uhr früh war. Die Häuser waren ganz dunkel. Alles schlief. Wir gingen hinter einem Gebüsch entlang zum Tempel. Barfuß trottete ich lautlos dahin.

Der Tempel lag weiß im Mondlicht vor uns, glatt und rund wie eine Torte. Er sah sehr groß aus. Hinter einem der Kirchenglasfenster sah ich Licht flackern. Auf dem Fenster war eine Frau abgebildet, die Jungfrau Maria, nehme ich an; und das Flackern ließ sie aussehen, als schüttelte sie den Kopf über uns. Das erschreckte mich. Ich wies die Prinzessin auf das Licht hin.

»Kerzen«, sagte sie. »Die brennen die ganze Zeit.«

Wir gingen zur Rückseite des Tempels. Eine Fledermaus flog ein paarmal gegen mein weißes Hemd. Ich stolperte über einen Rasensprenger. Die Prinzessin blieb bei einer Tür stehen. Sie lauschte an der Tür und drehte sich dann zu mir um.

»Du mußt die Wache fesseln«, sagte sie.

»Womit?«

Sie gab mir eine seidene Kordel; so eine, wie sie sie als Gürtel um die Hüften trug. Ich versuchte, sie zu zerreißen, aber das ging nicht. »Okay«, sagte ich.

Sie öffnete die Tür. Am anderen Ende des Raumes sah ich eine schwache Reflexion von Licht. Ich konnte nicht sehen, woher sie kam. Sie schloß die Tür, und wir gingen fünf Steinstufen hinunter. Der Stein fühlte sich kalt an unter meinen Füßen. Wir gingen einen Steingang entlang auf das Licht zu, wobei wir uns langsam bewegten. Ich spürte einen Verwesungsgeruch, nicht sehr stark, aber deutlich. Er erinnerte mich an den Gestank rund um die Viehhöfe von Kansas City. Ich dachte, es sei vielleicht der alte Salomon oben, der sich gerade in seinem Sarg herumwälzte.

Am Ende des Raumes war eine weitere Tür. Sie stand offen. Jetzt sah ich, daß das reflektierte Licht ein bißchen flackerte. Es kam von einer Kerze. Die Prinzessin warf einen Blick durch die Tür, dann berührte sie meine Hand. Ihre Finger fühlten sich an wie im Fieber. Ich machte einen Schritt nach vorn und sah einen Mann in demselben Kostüm, das auch ich trug, neben einer Tür sitzen, die mit einem Vorhängeschloß versperrt war. Neben seinem Stuhl brannte eine Kerze auf dem Steinboden, deren gelbe Flamme sich in all der Finsternis winzig ausnahm. Der Mann schlief, das Kinn auf der Brust. Er hatte buschiges schwarzes Haar. Die Prinzessin stupfte mich vorwärts.

Ich hatte ungefähr die Hälfte des Weges zu dem Mann geschafft, als er erwachte. Er blinzelte mich noch ganz verschlafen an. »Wer ist das?«

Ich ging langsam, um ihn nicht zu erschrecken. Er schaute mich an und versuchte herauszufinden, wer ich war. Er hatte ein breites rundes Gesicht und dicke Augenbrauen. Er fühlte sich nicht alarmiert, bis er bemerkte, daß ich keine Schuhe anhatte. Da stand er auf, und ich sprang ihn an. Wir fielen zusammen hin, der Stuhl zerbrach unter unserem Gewicht. Der Mann kämpfte hart, aber ich war stärker. Ich legte meine Hände um seine Kehle und begann, ihn zu würgen, stieß ihm die Daumen in die Muskeln unter seinem Kiefer. Er trat verzweifelt um sich, und die Kerze ging aus. Ich preßte ihn mit meinem ganzen Gewicht auf den Boden, fühlte seinen Atem stoßweise unter meinen Handflächen. Plötzlich wurde er schlaff, und ich ließ seine Kehle los.

»Bist du in Ordnung, Lieber?« flüsterte die Prinzessin.

»Ja.«

Ich durchsuchte die Taschen des Mannes, fand eine Schachtel Zündhölzer und zündete die Kerze wieder an. Ihr Licht zeigte die Prinzessin, die neben dem Mann stand und auf ihn hinunterblickte.

»Hast du ihn umgebracht?«

»Nein, zum Teufel!«

Sie sah mich an, als hätte sie mich nie zuvor gesehen. Sie schaute zu, wie ich seine Arme und Beine fesselte und ihn mit seinem Unterhemd knebelte. Ihre Augen waren merkwürdig, als sei sie in Trance. Sie gab mir einen Schlüssel. »Für das Vorhängeschloß.«

Ich ließ sie bei ihrer Betrachtung des Gefesselten zurück und ging zur Tür. Der Schlüssel paßte nicht sehr gut. Er drehte sich nur widerwillig, aber ich brachte ihn herum. Das Schloß ging auf. Ich nahm es vom Riegel ab und stieß die Tür auf.

Da drinnen sah es aus wie in einem Trödlerladen. Es gab Kisten und Tische und Stapel von Gemälden und Vasen und Bücher und Statuen und Gottweißwasalles, das ganze Zeug auf dem Fußboden wild durcheinander. Nahe der Tür sah ich einen Silberkandelaber mit zwei Kerzen. Ich zündete sie an und betrat den Raum. Jetzt sah es noch mehr wie in einem Kramladen aus. Hunderte von Sachen befanden sich in dem Raum. Das Kerzenlicht fiel auf ein silbernes Teegedeck und einige Silbertabletts in einer Ecke. Neben ihnen lag ein kleines goldgerahmtes Porträt einer Frau. Sie hatte ihr Haar in der Mitte gescheitelt und in zwei Zöpfen über die Schultern hängen. Auf einer roten chinesischen Kiste standen goldene Salzstreuer. Ich trat beinahe auf eine Art Gobelin, der Männer auf der Eberjagd in einem Wald zeigte. Ein Schwert mit juwelenbesetztem Griff lehnte an der Bronzestatue eines nackten Jungen. Ich sah den Namen Scott auf dem Schwert eingraviert. Unter einem Tisch gab es einen ganzen Satz handbemalten chinesischen Porzellans einschließlich zwei großer Bratenplatten, und auf dem Tisch stand eine Uhr mit den vier Jahreszeiten, der Sonne, dem Mond und den Stunden, alles auf getrennten Zifferblättern. Ich sah das handgeschnitzte Modell einer Fregatte, eine große Pfeife mit silberner Schale, ein Spinnrad, einen Orientteppich, eine gravierte silberne Trense, ein Tintenfaß aus Jade.

Das war nicht mal ein Fünfzigstel des Krempels. Ich starrte immer noch auf das Zeug, als die Prinzessin den Raum betrat. Sie atmete so heftig, daß ich mich umdrehte, um sie anzusehen. Ihr Gesicht war ruhig; nur ihre Brust bewegte sich unter heftigen Atemzügen. Ihre Blicke wanderten über den Raum.

»Ist er schon wieder zu sich gekommen?« fragte ich.

»Nein.« Ihre Stimme klang gepreßt und leblos.

»Er wird wieder völlig in Ordnung sein«, sagte ich.

Sie nickte, aber ich hatte nicht das Gefühl, daß sie dem, was ich sagte, irgendeine Beachtung schenkte. Sie betrachtete den Raum.

»Woher kommt all dieses Zeug?« fragte ich.

»Von den Brüdern und Schwestern«, erwiderte sie. »Sie müssen ein Gelübde zu persönlicher Armut ablegen, wenn sie in den Weinberg eintreten. Sie übergeben dann alles den Ältesten.«

Ich starrte das Durcheinander von Dingen an. »Meine Güte, was für ein Mist!«

»Du glaubst, es sei nichts wert?«

»Was glaubst denn du?«

Sie öffnete eine der Kisten. »Sieh mal.« Ich hielt den Kandelaber über die Kiste. Sie war angefüllt mit Uhren: Golduhren, silberne, Männeruhren, Damenuhren, Uhren mit Juwelen auf den Deckeln, Uhren mit Gravierungen. »Mein Gott!« Es waren vielleicht fünf- oder sechshundert Uhren in der Kiste.

Die Prinzessin öffnete eine andere Kiste. Diese war voller Hals- und Armbänder. Die Steine glühten im Licht. Eine Menge von ihnen sah billig aus, aber ein paar waren ganz wundervoll. Ich sah eines, eine Art Kollier, das mit hundert Diamanten besetzt sein mußte. Die nächste Kiste war mit Ringen und Kameen angefüllt. Eine andere war voll ungefaßter Steine. Die meisten waren Halbedelsteine, aber ich sah auch Diamanten in dem Haufen funkeln. Ich steckte meine Hand hinein und befühlte die Steine. Sie waren glatt und kalt.

»Nimm ein paar von den Diamanten heraus.«

Ich stellte den Kandelaber hin und nahm ein, zwei Dutzend Diamanten von ganz hübscher Größe aus der Kiste. Einer hatte ungefähr fünf Karat, und keiner weniger als zwei. Sie glitzerten in dem weichen Licht.

Die Prinzessin schloß die Kiste. Sie nahm mir die Diamanten weg. »Und jetzt den Zaster«, sagte sie.

Sie ging zu einem kleinen Tisch an der Rückseite des Raumes, dem, auf dem die Luxusuhr stand, und zog die Schublade auf. Bruder, mir sprangen beinahe die Augen aus dem Kopf! Die Schublade war voll Papiergeld! Es waren Hunderte von Banknoten, viele im alten Format. Sie sahen merkwürdig aus, größer, als ich mich an sie erinnerte. Die Prinzessin steckte ihre Hände in die Banknoten und tastete mit den Fingern nach etwas. Sie zog ihre Hände gefüllt mit Goldstücken zurück. Die Farbe der Goldstücke war im Licht der Kerze ein stumpfes Gelb. Sie machten ein leises klingelndes Geräusch. Ich nahm eine und wog sie in der Hand. Sie war schwer. Es war wie die Entdeckung einer Mine. Ich nahm eine Handvoll von dem Papiergeld. Ich nahm Zwanziger, Fünfziger, Hunderter und drei Tausenddollarnoten. Ich hielt vier- oder fünftausend Dollar in der Hand, und in der Schublade war kein Loch zurückgeblieben.

»Sie wechseln ihr Geld in große Noten«, sagte die Prinzessin, »und geben es zusammen mit ihren anderen Habseligkeiten ab, wenn sie eintreten.«

Sie begann, Noten von hundert oder mehr Dollar Wert auszusortieren. Ich half ihr, wobei ich meine Hände tief in das Geld eingrub. Es war eine Menge Gold da, aber das nahmen wir nicht. Die Noten raschelten leise, als wir sie sortierten. Wir arbeiteten lange. Einmal dachte ich, ich hätte ein Geräusch gehört. Unsere Schatten schienen zu schaudern, während wir lauschten.

»Du hast bloß Angst«, sagte die Prinzessin spöttisch.

Wir zählten, was wir genommen hatten. Es waren fünfundzwanzig Tausenddollarnoten, dreißig Sechshundertdollarscheine, vierundzwanzig Zweihunderter und dreiundsechzig Hunderter.

»Wieviel?«

Ich sagte, es mache vierundfünfzigtausendeinhundert Dollar.

Die Prinzessin fing an, das Geld zusammenzupacken.

»Wart einen Moment.«

»Ich will es ja nur tragen.«

»Nein, das wirst du nicht.«

Ich gab ihr siebenundzwanzigtausend und warf den übrigen Hunderter zurück in die Schublade. Den Rest steckte ich in meine Tasche. Es war ein ganz hübsches Bündel Geld. »Hauen wir so schnell wie möglich ab«, sagte ich.

»In Ordnung.«

Wir gingen hinaus. Die Wache lag immer noch auf dem Boden. Ich konnte den Mann neben dem zerbrochenen Stuhl sehen. Ich blies die beiden Kerzen auf dem Kandelaber aus und stellte ihn in den Tresorraum zurück. Dann machte ich das Vorhängeschloß wieder zu. Ich drehte mich um und bemerkte plötzlich etwas Auffälliges an der Wache. Der Mann lag in einer seltsamen Haltung da. Ich ging zu ihm hinüber. Um seinen Kopf war alles voll Blut, und in seiner Schläfe klaffte eine tiefe Wunde. Etwas hatte ihm beinahe den Schädel eingeschlagen, ein Stein oder eine Eisenstange. Etwas Schweres.

Die Prinzessin sah mich an.

»Er ist tot!« sagte ich.

»Tatsächlich?«

»Ich verstehe nicht... hast du ihn umgebracht?«

»O nein.«

Ich hielt die Kerze über meinen Kopf. In einer Ecke des Raumes sah ich einen Stapel Ziegel. Es waren zwanzig oder dreißig, die vom Bau des Tempels übriggeblieben waren. Ich ging hinüber und fand einen, an dem Blut klebte.

»Du lausige Nutte«, sagte ich.

»In Ordnung.«

»Damit bringst du uns an den Galgen!«

»Sei nicht blöd.«

»Vielleicht gefällt es dir, gehängt zu werden.«

»Niemand wird gehängt.«

Ich hatte eine höllische Angst. »Wir müssen sofort hier hinaus.« Ich wollte zur Tür nach draußen.

»Warte.« Sie faßte meinen Arm. »Wir können es wie einen Unfall aussehen lassen.«

»Sei doch nicht so blöd. Die Bullen durchblicken alles, was wir tun könnten.«

»Es wird keine Bullen geben.«

Sie redete schnell, so leise, daß es fast nur ein Flüstern war: »Dummkopf, der Weinberg wird nie die Polizei rufen. Nicht einmal, wenn die Ältesten denken, es war Mord. Sie mögen keine Bullen.«

Ich überdachte das. »Und wie sollen wir es wie einen Unfall aussehen lassen?«

Sie nahm mir die Kerze ab und hielt sie hoch über ihren Kopf. Ich sah die unverputzten Ziegelwände und die unfertige Decke. »Siehst du diese Ziegel?«

»Ja.«

»Angenommen, ein paar von ihnen wären auf ihn gefallen, als er da saß?«

»Die würden ihn zerquetschen, ja.«

»Also ...?«

Ich sagte: »Aber die Ziegel sind noch in der Wand.«

»Wir müssen sie zum Fallen bringen.«

»Ich brauche einen Pickel.«

»Komm.«

Ich wußte, daß ich ein Narr war, wenn ich ihr jetzt folgte, aber ich war verblendet. Ich war ein Anstifter gewesen. Das bedeutete eine Anklage ersten Grades. Jetzt wurde ich auch noch zum Mittäter. Es war das Schlechteste, was ich tun konnte.

Sie löschte an der Tür die Kerze. Ich war überrascht, wie friedvoll draußen alles war. Das Mondlicht war noch immer hell, und eine Brise wehte von Osten her. Wir liefen aus dem Schatten des Tempels heraus zu einer Zeile dicken Gebüsches. Dabei kamen wir an einem kleinen Teich mit Seerosen vorbei. Der Mond lag wie ein Silberschatten auf dem Wasser, und einige der Seerosenblüten hatten sich geöffnet. Sie waren weiß. Ich hörte ein mausartiges Quieken und sah Fledermäuse über dem Teich. Sie fraßen Nachtfalter.

Ich folgte der Prinzessin einen Hügel hinauf und zwischen ein paar Bäume. Das Gras war hier weich und dick wie eine Badematte, und es war trocken. Ich nehme an, die Bäume hielten den Tau ab. Es war sehr dunkel unter ihnen. Ich stieß mit einer Zehe gegen etwas Hartes und sah, daß es ein Grabstein war. Wir liefen über einen Friedhof! Ich sah weitere Grabsteine und fühlte unter den Füßen die sanfte Aufschüttung der Grabhügel. Die Prinzessin ging nach links, zu einem offenen Grab. Es war erst vor kurzer Zeit ausgehoben worden, und die Schaufeln und Pickel der Totengräber lagen noch auf der Seite. Die Prinzessin nahm einen der Pickel auf und gab ihn mir.

Ich nahm ihn und sah das offene Grab an. Es war etwas Merkwürdiges an ihm. Plötzlich wußte ich, was es war. Es hatte schon einen Stein. Das war komisch. Ich hatte noch nie davon gehört, daß man einen Stein vor dem Begräbnis setzte. Ich beugte mich vor und las im Mondlicht die Inschrift. Sie lautete:

PENELOPE GRAYSON
(1917–1940)
Ihre Seele ruhe im Herrn

Es war ein bißchen so, als sehe man den eigenen Namen auf einem Grabstein. Außerdem war es so wie ein ganz höllischer Alptraum. Ich blinzelte vor Überraschung, dann ließ ich den Pickel fallen und packte die Prinzessin am Arm.

»Ist sie tot?«

»Was kümmert dich das?«

»Ich fragte dich, ob sie tot ist?«

»Nicht so laut!«

»Antworte mir, oder ich breche dir dein gottverdammtes Genick!«

Sie versuchte sich loszureißen, aber ich schüttelte sie. Sie schrie vor Schmerz auf. Ich schüttelte sie nochmals.

»Sie ist nicht tot«, sagte sie.

»Wofür ist dann das alles da?«

»Laß mich los.«

Ich schüttelte sie und grub meine Finger in ihren Arm. Sie sagte: »Es ist für sie, aber erst nach der Zeremonie der Braut.«

»Sterben die Bräute?«

»Ja.« Sie riß sich los und wies auf Gräber neben dem offenen. »Schau.«

Ich sah mir die Grabsteine an. Anette Nordstrom (1911–1939), Grace Robins (1913–1938), Tabhita Peck (1920–1937) und Mary Jane Bronson (1910–1936). Alle jung, und alle der Reihe nach gestorben: 1936, '37, '38, '39 und jetzt '40. Ich blickte nochmal auf den Stein von Tabhita Peck. Das arme Kind war erst siebzehn gewesen. Komischer Name, Tabhita.

»Jetzt weißt du alles darüber«, sagte die Prinzessin, »komm jetzt.«

Ich nahm den Pickel, und wir gingen zurück zum Tempel. Die Prinzessin zündete die Kerze an. Die Leiche lag, wo wir sie zurückgelassen hatten. Ich begann, an der Wand zu arbeiten, wobei ich mich bemühte, so wenig Lärm wie möglich zu machen. Die Ziegel waren leicht loszubrechen.

Ich hatte schon ein ordentliches Loch in die Wand und

die Decke gemacht, als meine Hände zu schmerzen begannen. Ich machte eine Minute Pause. Ich schwitzte und wischte mir mit dem Blusenärmel über das Gesicht. Die Prinzessin stand neben der Tür zum Tresorraum und hielt die Kerze.

»Glaubst du nicht, daß es reicht?« fragte sie.

»Wir müssen einen großen Haufen machen.«

Ich ruhte mich eine Weile aus, dann nahm ich den Pickel wieder. Er fühlte sich in meinen Händen schlüpfrig an. Die Prinzessin hielt die Kerze hoch. Ich sah in einer Ecke etwas glitzern, ging hinüber und hob es auf. Es war eine Art Metallscheibe.

»Was tust du?«

»Ich dachte, ich hätte etwas gesehen.«

»Was?«

»Eine Münze oder so was.« Ich steckte die Scheibe in meine Tasche. »Aber es war nur ein abgebrochenes Ziegelstückchen.«

»Oh.«

Ich begann wieder mit der Arbeit an der Wand.

An der Tür warf ich noch einmal einen Blick zurück. Ich hatte so viel Material heruntergebracht, daß man ihn kaum sehen konnte. Alles, was ich von ihm sah, war ein Schuh. Er lag auf dem zertrümmerten Stuhl, genau so, als sei er auf ihm gesessen, als die Wand herunterkam. Ziegel und Verputz lagen auf ihm und auf der ganzen Kellerseite. Es sah aus, als hätte es ein Erdbeben gegeben. Es würde niemand täuschen können, der Verstand hatte, aber vielleicht reichte es für die Brüder aus. Insbesondere, wenn sie getäuscht werden wollten. Ich glaubte, das würde der Fall sein, besonders nachdem die Tür zum Tresorraum verschlossen war, wie sie es immer gewesen zu sein schien.

Die Prinzessin stand neben der Leiche und hielt die Kerze, damit ich zur Tür fand. Das Licht ließ ihr Haar wie gesponnenes Gold aussehen, wie man so sagt. Ich zündete ein Streichholz an, sie löschte die Kerze und warf sie neben die Leiche, wie wir es ausgemacht hatten. Sie kam zu mir herüber, direkt auf das brennende Streichholz zu. Ich roch sie, als sie zur Tür kam, und spürte Erregung in mir aufsteigen. Wir gingen hinaus.

Ich trug den Pickel zu dem Hügel mit den Gräbern zurück, wischte den Stiel mit meiner Bluse ab und warf ihn neben eine der Schaufeln. Das offene Grab sah schwarz und geheimnisvoll aus. Das Mondlicht fiel in einem solchen Winkel ein, daß es den Boden des Grabes nicht erreichte. Es hätte zwanzig Fuß tief sein können. Die Prinzessin wartete an einer Ecke des Tempels auf mich. Wir gingen zurück zum Frauengebäude, wobei wir uns im Schatten hielten.

Das Mondlicht schien in ihr Schlafzimmer und ließ das Bett groß und weiß aussehen. Ich wusch mir die Hände und nahm einen ordentlichen Drink aus der Brandyflasche. Komisch, ich spürte den Alkohol kaum. Ich wartete eine Minute und trank dann nochmals. Meine Kehle fühlte sich taub an.

Die Prinzessin hatte ihr Kleid ausgezogen und war ins Bett gestiegen. Ich setzte mich in einen Stuhl und trank nochmals. Ich spürte, daß sie mich betrachtete. Ich hatte geschwitzt, und ich schwitzte immer noch. Ich war es nicht gewohnt, mit einem Pickel zu arbeiten. Ich saß lange da, trank und schwitzte. Ich zog meine Bluse aus. Die Luft fühlte sich auf meiner nackten Haut gut an.

»Lieber«, flüsterte sie, »was ist los?«

»Nichts.«

»Dann komm herüber zu mir.«

»Nein.«

Ich trank wieder. Sie sagte: »Tut mir leid, daß ich ihn getötet habe.«

»Schlechte Zeit fürs Leidtun.«

»Ich hatte Angst, dachte mir, was geschehen würde, wenn er es den Ältesten berichtete. Sie hätten uns sicher erwischt.«

»Vielleicht.«

»O ja. Wir sind wirklich besser dran, nachdem er nun tot ist.« Ihre Stimme klang heiser, als sei sie verkühlt. Ich fühlte mich deshalb merkwürdig. Ich konnte ihren Körper unter dem Seidenlaken sehen. Sie hatte nichts an. Ich sah die Hügel, die ihre Brüste unter der Seide aufwarfen, und ihr Haar auf dem Kissen, gelb auch im Mondlicht.

Sie flüsterte: »Lieber.«

»Was?«

»Hast du Angst vor mir?«

»Nein.«

»Dann komm her. Du mußt schlafen.«

Ich kam hin, aber wir schliefen nicht.

16

Am Morgen nahm ich eine Straßenbahn in die Stadt. Der Fahrer starrte mich an, sagte aber nichts. Es war neun Uhr, und die Sonne stand hoch an einem tiefblauen Himmel. Ich stieg am Stadtplatz aus und ging zu Fuß zum Arkady. Ich hatte die Bluse und die Hose, die ich nachts getragen hatte, in Papier eingewickelt bei mir, und in den Kleidern war das Geld versteckt.

Ich ging in mein Zimmer und leerte das Geld auf das Bett. Es war ein ganz schöner Haufen. Siebenundzwanzig Riesen! Das war mehr Kies auf einem Haufen, als ich je zuvor in meinem Leben gesehen hatte. Ich nahm mein Messer und machte einen Schlitz in die Unterseite der Matratze des Reservebetts. Es war ein lausiges Versteck, aber für eine Weile würde es ausreichen. Ich stopfte zwanzigtausend Dollar durch den Schlitz und machte das Bett wieder zurecht. Den Rest des Geldes steckte ich mir als Taschengeld in meine Hosentaschen.

Ich zog die Metallscheibe heraus, die ich in dem Tempel gefunden hatte. Es war eine Identifikationsmarke der American Legion. Auf ihr stand *Post 23, St. Louis,* darunter eine Nummer: 8834. Ich setzte ein Telegramm an das Hauptquartier der Legion in St. Louis auf, in dem ich mich nach Name und Adresse des Legionärs mit dieser Nummer erkundigte. Ich übergab Charles das Telegramm zur

Aufgabe. Er rollte die Augen, als ich sagte, er solle das Wechselgeld auf zehn Dollar behalten. Jesus! Ich fühlte mich reich.

Gleichzeitig hatte ich ganz schön Angst. Ich saß auf dem Bett und überlegte, in was für einem Schlamassel ich steckte. Es sah aus jedem Blickwinkel schlimm aus. Da war in erster Linie eine Mordanklage, ganz zu schweigen von schwerem Diebstahl und Einbruch. Es gab auch noch ein paar andere Dinge. Ein ausgesprochen harter Gangster versuchte gerade, sich zu entscheiden, ob er mich umlegen sollte oder nicht. Mein Partner war getötet worden, und ich unternahm nichts dagegen. Ich hatte sechs Riesen von einem Klienten genommen ohne die geringste Chance, dafür das tun zu können, was zu tun ich ihm versprochen hatte.

Ich mußte dieses Mädchen aus dem Weinberg herausbringen. Und wenn es nur für einen so kurzen Zeitraum war, daß sie diese Zeremonie versäumte, die in der übernächsten Nacht stattfand. Ich dachte mir, es müsse alles ein Schwindel sein. Es war ja ein Menschenopfer; etwas, von dem man vielleicht liest, daß es in Afrika stattfindet, aber man glaubt es nicht. Und hier sollte es das in einem schlafmützigen Städtchen mitten im Zentrum der Vereinigten Staaten geben! So was passierte doch einfach nicht! Verdammt, es war unmöglich! Ich dachte an den Halls-Mills-Fall, den Wyncoop-Fall in Chicago, den Fall der beiden Touristinnen, die in der Wüste von Arizona ermordet worden waren. All das war tatsächlich passiert.

Ich fragte mich, wie die Bräute getötet wurden und wer sie tötete. Ich fragte mich, ob sie auf Salomons Sarg umgebracht wurden. Eine von ihnen hatte Tabhita geheißen. Das war ein komischer Name. Das arme Kind! War erst siebzehn gewesen.

Ich schaute auf meine Uhr. Es war zehn. Ich hatte eine Menge zu tun, war aber erschöpft. Ich legte mich auf dem Bett zurück und streifte mit den Füßen die Schuhe ab. Ich glaubte, ich würde ein Nickerchen von einer Stunde machen.

Um eins läutete das Telefon. Es war Carmels Bruder. Er sagte, sie würde am nächsten Tag um elf Uhr in Temple begraben. Er schien es für selbstverständlich zu halten, daß ich da sein würde.

»Ginger sagte, sie käme auch.«

»Fein«, sagte ich. »Hast du einen Priester?«

»Bis jetzt noch nicht.«

»Nimm einen. Ich zahle ihn.«

»Danke, Mr. Craven.«

Ich legte auf und rief dann Charles. Ich wickelte das Armband in Zeitungspapier und gab es ihm. Er solle es Ginger geben, sagte ich.

»Frag sie, ob sie mich morgen zu einem Begräbnis fährt.«

Er dachte, das sei ein Witz.

»Nein«, sagte ich, »frag sie wirklich.«

Da es mir nicht so vorkam, als hätte ich überhaupt geschlafen, legte ich mich wieder auf das Bett.

Das Telefon läutete um Viertel nach drei.

»Western Union«, sagte ein Mann, »für Karl Craven.«

»Okay, Western Union.«

»Legionär 8834 ist Oscar K. Johnson, 4582 Waverly Street, St. Louis. Soll ich es wiederholen?«

»Nein, ich hab's verstanden.«

Als das Telefon neuerlich läutete, war es sechs Uhr. McGees nasale Stimme kam durch die Leitung. »Ich möchte Sie sehen, Craven.«

»Ich bin im Bett.«

»Dann müssen Sie aufstehen. Es ist sehr wichtig.«

»Na gut. Sind Sie in Ihrem Büro?«

»Ja. Ich werde auf Sie warten.«

Es klickte am anderen Ende. Ich fragte mich, was geschehen war. Ich ging ins Badezimmer und wusch mir das Gesicht, dann zog ich mich an. Das Telefon läutete wieder.

Die Prinzessin sagte: »Hallo, Süßer.«

»Hallo«, sagte ich.

»Liebes, ich kann dich heute abend nicht sehen.«

»Nein?«

»Bist du schrecklich enttäuscht?«

»Natürlich.«

»Ich muß zum Fest.«

Ich bekam Angst. »Mein Gott, ist heute die Nacht, in der...«

»Nein. Morgen nacht.«

»Oh.«

»Du denkst doch nicht immer noch daran, sie hier herauszubringen, oder, Lieber?«

»Nein«, log ich.

»Guter Junge.« Eine Pause. »Was hast du mit dem gemacht, was wir bekommen haben?«

»Es ist an einem sicheren Ort.«

»Ich glaube, es ist sicherer, wenn es beisammen ist.«

»Ich weiß nicht.«

»Doch. Bring es morgen nachmittag mit.«

Das war ein Befehl. »Okay«, sagte ich.

»Vergiß es nicht, mein Lieber; morgen nachmittag, gegen zwei.«

»Ich vergeß es nicht.«

Ich legte auf. Sie war vielleicht zum Schluß gekommen, daß ich einen zu großen Anteil bekommen hatte. Ich fand die Flasche Roggenwhisky und schenkte mir ein halbes Wasserglas voll ein. Ich nahm meinen Hut und ging den Gang entlang zum Lift. Als er kam, hörte ich, wie sich im Gang eine Tür öffnete, in der Richtung zu meinem Zimmer hin.

Es war heiß auf der Straße. Ich ging in Richtung Stadtmitte. In der Nähe des großen Kinos legte ich einen Stopp bei einem Stehimbiß ein und aß drei Hamburger, ein ganzes Glas Dillgurken und trank zwei Flaschen Bier. Dann aß ich ein paar Schnitten frischen Pfirsichkuchen. Im Kino spielten sie *Strange Cargo.* Auf einem Schild stand: *Gekühlter Innenraum.*

Ungefähr einen Block weiter unten hatte ich allmählich den Eindruck, daß mich ein Mann verfolgte. Ich schaute zurück und sah einen großen Mann in einem schwarzen Anzug. Ich ging an McGees Bürohaus vorüber und um den Block herum. Der Mann kam hinterher. Ich ging in das Bürohaus hinein.

McGee saß in seinem Büro am Schreibtisch. Er machte Waschbewegungen mit den Händen, als er mich sah. »Sie scheinen Probleme zu haben, Craven«, sagte er.

»Was für eine Art Probleme?«

Seine Augen blickten mich aus den Fleischdreiecken an. »Da war ein Überfall im Weinberg.«

»Ja?«

»Ja. Ein Mann ist getötet worden, und man glaubt, daß eine gewisse Geldsumme gestohlen wurde.«

»Ich wußte nicht mal, daß die Geld da draußen haben«, sagte ich. »Wieviel war es denn?«

»Die genaue Summe ist nicht bekannt.« Er lehnte sich über den Tisch vor. »Aber der springende Punkt ist: sie verdächtigen Sie, es genommen zu haben.«

»Mich?«

»Einer der Brüder hat berichtet, daß Sie ihn am Vortag niedergeschlagen hätten.«

»Das stimmt«, sagte ich, »aber das war nur, damit ich mit dem Grayson-Mädchen sprechen konnte.«

Er nickte. »Ich weiß.« Er wusch wieder seine Hände. »Aber da ist noch anderes. Sie sind im Weinberg zusammen mit mir gesehen worden.«

Ich zuckte die Achseln und sah ihn an. Er sprach weiter: »Und das Wichtigste: man hat gesehen, wie Sie heute morgen den Weinberg verließen.«

»Wer hat mich gesehen?«

»Derselbe Bruder.«

Ich wünschte, ich hätte den Schädel dieses Bruders ein bißchen kräftiger getroffen, so daß er geplatzt wäre. »Sieht nicht gut aus«, gab ich zu.

Er trommelte mit den Fingern auf den Schreibtisch. »Haben Sie das Geld genommen?«

»Zum Teufel, nein!«

»Sie haben die Wache nicht getötet?«

»Ich weiß überhaupt nichts darüber.«

»Sie sind sich – äh – ganz sicher?«

»Christus, ja!« sagte ich. »Ich müßte wissen, wen ich umgebracht habe, oder?«

»Was haben Sie letzte Nacht da draußen zu tun gehabt?«

»Es war eher heute am frühen Morgen«, erwiderte ich. »Ich wollte einen Blick auf die Sache werfen. Ich dachte daran, nach allem, was geschehen ist, doch die Grayson zu kidnappen.«

Meine Story klang nicht sehr überzeugend. Er sagte: »Ich glaubte, wir seien übereingekommen, das nicht zu tun?«

»Nun, nichts anderes schien etwas zu nützen.«

»Das stimmt. Das ist wahr.« Er schaute auf seine Hände. »Zu schade.«

»Ich weiß nicht«, sagte ich.

»Ich glaube, Sie folgen mir nicht, Craven. Es ist zu schade, aber es wird notwendig sein, daß Sie die Stadt verlassen.«

»Ich die Stadt verlassen? Bringen Sie mich nicht zum Lachen.«

»Ich versuche nicht, komisch zu sein, Craven. Sie sagten, Sie hätten das Geld nicht gestohlen. Ich glaube Ihnen.«

»Das ist nett von Ihnen.«

Er sprach einfach weiter. »Aber die Brüder glauben Ihnen nicht. Sie sind sehr gefährlich, wenn man sie aufregt. Es ist hier nicht mehr sicher für Sie.«

»Ich muß bleiben.«

»Ich werde es Mr. Grayson erklären«, sagte McGee. »Er wird nicht wollen, daß Sie Ihr Leben riskieren.«

»Es ist mein Leben.«

»Sie können jetzt schon hinter Ihnen her sein.«

»Zum Teufel mit ihnen.«

Er stand auf. »Nun ja, Craven, ich muß sagen, ich bewundere Ihren Unternehmungsgeist. Ich hoffe, Sie werden Ihre Entscheidung nicht zu bereuen haben.«

»Danke.«

»Ich hielt es für meine Pflicht, Sie zu warnen.«

»Sicher.«

»Wenn Sie Ihren Entschluß ändern, lassen Sie es mich wissen.«

»Wird gemacht.«

Er tippte mit einem Fingernagel gegen seine gelben Zähne. »Es wäre mir lieber, Sie rufen mich nicht an... wegen der Lage, in der Sie sich jetzt befinden. Verstehen Sie?«

Ich nickte.

»Aber bei Nacht können Sie zu mir nach Hause kommen. Ich lese bis eins in meiner Bibliothek. Das ist hinten im Haus. Klopfen Sie einfach gegen die Fensterläden.«

»Okay«, sagte ich, »gegen die Fensterläden. Aber rechnen Sie nicht unbedingt damit, daß ich komme.«

Ich ging weg, und nach einem halben Block hatte ich den Kerl in dem schwarzen Anzug wieder an den Fersen.

Ich spürte einen Anflug von Gänsehaut. Niemand mag es, wenn man ihn verfolgt, besonders wenn es jemand mit Mordabsichten sein könnte. Ich dachte, ich sollte herausfinden, was es mit dem schwarzen Anzug auf sich hatte.

Ich kam an einem Ort vorbei, wo nur ein einziges Taxi wartete. Ich stieg ein und sagte laut: »Zum Arkady.« Als ich dort ankam, stieg ich die Treppe zu meinem Zimmer hinauf, schlug die Gangtür zu und öffnete sie dann einen Spalt. Ziemlich bald hielt der Lift im dritten Stock, und der Bursche kam heraus und ging in das Zimmer neben dem meinen. Ich wartete eine Minute, dann klopfte ich an seine Tür.

»Wer ist es?«

»Zimmerservice.«

Die Tür öffnete sich einen Spalt. Ich drückte meine Schulter dagegen und drängte mit einer Schaufelbewegung ins Zimmer. Der Bursche in dem dunklen Anzug hielt eine Pistole auf meinen Magen gerichtet. Ich schloß die Tür. Der Mann sah eingeschüchtert aus.

»Was wollen Sie?«

»Das ist es, was ich eigentlich Sie fragen wollte.«

»Ich will gar nichts.«

»Sie haben mich verfolgt. Warum?«

Die Hand, die die Pistole hielt, zitterte einigermaßen. »Sie irren sich, Kumpel. Ich habe niemanden verfolgt.«

»Quatsch«, sagte ich.

Ich sah, daß der Bursche schielte. Ein Auge blickte zur Tür, das andere auf mich. »Wenn Sie nicht hinausgehen, rufe ich den Geschäftsführer.«

»Sind Sie sicher, daß Sie mich nicht verfolgt haben?«

»Natürlich bin ich sicher. Sie müssen verrückt sein. Ich weiß nicht einmal, wer Sie sind.«

Ich tat so, als sei ich überzeugt. »Tut mir leid, Mister. Jemand hat mich verfolgt. Ich dachte, er sei hier hereingegangen.«

»Da haben Sie falsch gedacht.« Jetzt wurde der Kerl frech. Er winkte mir mit der Pistole. »Sie haben Glück gehabt, daß ich Ihnen keine Kugel verpaßt habe, Kumpel, als Sie hier hereindrängten.«

»Ja, das habe ich wohl«, sagte ich und wandte mich zum Gehen. Auf der Kommode lag eine Bibel. Ich nahm sie und warf. Er duckte sich, und ich hatte die Pistole, bevor er noch begriffen hatte, was geschehen war. Ich schlug ihn damit, und er fiel hin. Ich wartete, bis er sich aufsetzte, dann trat ich ihm ins Gesicht. Der Tritt betäubte ihn. Ich zog ein Laken vom Bett ab, riß einen Streifen ab und knebelte ihn. Ich zerrte ihn auf das Bett. Nach einer Weile kam er zu sich.

»Und jetzt hören wir uns deine Geschichte an, Bruder«, sagte ich.

Er machte durch den Knebel ein Geräusch, aber ich wollte ihn ihm nicht abnehmen, weil ich fürchtete, er würde schreien. Ich nahm einen Bleistift und ein Stück Papier vom Schreibtisch. Als ich zurückkam, trat er mir mit beiden Füßen in den Magen. Ich fiel hart auf den Boden und bekam kaum Luft. Er glitt über das Bett zum Telefon hin. Ich erwischte ihn an den Beinen, aber seine Hände rissen das Telefon vom Tisch. Es krachte auf den Boden. Er versuchte wieder, mich zu treten, aber ich hatte seine Beine. Ich zerrte ihn vom Bett herunter auf seine

Knie. Seine Fäuste trommelten gegen meinen Kopf. Ich schlug ihn in den Magen, und er knickte ein, immer noch auf den Knien. Ich konnte eine Stimme im Telefon »Hallo« sagen hören. Ich verpaßte dem Mann eins an die Kinnseite. Das kühlte ihn ab. Ich kroch zum Telefon.

»Hallo«, sagte der Portier. »Hallo.«

»Hallo«, sagte ich. »Können Sie mir die Uhrzeit sagen?«

»Aber ja. Es ist zwanzig nach sieben.«

»Danke.«

Ich legte auf. Dann nahm ich ein Handtuch, machte es naß und wischte das Blut vom Gesicht des Mannes. Das Wasser brachte ihn zu sich. Er lag auf dem Fußboden, auf seinem Rücken, und versuchte, durch den Knebel Luft zu bekommen. Sein Luftschnappen klang schrecklich. Ich fragte mich, ob er sterben würde.

Binnen weniger Minuten ging es ihm besser. Sein Atemgeräusch wurde leiser. Er schaute mit nassen Augen – der Schmerzen wegen – zu mir auf.

»Setzen Sie sich auf.«

Er setzte sich auf. Ich fand den Bleistift und das Papier und gab sie ihm. Ich fragte: »Wer hat Sie angeheuert, daß Sie mir folgen sollen?«

Er schrieb: »Die Polizei.« Ich schlug ihn und sagte: »Du sagst besser die Wahrheit, Bruder.« Blut begann durch den Knebel zu sickern.

Er schrieb: »McGee.«

Ich blinzelte. »McGee, so. Warum läßt er mich verfolgen?«

Er schüttelte den Kopf. Ich schlug ihn. Er schrieb: »McGee will Sie aus der Stadt graulen.«

»Wieviel hat er Ihnen dafür bezahlt, daß Sie das tun?«

Er schrieb: »$ 200.«

»Das haben Sie sich verdient«, sagte ich. »Zurück aufs Bett.«

Er krabbelte auf das Bett. Ich nahm eine Hundertdollarnote aus meiner Tasche. »Woher kommen Sie?«

»Kansas City.«

Ich zerriß die Note. »Hören Sie zu. Ich gebe Ihnen jetzt diese Hälfte, und ich sende die andere Hälfte nach Kansas City, zuhanden Paul Smith, postlagernd, wenn Sie mich von dort aus am Morgen anrufen.«

Er griff nach der halben Note. »Und wenn Sie morgen früh noch in Paulton sind, lege ich Sie um, so wahr mir Gott helfe«, sagte ich. Seine Augen wurden groß, ich steckte ihm die halbe Banknote in seine Hand und ging in mein Zimmer. Ich verschloß die Tür, zog die Rollos herunter und zog mich aus. Ich sah mir seine Pistole an. Sie war geladen. Ich nahm sie mit ins Bett.

17

Das Coupé glitt mit gut sechzig Meilen das Asphaltband der Straße entlang auf eine schwere Wolkenbank zu, die sich am Horizont ständig höher schob. Die Landschaft war eben und sah trocken aus, und wenn das Auto dem Straßenrand nahe kam, wirbelte Staub auf. Es war heiß, aber die Luft roch nach Regen. Wir kamen zu einem Schild, auf dem stand: *Temple – eine Meile.*

Ginger war am Steuer: »Wenn Pug jemals erfährt, daß ich dich mitgenommen habe, bringt er mich um«, sagte sie.

Es gab nicht viel, was ich darauf hätte sagen können, also sagte ich gar nichts. Ginger nahm Gas weg. Ich hörte Donnergrollen. Die schwarzen Wolken bedeckten den halben Himmel. Wir fuhren an einem großen Maisfeld vorüber und kamen dann zu einer Ulmenallee. Da lag ein Farmhaus mit einem weißen Zaun, auf dessen Rasen zwei Kinder mit einem Collie spielten. Temple hatte zwei Autoreparaturwerkstätten, einen Supermarkt, einen Drugstore, fünf Tankstellen, ein Kino, auf dessen Schild stand: *Nächsten Samstag – Clark Gable in San Francisco,* und eine Kombination von Restaurant und Billardsaal. Außerdem bestand die Stadt aus ungefähr dreißig Holzhäusern.

Ginger sagte: »Und wohin jetzt?«

Die Uhr am Armaturenbrett zeigte zehn nach elf an. »Zum Friedhof, nehme ich an.«

»Wo ist er?«

Zwei alte Männer saßen auf der Veranda des Supermarkts. Ich lehnte mich aus dem Fenster und fragte den einen: »Dad, wo ist der Friedhof?«

Einer der beiden Alten hatte einen hängenden Schnurrbart. Er spuckte durch ihn hindurch an einen Pfosten. »Welcher?«

Ginger sagte: »Jesus! Habt ihr etwa zwei?«

»Wie bitte?«

Ich sagte dem Alten, daß wir zum Todd-Begräbnis wollten. Er wußte, wo das war. Auf dem Rock Creek Friedhof. Er sagte uns, wie wir dort hinkamen. Es war ungefähr eine Meile von der Stadt entfernt, eine schmutzige Straße entlang.

Wir konnten die Grabsteine im Gras der Hügelflanke sehen. Ein sich windender Pfad führte zum Friedhof; fünf Autos waren auf ihm geparkt. Vorn stand ein Leichenwagen ein wenig abseits vom Weg. Eine plötzliche Brise ließ gelbe Blumen im Gras erschauern und erstarb dann wieder. Auf dem Friedhof wuchsen Apfelbäume.

»Das Begräbnis zieht mächtig Leute an«, sagte ich.

»Sie war immer ein beliebtes Mädchen«, erwiderte Ginger.

Ich sah sie an, konnte aber keinen bestimmten Gesichtsausdruck an ihr ausmachen. Sie stellte den Wagen hinter den anderen ab. Um den Leichenwagen standen Leute herum. Wir stiegen aus und gingen zu ihnen hinüber. Der Junge sah mich. Er trug einen blauen Anzug, der ihm zu groß war. »Danke fürs Kommen«, sagte er. Er gab mir fünfundsechzig von den zweihundert Dollar, die ich ihm gegeben hatte, zurück. »Und danke fürs Geld.«

»Geht schon in Ordnung«, sagte ich.

Wind kam wieder auf und mit ihm Donner. Der Priester ging hinüber, wo der Sarg neben einem offenen Grab stand. Ich nahm den Kranz aus dem Kofferraum des Coupés. Ginger ging mit dem Jungen hinüber, und auch alle anderen folgten dem Priester. Als ich aufholte, sah ich, daß eine Anzahl junger Mädchen sich in der Menge befand. Sie wichen vor mir mit geängstigten Mienen zurück. Ich dachte, was soll denn das wieder? Dann sah ich eine ältere Frau bei ihnen und wußte den Grund. Es waren die Madame und die Mädchen aus dem Hurenhaus.

Während der Priester sagte, was er sagen mußte, begann es zu regnen. Die Wassertropfen fühlten sich seltsam an. Sie waren warm. Sie kühlten überhaupt nicht ab. Ich sah mich in der Menge um und erblickte den Jungen. Sein Gesicht war weiß, und er weinte. Er sah aus, als würde ihm gleich übel. Ich nehme an, er liebte seine Schwester. Die Stimme des Priesters erstarb, und ein paar Bauerntölpel begannen, den Sarg in die Grube hinunterzulassen. Die Huren weinten alle, außer der Madame. Sie starrte mich mit finsterer Miene an. Vielleicht dachte sie an ihre Radio-Plattenspieler-Kompaktanlage.

Der Sarg erreichte den Grund der Grube, und die Männer ließen die Seile los. Alle Frauen in der Trauergemeinde weinten jetzt und auch einige von den Männern. Mir schnürte das ein bißchen die Kehle zusammen. Der Priester sagte noch ein paar Worte. Er stand etwas vorgebeugt, so daß ihm der Regen nicht ins Gesicht schlug. Dann war er zu Ende, und ein paar Leute warfen Blumen in das Grab. Dann fingen sie an wegzugehen. Ich warf einen Blick in die Grube. Die Blumen bedeckten den Sarg beinahe. Ich dachte: adieu, ihr 135 Dollar. Es war das erste Mal, daß ich so viel Geld für ein Mädchen ausgegeben hatte, ohne auch nur das Geringste dafür zu bekommen.

Ginger griff nach meinem Arm. Ich folgte ihrem Blick zu den Autos. Durch den Regen sah ich Pug Banta auf uns zukommen. Er sah affenartig aus mit seinen langen Armen und kurzen Beinen. Er hinkte wegen seines Klumpfußes.

»Kommt mit«, schnauzte er uns an. »Ihr kommt mit uns.«

Wir bewegten uns nicht. Seine Jungs standen am Grab und sahen uns an. Carmels Bruder ging von dem Priester bei den geparkten Autos weg und kam auf uns zu.

»Kommt schon«, sagte Pug, »oder ich lege euch gleich hier um.«

Ginger machte einen Schritt nach vorn, um seiner Aufforderung nachzukommen. Ich zog sie zurück. »Fangt an zu ballern«, sagte ich, »ihr habt ein tolles Publikum dafür.«

Die Menge verlief sich allmählich. Ich hörte die Motorengeräusche startender Autos. Ich sah über Pugs Schulter den Jungen. Ich packte Pug und riß ihn zu Boden, als der Junge feuerte. Ich hörte das Pfeifen der Kugel. Pug faßte mich und zog mich hinunter, und wir rangen auf dem Boden. Ich schlug zu und machte mich frei. Einer von Pugs Männern sprang den Jungen an und nahm ihm die Pistole weg. Er schlug dem Jungen ins Gesicht. Ich stand vom Boden auf.

»Laß ihn los«, sagte ich zu dem Gangster.

Er zeigte mit der Pistole auf meinen Magen. »Nicht übermütig werden!«

Die Leute um den Leichenwagen hatten den Schuß gehört. Sie schauten zu uns her. Pug stand auf und begann, sich den Dreck vom Mantel zu wischen. Ich half ihm dabei. Die Leute dachten, er sei nur hingefallen, und drehten sich wieder weg.

»Bringt den Jungen her«, sagte Pug.

Sie brachten ihn. Er weinte und kämpfte gegen den Griff der Männer. »Verdammter Kerl«, sagte er.

»Was ist die Idee bei dieser Sache, Bubi?« fragte Pug.

Ich sagte: »Er glaubt, daß du seine Schwester umgelegt hast.«

Pug sprach zu dem Jungen. »Du irrst dich«, sagte er. »Carmel war eine feine Puppe. Würde ich ihr Rosen bringen, wenn ich sie umgebracht hätte?«

Ich sagte zu dem Jungen: »Du zahlst besser dem Priester sein Geld. Wir sprechen später über alles.« Ich gab ihm einen Zwanziger. Er warf ihn auf den Boden.

»Warum haben Sie ihn weggestoßen?«

Ich nahm die Banknote auf und gab sie ihm noch einmal. »Geh und zahl den Priester aus.«

Ginger sagte: »Nun mach schon.«

Sie wollten gehen, der Junge mit völlig verwirrter Miene, aber der Gangster mit der Pistole stoppte sie. »Wie ist das nun, Pug?«

»Laß sie gehen.«

Sie gingen zum Leichenwagen. Pug sah mich finster an. »Ich versteh nicht so recht, Kumpel.«

»Der Junge glaubt, daß du seine Schwester umgebracht hast.«

»Nein. Warum hast du ihn mich nicht erschießen lassen?«

»Ich bin dein Freund.«

Pug sagte: »Das ist zum Wiehern.« Er warf mir einen scharfen Blick zu. »Ich möchte mit dir sprechen.«

Mit einer Kopfbewegung wies er auf einige Gräber weiter oben am Hügel. Ich ging hinter ihm her. Die beiden Leibwächter blieben bei Carmels Grab stehen. Der Regen war fast vorüber. Jetzt regnete es schon aus einem blauen Himmel. Wir blieben neben einem Grabstein stehen, in den ein Engel eingeschnitten war. Auf einem Baum über uns sah ich grüne Äpfel.

Pug sagte: »Jedenfalls vielen Dank für das, was du getan hast.«

»Vergiß es.«

»Ja? Wenn ich das tue, fällt dir dann noch ein Grund ein, warum ich dich nicht alle machen sollte?«

»Die Prinzessin.«

»Zum Teufel mit ihr«, erwiderte Pug. »Sie versucht, mich aus dem Geschäft zu drängen.«

»Nein. Das siehst du falsch.«

»Erzähl mir keinen Quatsch.«

»Sie kann weder dich noch sonst jemanden hinausdrängen. Sie ist nicht diejenige, die den Weinberg leitet.«

»Und wer ist es dann?«

»McGee.« Pug sah ausdruckslos drein, also fügte ich hinzu: »Der Anwalt.«

Pug sagte: »Blödsinn.«

»Okay. Glaub mir nicht. Aber McGee ist hinter dir her. Die Schießerei bei Papas hat ihm mißfallen. Und die Ermordung Carmels.«

»Wer hat dir das gesagt?«

»Ich habe für McGee gearbeitet ... bis gestern.«

»Entweder bist du ein Lügner oder du ...«

»Soll ich beweisen, daß McGee den Weinberg leitet?«

Pug runzelte die Stirn. Dann sagte er: »Wenn du das kannst.«

»Also gut. Zuerst zeige ich dir, daß ihm *Tony's* gehört. Und *The Ship*. Und das Haus, in dem Carmel gearbeitet hat. Und das *Silver Grove*. Und das *Arkady*.«

»Die gehören alle dem Weinberg«, sagte Pug.

»Darauf würdest du aber nicht wetten, oder?«

Pug betrachtete mich voll Zweifel aus zusammengekniffenen Augen. »Warum hast du McGee verlassen, wenn er der Mr. Big ist?«

»Das werde ich dir auch zeigen.«

Wir fuhren mit Ginger zurück. Pug saß am Steuer und Ginger in der Mitte. Die Leibwächter folgten in dem anderen Wagen. Wir schafften die hundert Meilen in einer Stunde und zwanzig Minuten. Wir killten dabei zwei Hühner, einen Laufvogel, ein Erdhörnchen und einen schwarz-weiß gefleckten Hund. Ich glaubte nicht, daß Pug fähig sei, das Coupé in Paulton überhaupt zu stoppen, so schnell pfiffen wir dahin, aber er schaffte es, genau vor dem County Building.

»Wo sind diese Unterlagen?«

»Zweiter Stock.«

»Du wartest hier, Baby«, sagte Pug zu Ginger.

Sie wußte nicht, was vorging. Ich blinzelte ihr zu, aber sie sah verängstigt aus. Wir gingen die Steinstufen hinauf in das Gebäude. Der alte Beamte gab uns die Papiere. Pug runzelte die Brauen, als er sah, daß McGee als Eigentümer aller von mir aufgezählten Liegenschaften eingetragen war. Er nannte noch weitere: den *Savoy Ballroom*, das *Beachcombers, The Hut, Cecil's Grill.* Auch diese gehörten McGee.

Im Arkady veranlaßte ich Pug, mit mir hineinzukommen. »Anrufe für mich?« fragte ich den Portier.

Er sah Pug und kicherte diesmal nicht. »Ein Ferngespräch von Kansas City, Mr. Craven.«

Während er auf das Gespräch wartete, erzählte ich Pug von dem Burschen, den McGee angeheuert hatte, mich zu verfolgen. Der Portier legte das Gespräch auf einen Apparat im Büro des Geschäftsführers. Ich nahm den Hörer ab. »Hallo?«

»Nun, ich habe getan, was Sie gesagt haben, Mr. Craven.«

»Hören Sie, Kansas City«, sagte ich, »ich habe einen Mann hier bei mir, dem Sie jetzt erzählen werden, was Sie letzte Nacht mir erzählt haben. Wer sie bezahlt hat und was er von Ihnen dafür verlangte. Warten Sie einen Moment.«

Ich gab Pug den Hörer. Er lauschte, stellte ein paar Fragen und wandte sich dann zu mir. »Willst du noch etwas sagen?«

»Sag ihm, daß ich ihm die andere Hälfte der Banknote mit der Post schicke.«

Pug richtete das aus und hängte ein.

»Jetzt hast du mitgekriegt, worum es geht«, sagte ich.

»Du hast versucht, McGee aus dem Geschäft zu drängen, stimmt's?«

»Vielleicht.«

»Scheiß auf ›vielleicht‹, Fatty. Warum sonst sollte er dich aus der Stadt jagen wollen?«

»Also gut«, sagte ich. »Aber denk daran, daß er mit dir dasselbe versucht.«

»O nein, das tut er nicht.«

»Ich sage dir eines: McGee hat eine Bibliothek mit einer Balkontüre. Die liegt hinten in seinem Haus.«

Pug sah mich prüfend an.

»Wenn jemand ihn dort … besuchen wollte, er arbeitet dort jede Nacht bis ein Uhr.«

Pug starrte mich ausdruckslos an, verließ dann das Hotel, stieg in Gingers Wagen und fuhr weg. Ich sagte zu dem Portier: »Wenn noch Anrufe kommen: ich bin in einer halben Stunde zurück.«

Polizeichef Piper trommelte mit meiner Karte auf seinen Eichenschreibtisch. »Setzen Sie sich.« Er sah nicht auf. Sein rundes Gesicht war müde, und der größte Teil der roten Farbe war aus seiner Haut verschwunden. Auf seinen Wangen sah man purpurfarbene Adern.

Ich setzte mich.

Er schlug wieder mit meiner Karte auf die Tischplatte und glotzte sie dann an. »Wir mögen keine Privatschnüffler in Paulton«, sagte er und blickte auf. Er blinzelte. Er dachte, er habe mich schon zuvor irgendwo gesehen.

»Nein.«

»Nein.« Er betrachtete mich. »Was kann ich für Sie tun?«

Er sagte es, als wolle er das nur wissen, um es zurückweisen zu können. Ich sagte: »Es geht mehr darum, was ich für Sie tun kann, Chef.«

»Ah, ein Klugscheißer, wie?«

»Weiß nicht.«

»Also, machen Sie weiter.« Er stellte sich immer noch Fragen wegen meines Gesichts, aber er war müde. »Was können also Sie für mich tun?«

»Ein paar Dinge«, sagte ich. »Wie würde Ihnen ein anderer erstklassiger Mord in Ihrer Stadt gefallen?«

Ihm blieb der Mund offen. »Was meinen Sie damit?«

»Das wäre ein schönes Schlamassel, nicht wahr?«

»Hören Sie mal...«

»Da stecken Sie in der Tinte«, sagte ich. »Sie sind ohnehin hinter Ihnen her, weil Waterman umgebracht wurde. Ist es nicht so?«

Sein Gesicht begann sich zu röten.

»Und wenn noch ein wichtiger Mord stattfindet, sind Sie draußen.« Ich ließ das auf ihn einwirken und fuhr dann fort: »Und ein paar Leute werden fragen, ob Pug Banta wirklich in der Nacht im Gefängnis war, als die Schießerei bei Papas stattfand.«

»Pug *war* im Gefängnis.« Der Polizeichef machte einen schwächlichen Versuch loszubrüllen. »Jeder, der etwas anderes sagt...«

»Also schön. War er eben. Aber manche Leute behaupten...«

»Ich kann es beweisen.«

»Das können Sie höchstens, solange Sie noch Polizeichef sind.«

Er überdachte das.

»Jemand versucht, McGee umzulegen«, sagte ich.

»Den Anwalt?«

»Entweder heute nacht oder doch in einer der nächsten Nächte.« Ich erzählte ihm von der Bibliothek, in der McGee spätnachts arbeitete. Ich sagte ihm, ich hätte zwei Männer darüber sprechen gehört, während ich im *Jazzland* auf dem Klo war. Ich dachte mir, ich überstrapazierte den Trick mit dem, was ich angeblich auf Klos gehört hatte, aber es fiel mir keine bessere Story ein. Ich sagte, ich wüßte nicht, wer die Männer gewesen seien, und ich hätte nicht gehört, warum sie ihn umlegen wollten.

»Wir werden McGee warnen müssen«, sagte Piper.

»Das würde ich nicht tun.«

»Warum nicht?«

»McGee wird nicht dichthalten. Dann kriegen Sie die Burschen nie. Schauen Sie, der beste Weg ist der: postieren Sie ein paar gute Männer auf dem Hof. Wenn die anderen dann versuchen, McGee auszupusten, erwischen Sie sie auf frischer Tat.«

Die Idee gefiel ihm, aber er glaubte immer noch, es wäre besser, McGee zu warnen. Er habe kein Recht, ihn in ein so gefährliches Spiel zu verwickeln, meinte Piper. Besser die Killer entkommen lassen, als McGee in solche Gefahr bringen.

»Moment mal«, sagte ich, »haben Sie eine Freundin namens Carmel?«

Er nickte, ohne zu überlegen.

»Sie meinen, Sie *hatten* eine Freundin dieses Namens.«

»Wieso? Was ist...«

»Vorgestern sagte Pug Banta, er wolle sie besuchen, nicht wahr?«

Der Polizeichef kriegte offensichtlich Angst. »Sie wissen verdammt viel, oder?«

»Pug ließ Sie sie anrufen«, machte ich weiter. »Dann traf er sich an Ihrer Stelle mit ihr.«

Ich machte eine Pause. Piper sagte nichts.

»Sie haben sie heute morgen begraben.«

»Mein Gott, nein!«

Ich gab ihm die volle Ladung. »Ihre Leiche wurde vor einer Stadt namens Valley gefunden. Sie ist totgeprügelt worden.«

Alle Farbe wich aus seinem Gesicht. Die Adern auf seinen Kiefern sahen grün aus. Seine Augen waren halb geschlossen.

Ich sagte: »Noch etwas über McGee.«

Er sah mich an.

»Pug Banta will ihn töten.« Ich stand aus dem Sessel auf. »Und wenn jemand daran interessiert ist, Pug loszuwerden, dann ist der richtige Platz dafür McGees Hinterhof.«

Piper blieb an seinem Tisch sitzen und sah mir zu, wie ich hinausging. Im letzten Moment sprang er auf und kam hinter mir her. Er zog an meinem Ärmel. »Ist sie wirklich totgeschlagen worden?«

»Ihr Kinn war zertrümmert, beide Arme gebrochen...«

»O Gott! Das arme Kind!« Er zupfte wieder an meinem Ärmel. »Sagen Sie! Woher wissen Sie das alles?«

»Ihr Bruder hat mich angerufen. Wir sind alte Freunde. Er brauchte etwas Geld, um sie begraben lassen zu können.«

»O Gott!« wiederholte er.

»Nun, bis bald, Chef.«

Er gab keine Antwort. Als ich an der Stiege war, blickte ich zurück. Er stand immer noch in der Tür. Ich ging aus der Polizeistation auf die Straße hinaus. Ich fühlte mich gut. Jetzt waren die Dinge in Bewegung.

18

Das Geschrei der Zeitungsjungen, die eine Extraausgabe anpriesen, weckte mich am nächsten Morgen. Ich schaute auf meine Uhr. Es war neun. Ich telefonierte nach dem Frühstück und einer Flasche Roggenwhisky.

»Schicken Sie mir auch eines dieser Extrablätter«, sagte ich zum Portier.

Der Schwarze Charles brachte das Zeug herauf. Ich nahm eine Dusche, trank ein halbes Glas unverdünnten Whisky und sah mir dann das Extrablatt an. Bruder, kriegte ich einen Schreck! Die Schlagzeile hieß: THOMAS McGEE ERMORDET! Eine Unterzeile sagte, daß Pug Banta dafür eingelocht worden war. Ich setzte mich auf das Bett und las die Story.

Wie es schien, hatte eines von Polizeichef Pipers Kommandos einen Mann bemerkt, der um McGees Haus herumschlich. Die Männer folgten dem Mann – Pug Banta – bis zur Rückseite des Hauses, aber bevor sie ihn ergreifen konnten, schoß er und tötete McGee durch eine der Balkontüren zu McGees Bibliothek. McGee bekam gar nicht mehr mit, was ihm geschah. Die Cops packten dann Banta, bevor er Zeit hatte zu entfliehen, und brachten ihn zur Polizeistation. Bis jetzt hatte er sich geweigert zu sagen, warum er den Anschlag ausgeführt hatte.

Ich goß mir ein weiteres halbes Glas voll Whisky und

trank ihn. Mein Plan war zwar einigermaßen nach hinten losgegangen, aber ich wußte nicht so recht: vielleicht war es auf diese Art genausogut wie ursprünglich geplant. Zumindest waren McGee und Pug aus dem Weg geschafft. Ich nahm die Serviette vom Frühstückstablett und griff dann nach dem Telefon.

»Verflucht noch mal«, sagte ich zum Portier, »ich habe sechs doppelte Lammkoteletts bestellt, nicht sechs lausige einfache.«

Er sagte, er würde sofort weitere sechs heraufschicken.

Gegen eins kam ein Telegramm mit dem Text:

> Ankomme Paulton vier Uhr. Reiße Ihr Herz raus, wenn Sie Penelope nicht haben.
>
> Grayson

Ich trank vier unverdünnte Whiskys zum halbdurchgebratenen Steak als Mittagessen, dann fuhr ich mit der Straßenbahn zum Weinberg. Ich saß neben einer dicken Dame mit einem Korb voll Waren von A & P und dachte intensiv weiter nach. Ich hatte das komische Gefühl, ganz nahe an einer Erkenntnis zu sein, aber ich wollte verdammt sein, wenn ich sagen konnte, was es war. Ich fragte mich, ob ich bezüglich McGee recht gehabt hatte. Er hatte versucht, mich aus der Stadt zu graulen. Und er hatte gewußt, daß im Weinberg ein Raubüberfall stattgefunden hatte. Jawohl, ich hatte recht gehabt. Ich fragte mich, ob er Oke getötet hatte.

»Entschuldigen Sie.«

»Häh?«

»Hier muß ich aussteigen.«

»Oh.« Ich ließ die Dicke mit ihrem Korb vorbei.

Eigentlich war ich dazu angestellt worden, Penelope Grayson herauszuholen. Das Telegramm hatte mir das wieder in Erinnerung gerufen. Allein, wenn ich daran dachte, bekam ich ein leeres Gefühl im Magen. Diese verdammten Gräber! Und das Kind Tabhita! Und heute war die Nacht der Zeremonie der Braut. Ich dachte mir wieder, was das für eine verrückte Vorstellung war; die Zeremonie der Braut. Aber es war nichts Verrücktes an diesen Gräbern. Jesus! Ich dachte, wenn es nur einen anständigen Staatsanwalt im Bezirk gäbe. Ich fragte mich, was ich Grayson sagen sollte. Ich fragte mich, warum ich mir eigentlich so viele Sorgen machte. Mir schien, tief im Inneren mußte ich doch ein verdammt ehrlicher Bastard sein.

Ich betrat den Weinberg durch den Hintereingang. Ich ließ meine Knöchel auf der Tür abrollen, und die Prinzessin ließ mich ein. Sie sah kühl und hübsch aus.

»Lieber, hast du das Geld dabei?«

»Ja.«

»Gib's mir.«

»Ich weiß nicht, ob ich das tun soll.«

»Doch, du mußt, Süßer. Du steckst in Problemen. Die haben die Vorstellung, daß du der Einbrecher in die Gruft bist.«

»Das hat mir McGee auch gesagt.«

Sie streckte die Hand aus. »Willst du mit dem ganzen Geld bei dir erwischt werden?«

»Wie ist es mit dir?«

»Mich verdächtigen sie nicht, mein Lieber.«

Ich ging hinüber und nahm einen Schluck vom Brandy. Dann setzte ich mich auf den Divan. »Wie hat McGee das herausgefunden?«

»Ich habe es ihm gesagt.«

»Was zum Teufel?«

Sie setzte sich neben mich und legte mir die Hand auf das Knie. »Ich mußte … er wußte es ohnehin.«

»Woher?«

»Nun ja«, sagte sie, »einmal hatten wir miteinander die Idee eines Einbruchs in den Tresor diskutiert.«

»Du und McGee?«

Sie lächelte mich an. Ich dachte mir, na also, ich hatte doch recht gehabt, was McGee betraf. Ich sagte: »Dann hast du also mit ihm zusammengearbeitet?«

»Ich tue es immer noch«, erwiderte sie.

Dann begriff ich. Sie wußte nicht, daß er tot war! Ich wunderte mich, daß es ihr niemand gesagt hatte. Ich beschloß, sie hinzuhalten.

»Liebst du ihn?«

»Aber nein, Süßer. Es ist ein geschäftliches Arrangement.«

»Wieviel will er?«

»Die Hälfte. Und daß du die Stadt verläßt.«

»Ich bin der Verlierer, wie?«

»Wenn die Bullen mitmischen. Aber McGee wird verhindern, daß es dazu kommt.«

»Wie?«

»Er hat sie in der Tasche, Süßer. Er ist der Geschäftsführer des Weinbergs.« Sie lachte. »Du bist kein besonders gerissener Detektiv.«

»Das kommt mir auch so vor.«

»Alles, was du tun mußt, ist verschwinden. Später, wenn alles wieder ruhig ist, stoße ich zu dir. Das wird dir gefallen, nicht war, mein Lieber?«

Ich sagte: »Ja.«

»Nun, wo ist das Geld?«

Ich zog das Bündel aus meiner Hosentasche. Sie zählte nach. »Wo sind die anderen siebentausend?«

»In meiner Brieftasche.«

»Behalt sie.« Sie legte mir ihre Arme um den Hals und küßte mich. »Ach, Lieber, es ist nicht meine Schuld. Ich liebe dich, ehrlich. McGee ist einfach zu gerissen, das ist alles.«

Ich versuchte, ihre Lippen zu küssen, aber sie wollte nicht. Ich rang eine Minute mit ihr, dann hob ich sie auf und trug sie ins Schlafzimmer.

Danach lag ich neben ihr auf dem Bett. Jetzt wußte ich alles, was geschehen war. Die Ältesten hatten McGee von dem Raub erzählt, und er hatte gewußt, daß die Prinzessin darin verwickelt war, weil er über genau diese Art Verbrechen mit ihr vorher schon gesprochen hatte. Als er sie beschuldigte, erzählte sie ihm alles und stellte mich voll ins Scheinwerferlicht. Dann machten sie ihren kleinen Plan. Ich würde verschwinden, und der Raub würde dank ihrer Bemühungen an mir hängenbleiben. *Und der Mord!* Bruder, das war es, was mir Sorgen machte: der Mord! Es wäre zwar besser für die beiden, wenn man mich nie erwischte, aber niemand würde mir meine Story glauben, falls es doch soweit kam. Sie würden dann ein Alibi haben.

Das verdammteste an der ganzen Sache war, daß ich immer noch nichts dagegen tun konnte, nicht einmal nach McGees Abgang. Die Prinzessin hatte immer noch die Peitsche in der Hand. Ich würde der Anklage ins Auge sehen müssen. Oder abhauen. Ich rechnete mir aus, daß ich noch zehn Riesen hatte. Das würde nicht lange reichen für eine Flucht wegen einer Mordanklage.

»Worüber denkst du nach, Liebling?«

»Darüber, wie nett es sein wird, wenn wir wieder zusammen sind.«

»Wir werden eine Menge Spaß haben.«

Teuflischen Spaß, dachte ich. »Wann willst du, daß ich abreise?«

»Sofort.«

»Ich kann nicht. Grayson kommt heute nachmittag. Wenn ich nicht da bin, wird er eine Menge Ärger machen.«

Sie dachte darüber nach. »Auch gut, Liebling. Bleib bis heute abend. Und komme hierher, bevor du gehst.«

»Das wird nett werden.« Ich sah sie scharf an. »Nur darf ich nicht an das Grayson-Mädchen denken.«

»Dann denk einfach nicht an sie.«

»Sag mir nur eine Sache«, erwiderte ich. »Wer tötet sie?«

»Ich weiß es nicht.«

Ich berührte die weiche Haut auf ihrer Schulter. »Du mußt doch schon einmal etwas darüber gehört haben.«

»Alles, was ich weiß, ist, daß die Ältesten eine Art Zeremonie in einem Raum neben dem, wo Salamon liegt, veranstalten. Das ist um Mitternacht. Dann bringen sie die

Braut in den großen Raum und lassen sie neben dem Sarg liegen.«

»Ja?«

»Und wenn sie am Morgen nach ihr schauen, ist sie tot.«

Ich glitt vom Bett und nahm eine Flasche Brandy und zwei Gläser. Wir tranken.

»Wie stirbt sie?«

»Durch ein Messer ins Herz. Salomons Messer.«

Sie saß da, die Augen halb geschlossen, und nippte an ihrem Drink. »Es ist verrückt«, sagte sie, »aber man glaubt, Salomon käme zurück und vollbringe die Tat. Es ist sein Weg, mit der Erde in Kontakt zu bleiben.«

»Gespenstisch«, sagte ich. »Glaubst du das?«

»Daß ein Bursche, der seit fünf Jahren tot ist, zurückkommt und jemanden umlegt? Bring mich nicht zum Lachen.«

»Nun gut, wer tut es dann?«

»Frag mich was Leichteres«, sagte sie. »Liebling, reden wir von etwas anderem.« Sie rieb meinen Schenkel. »Du bist nicht seit fünf Jahren tot, oder?«

Ich kam knapp vor vier ins Arkady zurück. Als ich durch die Lobby ging, gab mir der Portier eine Notiz. Sie lautete:

Ich bin fürs ruhige Leben. Alles Liebe.

Ginger

Der Portier sagte, sie habe das Hotel am Mittag verlassen. Das tat mir leid, bis mir einfiel, daß sie das Armband nicht zurückgegeben hatte. Das Luder! Ich ging in mein Zimmer, hatte aber noch nicht mehr getan, als mir einen Drink eingegossen, als das Telefon läutete.

»Ein Mr. Grayson möchte Sie sehen.«

Ich ging hinunter in die Lobby. Grayson war ein schwergewichtiger Mann, beinahe so groß wie ich, mit einem großen Kopf. Er hatte graues Haar und trug einen braunen Palm-Beach-Anzug. Wir schüttelten uns die Hände. »Gott, was für eine Hitze!« sagte er.

»So war es die ganze Woche.«

»Wo ist das Mädchen?«

Ich sagte: »Gehen wir irgendwohin, wo wir miteinander reden können, Mr. Grayson.«

Wir gingen in die Bar. Grayson nahm ein Glas Milch, ich einen Highball mit Roggenwhisky. »Also«, sagte er, »wo ist sie?«

»Ich hole sie heute nacht.«

»Das möchte ich Ihnen auch geraten haben.« Er starrte mich an. »Ich habe Ihnen zehntausend Dollar gezahlt. Entweder Sie liefern, oder ich lasse Sie ins Gefängnis werfen.«

»Das werden Sie nicht«, sagte ich.

Das machte ihn zornig, aber er riß sich zusammen. »Und ob ich das tun würde«, sagte er. »Aber erst morgen. Wir bleiben bis dahin Freunde.«

»Klar.«

»Wie werden Sie sie heute nach holen?«

Ich sagte ihm, daß wir den Polizeichef abends zum Weinberg mitnehmen würden. »Wir machen dort reinen Tisch.«

»Warum haben Sie das nicht schon vorher getan?«

»Das ist eine lange Geschichte.«

»Ich habe eine Menge Zeit.«

»Na gut«, sagte ich. Ich erzählte ihm einen Teil der Geschichte, hauptsächlich über Oke Johnson, McGee, Pug Banta und mich, aber ich erwähnte weder die Prinzessin noch die Zeremonie der Braut.

»Dann ist also McGee der Mann, der Johnson gekillt hat.«

»Nein.«

»Wer dann?«

»Wenn ich recht habe, wird es für eine ganze Menge Leute eine verdammte Überraschung werden.«

»Es wäre besser, Sie würden es mir sagen«, meinte Grayson.

»Später.«

Sein Gesicht lief rot an, er akzeptierte aber meine Haltung. Er machte sich eine Menge Sorgen um das Mädchen. Ich fragte mich, wie er vom Milchtrinken ein so rotes Gesicht bekommen hatte.

»Der Polizeichef wird Sie hier um halb zwölf abholen, Mr. Grayson«, sagte ich.

Seine Augen wurden flach und hart. »Es wäre besser für alle, wenn Sie es schaffen.«

»Ich schaffe es immer.« Ich stand auf.

Ich ließ ihn für die Drinks zahlen. Es bringt nichts, etwas für einen Kunden zu zahlen.

Ich ging hinauf und rief den Polizeichef an. »Ich wollte Sie auch gerade anrufen«, sagte er.

»Warum?«

»Pug will Sie sehen.«

Ich sagte ihm, ich würde gleich hinüberkommen. Ich trank den Whisky aus und ging dann zur Polizeistation. Der Chef war in seinem Büro.

»Hören Sie«, sagte ich. »Bevor ich Pug sehe, will ich Ihnen etwas über den Job sagen, den wir heute nacht erledigen müssen.«

Ich sagte ihm, er solle ungefähr ein Dutzend Männer nehmen, um halb zwölf Grayson auflesen und dann zum Weinberg kommen. Dort solle er den Tempel umstellen lassen und darauf warten, daß ich ihm sagte, was zu tun sei.

Er sah besorgt drein. »Ich weiß nicht, ob ich mich wirklich mit dem Weinberg anlegen soll. Nicht ohne einen richterlichen Befehl.«

»Sie tun aber besser daran, außer Sie wollen, daß ich den Gouverneur um Beamte der Staatspolizei bitte.«

Er sagte, ich solle mich nicht aufregen. Dann fragte er, ob wir nicht vorher gut kooperiert hätten. Ich sagte: »Also, dann werden Sie mit Grayson und Ihren Männern gegen Mitternacht dort sein?« Er sagte, das werde er.

»Okay«, sagte ich. »Also, wo ist jetzt Pug Banta?«

Das Gefängnis roch nach unsauberen Toiletten und war feucht wie ein Keller. Eine Glühbirne brannte im Korridor zwischen den Zellen und erzeugte tiefe Schatten. Eine Kakerlake, so groß wie ein Halbdollarstück, rannte vor uns auf dem Betonboden. Ich trat nach ihr und verfehlte sie.

Der Polizeichef sagte in gekränktem Tonfall: »Ich weiß wirklich nicht, warum er ausgerechnet Sie sehen will.«

Der Gefängniswärter schlug die Metalltür hinter uns zu. Ich sagte: »Warum habt ihr ihn nicht umgenietet?«

Piper fluchte so ausführlich, daß ich kaum verstand, was er sagte. Ich begriff, daß seine Männer ihn hintergangen hatten. Statt Pug zu erschießen, hatten sie ihn festgenommen. Ich wollte ihn fragen, warum er nicht dabeigewesen war, ließ es dann aber. Ich kannte die Antwort ja.

»Nun, er wird auf dem Stuhl braten«, sagte ich.

»Ich weiß nicht«, sagte Piper bekümmert. »Ich wünschte, er wäre in einem anderen Gefängnis.«

Wir kamen an eine Stahltür. Unsere Schuhe machten ein hohles Geräusch auf dem Betonboden. Zwei Burschen in einer Zelle baten um Zigaretten. In einer anderen Zelle schluchzte eine Frau. »Eine Betrunkene«, sagte Piper. Der Gefangenenwärter öffnete die Tür, und wir traten in einen Raum mit zwei Zellen ein. Eine der beiden war leer, in der anderen Pug Banta.

»Wenn das nicht mein fetter Freund ist«, sagte er.

Sie hatten ihn offensichtlich nicht angerührt. Ich nehme an, er war für sie zu wichtig, um ihn zusammenzuschlagen, selbst wenn ihm eine Mordanklage drohte. Ich wußte, daß Piper es gerne getan hätte, Carmels wegen. Wenn jemand Dresche verdient hatte, dann Banta.

Pug sagte: »Haut ab, Leute. Ich will mit meinem Kumpel Fatty allein sprechen.«

Piper sah mich an. »Gehen Sie«, sagte ich, »ich werde Ihnen berichten, falls er etwas sagt, das für Sie von Interesse ist.«

Der Polizeichef ging mit dem Gefangenenwärter hinaus. Sie schlossen die Stahltür hinter sich ab.

»Also hast du mich reingelegt?«

»Was hast du anderes erwartet?«

Pug stand da, die Hände über dem Kopf an die Stangen gelegt. Er sah einem Gorilla täuschend ähnlich. Dieselbe Überentwicklung der Arme, der Schultern und der Brust. Er hätte nur mehr Haare gebraucht.

»Ich muß dir ein paar Dinge sagen.«

»Nur zu.«

»Eines davon ist, daß ich dich kriegen werde, sobald ich draußen bin.« Seine Stimme kam so tief aus seiner Kehle, daß ich nähertreten mußte, um ihn hören zu können. »Und wenn das das letzte ist, was ich in meinem Leben tue.«

»Das einzige Problem dabei ist«, sagte ich, »daß du niemals mehr herauskommen wirst.«

»Vielleicht. Und nun die andere Sache ...« Er griff mit seinen langen Armen durch das Gitter, packte meine Jacke und riß mich nach vorn. Als mein Gesicht gegen die Stäbe schlug, hielt er die Jacke mit der Linken weiter fest, legte mir den rechten Arm ums Genick und packte dann einen Gitterstab damit. Er hatte mich in einer Art Schraubstock, und als er zurücksprang, dachte ich, mir bräche das Genick.

»So, Klugscheißer«, schnarrte er. Die Hand am Gitterstab verhinderte, daß ich zurückweichen konnte. Ich stemmte mich mit beiden Händen weg, aber das nützte nichts. Ich kam nicht weit genug weg, um richtig atmen zu können. Hinter meinen Augen entstand ein furchtbarer Druck. Ich wollte schreien, brachte aber keinen Ton heraus. Mein Kopf schien zu platzen. Ich streckte meine rechte

Hand aus und schlug in Pugs Magen. Er konnte nicht ausweichen, ohne mit der Rechten loszulassen. Ich schlug ihm in den Unterleib. Er stöhnte, ließ los und prallte zurück.

Ich fand meinen Atem wieder und sagte: »Komm und kämpfe, du Bastard!«

Pug kam knurrend näher und schlug zu, traf mich zwischen die Stäbe hindurch. Ich fühlte meine Zähne wackeln und schmeckte Blut. Er versuchte, mich wieder zu treffen, aber ich packte seinen Arm und riß ihn so hart ich nur konnte zum Gitter. Sein Kopf machte TWACK, als er gegen den Stahl prallte. Ich griff mit beiden Händen durch die Zwischenräume der Stäbe und verschränkte sie hinter seinem Genick. Ich zog nach vorn, aber die Stäbe waren ein bißchen zu eng, als daß sein Kopf durchgegangen wäre. Ich zog, während ich mich mit den Füßen abstemmte. Er versuchte, mich zu packen, aber ich hielt die Beine eng geschlossen. Ich riß noch einmal kräftig, und sein Kopf kam durch die Gitterstäbe, wobei er ein bißchen Haut an ihnen zurückließ. Eine Seite seines Gesichts war eine blutige Masse. Ich ließ sein Genick los, und er versuchte, den Kopf zurückzuziehen, aber das ging nicht. Sein Kopf war immer noch zu groß. Ich trat näher und schlug ihm beidhändig ins Gesicht. Es war wie das Training am Sandsack. Ich prügelte seine Fresse zu Brei. Zuletzt rutschte er auf den Betonboden hinunter, den Kopf immer noch außerhalb des Gitters. Unter dem Backenknochen begann sich eine Blutlache zu bilden. Ich trat ihm noch ein paarmal gegen den Kopf; aber es war nicht mehr der Mühe wert. Er war längst bewußtlos. Ich wischte mir das Blut mit einem

Taschentuch vom Gesicht und hämmerte an die Stahltür. Der Gefangenenwärter öffnete. Polizeichef Piper starrte mein Gesicht an.

»Was ist passiert?«

»Ich habe mir den Kopf angeschlagen.«

Piper sagte: »Ich hatte schon befürchtet, Pug würde irgendetwas probieren.«

»Das hat er auch«, sagte ich, »aber es hat nicht hingehauen.«

19

Unter der Lampe an der Straßenbahnhaltestelle sah ich auf die Uhr. Es war zehn nach elf. Noch fünfzig Minuten, und die Zeremonie würde beginnen. Ich fühlte mich leer. Wollte einen Drink. Ich vergewisserte mich nochmals, daß ich die Taschenlampe und die Pistole, die ich dem Jungen abgenommen hatte, bei mir trug. Dann ging ich langsam die Straße bis zu dem Seitensträßchen entlang, das zum Weinberg führte. Dabei dachte ich über das nach, was jetzt zu tun war. Wetterleuchten flackerte über den Himmel.

Die Prinzessin trug einen schwarzen Tagespyjama und chinesische rote Pantoffeln. Die schwarze Seide ließ ihre Haut sehr weiß aussehen.

»Hallo, Liebling.«

Ich sagte »Hallo« und goß mir einen Brandy ein. Ich setzte mich auf den großen Diwan und trank den Schnaps. Ich konnte spüren, wie er nach meinem Magen griff. Die Prinzessin stand da und blickte auf mich herab. Sie machte mich nervös.

»Nimm einen Drink, Baby«, sagte ich, »einen Abschiedstrunk.«

»Wußtest du, daß McGee getötet worden ist?« fragte sie.

»Ja, ich hab's gelesen. Zu schade.«

»Wußtest du das schon heute nachmittag?«

»Nein.«

Ihre Augen waren von einem glasigen Blau. »Du hast ihn nicht irgendwie hereingelegt, oder?«

»Wie hätte ich das tun sollen?«

»Na, es ist jedenfalls verdammt merkwürdig.« Ihre Augen wurden schmal vom Nachdenken. »Beide, Pug und McGee, waren hinter dir her, und jetzt ist der eine im Gefängnis und der andere tot.«

»Klar«, sagte ich, »das hab alles ich gemacht. Man nennt mich Superman.«

»Verflucht! Ich mochte McGee. Er hatte Geist.«

»Hör mal. Ich hab McGee nicht hereingelegt. Und wenn das eine Lüge ist, so möge Gott mich augenblicklich strafen.«

Ich wartete, aber es geschah nichts. Ihr Gesicht wurde weicher, und sie schenkte sich ein Glas voll. Dann kam sie her und setzte sich neben mich auf den Diwan. Ich spürte ihren Geruch.

»Ich denke, du wirst diese Sache übernehmen müssen«, sagte sie.

»Ich? Du spinnst wohl. Ich haue heute nacht ab.«

»Das war mal so gedacht, Liebling. Aber jetzt bist du der Geschäftsführer des Weinbergs.«

»Ich möchte gar nichts sein, was irgendwie mit dem Weinberg zu tun hat.«

»Nicht?« Ihre Stimme klang so sanft, als spreche sie mit einem Säugling. »Angenommen, die Polizei erfährt von dem Raub? Und dem Mord? Und findet deine Fingerabdrücke im Tresorraum?«

»Da säße ich tief in der Tinte.«

»Nun, niemand wird ihnen etwas erzählen, Liebling, solange du hier bleibst und deine Arbeit tust.«

»Ich hab verstanden.«

»Ich wußte, daß du es begreifen würdest.« Sie starrte mich an, dann knöpfte sie mir das Hemd auf und fuhr mir mit der Hand über die Brust. »Du bist doch nicht böse, oder?«

»Ich weiß nicht.«

»Einem Mädchen gefällt es, den Mann, den sie liebt, im Griff zu haben. Kannst du das nicht verstehen, Lieber?«

»Gib mir noch einen Drink.«

Sie nahm die Brandyflasche und füllte beide Gläser. Ich fragte: »Wie lange geht das?«

»Von jetzt an. Wird das nicht nett, wir zwei zusammen?«

»Was ist damit, daß du doch hübsche Kleider tragen wolltest, tanzen, zu Shows gehen und in Nachtclubs?«

»Das war nur so hingesagt, Liebling. Ich bin hier sehr glücklich ... mit dir.« Sie lehnte sich an mich. »Liebling, du liebst mich doch, oder?«

Ich sagte: »Klar.« Warf einen Blick auf die Uhr auf dem Tisch. Sie zeigte halb zwölf. Dreißig Minuten. Die Augen der Prinzessin fielen auch auf die Uhr.

»Liebling, ich mache mir Sorgen um dieses Mädchen.«

»Nicht so viele wie ich.«

»Du kannst ihr nicht helfen.«

»Das denke ich auch.«

Sie steckte mir wieder die Hand unter das Hemd. »Sie wollte dem Weinberg beitreten. Sie wollte sogar Braut sein.«

»Ja«, sagte ich, »nachdem man ihr ein bißchen Rauschgift gegeben hatte.«

»Denk nicht darüber nach.« Sie trank ihren Brandy und biß mich dann in den Nacken. Ich versuchte, ihre Lippen zu küssen, aber sie wollte das nicht. Ich begriff das immer noch nicht. Ich sah über ihre Schulter auf die Uhr. Noch sechsundzwanzig Minuten. Sie lag mit ihrem ganzen Gewicht auf mir. »Liebling«, flüsterte sie. Ich fuhr mit meiner Hand unter ihr Pyjamaoberteil. »Ja«, sagte sie, »ja.«

Jetzt stand die Uhr auf zehn vor zwölf. Die Prinzessin lag nackt auf dem Diwan, die Brüste weich, die Nippel entspannt; sie sah aus wie alle Huren auf dieser Welt. Ihre Augen waren geschlossen und ihre rosa Lippen zu einem kleinen Lächeln verzogen. Ihre Haut war bleich vor dem schwarzen Satindiwan.

Ich goß ein Glas Brandy ein und trank es aus. Dann füllte ich es wieder. Sie öffnete die Augen und sah mich an. »Hallo.«

»Hallo.«

»Gib mir einen Drink.«

Ich gab ihr das Glas Brandy. Sie setzte sich auf und trank ein bißchen. Ich saß neben ihr auf dem Diwan. Sie lehnte sich her und küßte meinen Nacken. Ihre Lippen waren naß und kühl und weich.

»Liebling«, sagte sie, »wir werden wirklich eine schöne Zeit miteinander haben.«

»Ja.«

Ich küßte sie. Zum ersten Mal auf die Lippen. Es war wunderbar. Ich fragte mich, warum sie mich das vorher nie gelassen hatte. Ich konnte fühlen, wie sich ihre Lippen unter den meinen strafften. Sie wurden warm. Es war, als küßte ich eine elektrische Batterie. Ich ließ sie los, stand auf und goß mir einen Drink ein. Ich fühlte mich wacklig. Die Uhr stand auf acht vor zwölf.

»Du gehst doch nicht etwa jetzt?« fragte sie.

»Bald.«

»Noch nicht, Süßer.« Sie stand vom Diwan auf und kam zu mir herüber. »Noch nicht.« Sie stand nahe bei mir und trank aus meinem Glas. Sie lächelte mich an. »Karl, liebst du mich?«

»Ja.«

»Du sagst es so, als meintest du es nicht.«

»Ich meine es aber.«

»Sag: ›Ich liebe dich.‹«

»Ich liebe dich.«

Sie legte die Arme um mich. Das Glas fiel mir aus der Hand. Ihr Körper preßte sich gegen meinen. Ihre Haut war warm. Sie küßte meine Lippen. Da war wieder dieser Schock. Ihre Arme um meinen Hals würgten mich. Ich versuchte, sie wegzustoßen. Sie hielt mich fest. Ich stieß härter.

»So ist es richtig«, sagte sie.

Ich kam los von ihr. Ihre Augen glänzten erregt. »Jetzt schlag mich«, sagte sie, »schlag mich.«

Ich schlug zu, schlug richtig zu. Sie fiel platt auf den Boden. Ich beugte mich über sie und zog ihre Augenlider hoch, aber da war keine Reaktion. Sie war bewußtlos. Ich schaute auf die Uhr. Noch sechs Minuten.

Ich ging in ihr Schlafzimmer und suchte nach den siebenundvierzig Riesen. Ich suchte überall. Ich schaute in die Kommode, in beide Schränke, unter die Betten, sogar unter den Teppich. In einer Kiste fand ich den Schlüssel zum Tresor und steckte ihn in meine Tasche. Dann durchsuchte ich das Badezimmer. Im Medizinschrank, in einer Papierschachtel für Epsom-Salz, fand ich die Diamanten. Sie glitzerten in der Badezimmerbeleuchtung. Ich steckte sie in meine Tasche. Das Epsom-Salz brachte mich auf eine Idee. Ich schaute die anderen Medizinpackungen durch. Kein Glück. Ich spulte die Klopapierrolle ab. Zwischen den Papierlagen waren einundzwanzigtausend Dollar verborgen. Das war besser als nichts. Ich fragte mich, ob McGee den Rest hatte.

Ich ging ins Wohnzimmer. Sie lag immer noch auf dem Boden, war aber zu sich gekommen. Sie schaute mich mit verschleierten Augen an. Ich nahm die Brandyflasche und gab ihr damit eins auf den Kopf. Sie verlor wieder das Bewußtsein. Ich schaute sorgfältig nach, ob man Blutspuren sah. Es waren keine da, ihres dichten Haares wegen. Die Uhr stand auf zwei vor zwölf.

Ich nahm eine Bluse und einen Rock aus dem Schlafzimmer und zog sie ihr an. Dann kleidete ich mich selbst an. Ich nahm sie auf. Sie war schwer. Ich ging mit ihr zur Tür hinaus und durch das nasse Gras zum Tempel. Sie machte beim Atmen ein leises Schnarchgeräusch. Ihr Haar glänzte im Mondlicht. Am Horizont wetterleuchtete es noch immer, aber es donnerte nicht. Ich trug sie zur Kellertür des Tempels. Dort setzte ich sie ab, schaltete meine Taschenlampe ein und nahm sie wieder auf. Ich trug sie an dem Platz vorbei, wo sie die Wache getötet hatte, zu der Tür zur Stiege. Ich konnte mein Herz schlagen hören und ihres auch. Ich trug sie die Stufen hinauf und setzte sie ab. Unter der Tür oben konnte ich einen Lichtschimmer sehen. Ich schaltete die Taschenlampe aus und öffnete die Tür einen Spalt.

Kerzen erzeugten am anderen Ende des großen Raumes einen Lichtfleck, beleuchteten ein schwarzes Kreuz und die knienden Gestalten von zwölf Männern. Sie waren in Weiß gekleidet, und ich nahm an, daß es sich um die Ältesten handelte. Ich roch Weihrauch. Gemurmel kam von ihnen herüber; sie beteten. Sie knieten im Halbkreis um das Kreuz, die Rücken mir zugewandt. Ich fragte mich, wo Penelope Grayson war.

Nach einer Weile hörten die Männer mit dem Beten auf und erhoben sich. Ich machte mich fertig, die Prinzessin wegzutragen, aber sie gingen im Gänsemarsch durch eine Tür nahe dem Kreuz hinaus. Sie waren schwer mit Speisen, Weinflaschen und Blumen beladen. Ein Luftzug von der offenen Tür her ließ die Kerzen flackern und verzerrte den Schatten des Kreuzes an der Wand. Ich hörte Gesang aus dem nächsten Raum und bemerkte dann etwas unter dem Kreuz. Es war eine Art Sänfte mit kurzen Füßen; auf ihr lag eine Frau. Ein weißes Laken bedeckte ihren gesamten Körper außer ihrem Kopf und ihren langen blonden Haaren. Ich ging durch die Dunkelheit zu ihr hin. Es war Penelope Grayson. Ihre Augen standen weit offen, aber die Pupillen waren so rund wie Hustenbonbons. Ihr Gesicht war friedvoll. Als ich meine Hand über ihren Augen bewegte, blinzelte sie nicht. Sie war vollgepumpt mit Rauschgift.

Im angrenzenden Raum sangen sie immer noch. Die

Stimmen der Ältesten klangen tief. Ich ging auf den Zehenspitzen zurück und nahm die Prinzessin auf. Sie murmelte etwas, und ich schlug sie mit der Taschenlampe. Ich legte sie neben der Sänfte auf den Boden und zog das weiße Laken weg. Penelope hatte gar keine so üble Figur. Vielleicht war sie ein bißchen dünn, aber durchaus entwicklungsfähig. Auf ihrem Gesicht und ihren Brüsten war Rouge. Ich entkleidete die Prinzessin, hob Penelope von der Sänfte und legte die Prinzessin an ihre Stelle. Ich zog ein paar Nadeln aus dem Haar der Prinzessin, so daß es herabhing wie zuvor das Penelopes. Der Gesang hörte auf, und ich erschrak. Ich warf das Laken über die Prinzessin, packte Penelope und die Kleider und rannte zur Stiege. Das Mädchen schien fast nichts zu wiegen, ihre Haut war kalt unter meinen Händen. Sie wehrte sich nicht. Vielleicht dachte sie, das sei ein Teil der Zeremonie. Hinter der Tür, am Beginn der Stufen, zog ich ihr Bluse und Rock an. Sie waren ihr zu groß. Dann schaute ich zurück in den Raum.

Die Ältesten kamen gerade zurück. Sie kamen im Gänsemarsch herein, sangen wieder und nahmen die Sänfte auf. Sie standen unter dem Kreuz, die Sänfte auf den Schultern. Jetzt sang einer solo. Ich kriegte ein paar von den Worten mit:

> Sie ist die Auserwählte derer, die sie geboren hat.
> Die Schwestern sahen sie und nannten sie gesegnet.
> Yeah, die Königinnen und die Konkubinen, sie alle priesen sie.

Ich wußte nicht, was das bedeuten sollte. Die Ältesten gingen langsam mit der Sänfte in den anderen Raum. Ich zog meine Uhr heraus und richtete die Taschenlampe auf sie. Es war Viertel nach zwölf. Grayson und der Polizeichef sollten jetzt draußen sein, aber ich ging nicht nachsehen. Stattdessen kroch ich am Kreuz vorbei zu der anderen Tür und blickte hindurch. Ich sah den großen Raum, in dem McGee und ich uns Salomons Sarg angesehen hatten. Vier Kandelaber brannten auf dem Blattgoldaltar, und die Ältesten hatten die Sänfte vor ihm abgesetzt. Ich konnte den Glanz auf dem Blondhaar der Prinzessin sehen. Die Ältesten sangen:

> Wenn sie eine Mauer ist,
> werden wir einen Turm aus Silber auf ihr bauen;
> und wenn sie eine Türe ist,
> werden wir sie mit Planken von Zeder verschließen.

Dann sang einer der Ältesten mit einer klaren Tenorstimme:

> Ich bin eine Mauer, und meine Brüste sind wie Türme darauf: So war ich in seinen Augen jemand, der Frieden fand.

Sie wandten sich um und gingen paarweise den Mittelgang zum großen Tor am Tempeleingang hinunter. Der mit dem Tenor sang:

Beeile dich, mein Geliebter,
sei wie ein Reh oder ein junger Hirsch
auf den Bergen von Spezereien.

Dann drehten sich die beiden letzten um und schlossen das Tor. Ich konnte sie jetzt nicht mehr hören. Ich ging weiter in den Raum hinein, worauf mir der Geruch des verrottenden Fleisches in die Nase stieg. Es war wie der Gestank eines verwesenden Maultiers. Ich trat neben der Tür zur Seite, damit die Kerzen unter dem Kreuz mich nicht von hinten beleuchteten, und wartete.

Plötzlich fühlte ich, wie sich mir die Haare auf dem Rücken aufstellten. Ich konnte nichts sehen außer den Kerzen, die auf den großen Kandelabern brannten, und dem Licht auf dem Haar der Prinzessin, aber ich bekam Angst. Dann sah ich etwas und bekam noch mehr Angst, obwohl ich schon wußte, was kommen würde. Der Glasdeckel des Sarges öffnete sich, und ein Mann setzte sich auf. Er trug eine weiße Robe, und sein Gesicht darüber sah blauweiß wie Fischhaut aus. Er stand auf und verließ den Sarg. Er war sehr groß, ich denke sechseinhalb Fuß, und sehr dünn. Er ging zum Altar und betete, vor den Kerzen kniend. Ein Luftzug drang in den Raum, ließ die Kerzen flackern und veranlaßte ihn, sich umzusehen. Ich verbarg mich im Schatten der Tür. Er betete wieder und nahm dann ein langes Messer mit goldenem Griff vom Altar. Er ging hinüber zur Sänfte, wobei er das Messer vor seiner Brust hielt. Er zog das weiße Laken weg und hob das Messer hoch über seinen Kopf. Ich konnte die goldfarbige Haut der Prinzessin in Höhe seiner Knie sehen.

Ich drehte mich um und kroch durch die Tür hinaus. Hinter mir hörte ich ein Geräusch, als hätte jemand mit einem nassen Handtuch gegen eine Wand geschlagen, und dann ein Stöhnen, aber, Bruder, ich sah mich nicht um. Ich stand auf und rannte an dem schwarzen Kreuz vorbei, packte Penelope Grayson und zerrte sie die Stufen hinunter. Sie wehrte sich ein bißchen; ich nehme an, sie hatte mitgekriegt, daß etwas nicht stimmte. Ich lehnte sie im Keller an die Wand und suchte im Dunkeln den Weg zur Außentür. Plötzlich stoppte mich etwas, so als presse sich eine große Hand gegen meine Brust, und ich wußte, was ich vor allem anderen zu tun hatte. Ich nehme an, ich hatte das schon die ganze Zeit vorgehabt, sonst hätte ich den Schlüssel zum Tresorraum nicht an mich genommen. Ich öffnete das Vorhängeschloß, zündete ein Streichholz an und legte die Diamanten und die siebenundzwanzig Riesen vom Weinberg-Geld zurück, woher sie gekommen waren. Ich dachte an das restliche Geld, aber da konnte ich nichts tun, und als ich das Vorhängeschloß wieder zugemacht hatte, fühlte ich mich um einiges besser. Ich war nie zum Dieb bestimmt gewesen, nehme ich an.

Ich durchquerte die Kellerräume und trat ins Freie. Als sich meine Augen an das Mondlicht gewöhnt hatten, sah ich sie. Sie warteten neben einem Baum hinter dem Tempel. Ich erkannte den Polizeichef und Grayson, außerdem etwa fünf Detektive.

»Wir dachten schon, Sie kämen nicht«, sagte Piper.

Grayson fragte: »Wo ist Penelope?«

»In Sicherheit.«

»Wo?« knurrte er.

Ich wandte mich an Piper. »Ist der Ort umstellt?«

»Ja. Es sind ein Dutzend Männer im Einsatz.«

»Gut.«

Ich führte sie zur Kellertür des Tempels. Vor dem Tempel sah ich einen Mann stehen; es war einer von Pipers Leuten. Wir ließen auch einen an der Kellertür zurück.

»Halten Sie jeden fest, der hineinzugehen versucht«, sagte ich zu ihm.

»Okay.«

Wir gingen in den Keller. Ich schaltete die Taschenlampe ein. Wir gingen hinüber zu der anderen Tür. Ich stupfte Grayson. »Hier ist sie«, flüsterte ich. Ich leuchtete auf den Platz, wo ich sie zurückgelassen hatte. Alles, was zu sehen war, waren die Ziegelwand und der Betonfußboden. Bruder, mein Herz stand still, wie es im Lied so schön heißt.

Grayson sagte: »Was zum Teufel ist jetzt los?«

Ich schwang die Taschenlampe herum und leuchtete den Keller aus. Auf der anderen Seite bekam ich eine Bewegung mit. Ich ging hin. Sie bewegte sich mit dem Gesicht zur Mauer, die sie mit der Hand befühlte; ich nehme an, sie suchte so nach einem Ausgang.

»Penelope!« rief Grayson.

»Still!« sagte ich.

Wir gingen hinüber. Grayson legte seinen Arm um sie und drehte sie herum. Ihre Augen sahen jetzt nicht mehr so übel wie zuvor aus. Es war eine Spur von Überraschung in ihnen. »Wo ...?« begann sie.

Grayson sagte: »Penelope, erkennst du mich nicht?«

Wir ließen einen Mann bei ihr zurück. Ich führte Piper,

Grayson und die anderen drei Detektive zu der Innentür und die Stufen hinauf. Ich öffnete die obere Tür. Der erste Raum sah aus, wie ich ihn verlassen hatte, die Kerzen vor dem Kreuz brannten immer noch.

»Kommt«, flüsterte ich.

Wir gingen auf Zehenspitzen zur Tür. Die Prinzessin lag auf der Sänfte vor dem Altar, das weiße Laken auf ihren Beinen zusammengeschoben. Ich konnte den großen Mann nicht sehen. Wir gingen hinüber zum Altar. Ich hörte, wie Grayson seinen Atem durch die Nase heftig ausstieß. Die linke Brust der Prinzessin war blutverschmiert. »Hier hätte Penelope liegen sollen«, sagte ich zu Grayson.

Ich sah mich nach dem Dolch mit dem Goldgriff um, aber er lag nicht auf dem Altar.

Die anderen starrten die Prinzessin an. »Gott! Was für ein Mädel!« flüsterte einer der Detektive. Ich sah blutige Handabdrücke auf ihren Schenkeln.

Eine tiefe Stimme sagte: »Wer entweiht meinen Tempel?« Der große Mann kam aus einer Ecke des Raumes auf den Altar zugeschritten. Er hatte den Dolch in der Hand. Seine Augen waren hellblau, beinahe so, als würden sie von innen beleuchtet. Er kam langsam, die langen Beine waren steif, als sei er das Laufen nicht gewohnt. Seine Miene war, auch von den wilden Augen abgesehen, grimmig.

»Jesus Christus!« rief Piper. »Das ist Salomon!«

Der Mann kam näher. Er hob den Dolch, hielt ihn mit der Faust umklammert. Ich sah Blut auf der Klinge. Der Polizeichef Piper kreischte auf wie ein Kaninchen, das getötet wird, drehte sich um und rannte. Mir war auch zum Davonrennen. Salomon machte noch zwei langsame Schritte, dann begannen vier von uns auf ihn zu feuern. Das Blitzen des Mündungsfeuers blendete mich, die Echos hallten wie verrückt wider und schmerzten in den Ohren. Salomon stolperte, als hätte ihn jemand gestoßen, und rannte dann zusammengekrümmt zu seinem Sarg. Wir schossen alle auf ihn und machten dabei einen Lärm wie eine voll abgefeuerte Maschinenpistole, aber er erreichte den Sarg noch und fiel kopfvoraus hinein. Ich dachte mir, das war der Ort, an dem er sein wollte. Wir standen mit gezogenen Waffen und blickten in den Sarg.

Der Polizeichef kam zurück aus dem Hintergrund, wohin er gerannt war, das Gesicht kalkweiß, die Augen zu groß für seinen Kopf. Er fragte: »Ist er tot, Jungs?«

Wir gingen zu dem Sarg hinüber, die Pistolen immer noch in den Händen. Salomon lag auf der Seite. Blut färbte die Robe an einem Dutzend Stellen rot, und ein Blutklumpen war, wo ihm der untere Teil seines Kiefers weggeschossen worden war. Der goldene Dolch war immer noch in seiner Faust.

Ich sagte: »Tot wie eine Makrele.«

Es stank schrecklich. Ich betrachtete jeden Zentimeter des Sargs, aber ich konnte nicht sehen, woher der Gestank kam. Er erinnerte mich wieder an die Viehhöfe von Kansas City.

»Was zum Teufel war seine Idee bei all dem?« fragte der Polizeichef. »Lebt fünf Jahre in einem Tempel. In einem Sarg.«

Einer der Detektive begann um den Altar herumzuschnüffeln. Ich nahm das weiße Laken und warf es über die Prinzessin. Grayson ging hinunter zu Penelope. Man hörte Stimmen vor dem Tempel, ich ging zur Tür und spähte hinaus. Ungefähr dreißig Älteste und Brüder hatten sich vor den Stufen versammelt, aber die Leute des Polizeichefs hielten sie zurück. Ich nehme an, sie hatten die Schießerei gehört. Der Detektiv neben dem Altar rief mich, und ich ging zurück.

»Was ist los?«

Er drückte mit der Schulter an die Wand hinter dem Altar, und eine Tür schwang auf. Ich ging hinter ihm und dem Polizeichef hinein. Unsere Taschenlampen zeigten einen kleinen Raum mit zwei winzigen Fenstern nahe der Decke. Da gab es ein Bett, einen Stuhl, ein Bücherregal mit ein paar Büchern und einen Schrank. Im Schrank fand der Detektiv einige schwarze Roben, Sandalen und ein Gewehr mit einem Schalldämpfer.

»Erinnern Sie sich an einen Mann namens Johnson?« fragte ich Piper.

»Der, der ermordet wurde?«

Ich nickte. »Das ist das Gewehr, mit dem er getötet wurde.«

Wir gingen wieder in den großen Raum hinaus. Der Detektiv trug das Gewehr mit dem Schalldämpfer. Piper sagte: »Ich glaube, Sie sollten noch ein paar Sachen klären.«

»Nicht hier«, erwiderte ich, »Leichen machen mir immer eine Gänsehaut.«

Nachdem wir Penelope in das St. Ann's Hospital gebracht hatten, gingen wir in eine Bar, die die ganze Nacht offen hatte. Bei einem Whisky und einem Steak-Sandwich machte ich die Dinge so klar, wie ich dachte, daß sie sein sollten. Ich sagte Grayson und dem Polizeichef, daß ich aus den Akten ersehen hatte, daß McGee der Geschäftsführer des Weinbergs war. Pug Banta hatte ihn getötet, sagte ich, weil McGee ihn hatte loswerden wollen. Ich zeigte ihnen den Legionsknopf, den ich im Kellertempel gefunden hatte.

»Ich nehme an, daß Oke Johnson von jemandem getötet wurde, der nicht wollte, daß er im Tempel herumschnüffelte«, sagte ich.

Und als ich durch den Fleischer Jeliff herausfand, daß er altes Fleisch in den Weinberg schickte, fand ich es ziemlich wahrscheinlich, daß Salomon noch am Leben war. »Wofür sonst hätten die verfaultes Fleisch brauchen können, als zur Erzeugung dieses Geruchs?« Und wenn Salomon noch lebte, würde er das geheimhalten wollen, selbst wenn er dazu Johnson töten mußte.

»Dann steckte also der alte Salomon hinter all dem?« fragte Piper.

»Natürlich.«

»Wie zum Teufel hat er sein Essen bekommen?«

»Ich nehme an, daß ihn ein paar von den Ältesten damit versorgt haben. Sie wußten vielleicht nicht, ob er wirklich tot oder am Leben war.«

»Er war auf jeden Fall völlig verrückt«, meinte Piper.

Während Grayson ihm erzählte, wie er dazu gekommen war, Oke Johnson und mich anzuheuern, und dann auf einige der Dinge zu sprechen kam, die ich ihm im Arkady erzählt hatte, aß ich mein Steak und dachte darüber nach, was ich getan hatte. Normalerweise wird die Gerechtigkeit als große Dame in einem weißen Kleid dargestellt, aber in Paulton, dachte ich mir, wenn die Bürger jemals eine Statue der Gerechtigkeit auf die Treppe des Gerichts stellen wollten, müßte es ein fetter, rotgesichtiger Bursche mit einer Narbe auf dem Bauch sein.

Das war ein Witz, aber es war doch komisch: ich hatte immer auf der Seite der Gerechtigkeit gespielt. Sogar jetzt. Niemand konnte in Abrede stellen, daß Banta, die Prinzessin und sogar McGee ihr Schicksal verdient hatten. Um Caryle Waterman tat es mir leid, aber es war sein eigener Fehler. Und ich hatte Penelope Grayson gerettet. Ich versuchte mir vorzustellen, wie ich sie auf andere Weise hätte herausholen können, aber es fiel mir nichts ein. Wie man so sagt: es war ein Fall, in dem man Feuer mit Feuer bekämpfen mußte.

Grayson wandte sich wieder mir zu und fragte: »Wäre Penelope tatsächlich die Braut gewesen, wenn nicht diese arme Frau ...«

»Ja.«

Der Polizeichef sah mich scharf an. »Das führt zu dem einen Punkt, den ich nicht verstehe.«

Ich trank den Rest von meinem Whisky. »Nämlich?«

»Warum nahm die Prinzessin Miss Graysons Platz ein?«

Beide starrten mich an. »Oh«, sagte ich, »sie wollte ... wollte eben aushelfen.«

»Wußte sie nicht, daß Salomon ... äh ... und daß die Braut getötet wurde?«

»Niemand von uns wußte das«, sagte ich ernst. »Andernfalls hätte sie es wohl nicht getan.« Ich nahm einen Bissen Steak. »Ich hätte es nicht zugelassen. Die Prinzessin... nun, ich habe verdammt viel von ihr gehalten.«

Grayson sagte: »Sie scheinen aber nicht ausgesprochen traurig ihretwegen zu sein.«

Ich erwiderte: »Nun, Mr. Grayson, als Detektiv ist man abgehärtet.«

Jonathan Latimer im Diogenes Verlag

Rote Gardenien

Roman. Aus dem Amerikanischen von Walter Kolbenhoff. detebe 21994

Gemeinsam mit Ann Fortune, der Nichte seines Chefs, soll William Crane die Todesfälle in der Industriellenfamilie March aufklären. Daß die beiden dabei als Ehepaar auftreten müssen, gefällt Latimers lebenslustigem und trinkfreudigem Detektiv immer mehr. Aber auch Lady Carmel March hat es ihm angetan. Die schöne Dame ist stets von Gardenienduft umgeben, und nach diesem Parfüm rochen auch die ermordeten Männer. Außerdem gibt es da noch die Lippenstiftspuren im Gesicht des toten Richard…

»Jonathan Latimers verantwortungslose Fröhlichkeit läßt seine Bücher aus dem guten Durchschnitt der ›Hard-boiled‹-Krimis herausragen.« *Julian Symons*

Mord bei Vollmond

Roman. Deutsch von Kurt Bracharz detebe 21926

Der Privatdetektiv William Crane läßt sich freiwillig in eine Privatklinik für Geistesgestörte einweisen, um eine kleine alte Dame zu beschützen. Als der erste Patient erdrosselt aufgefunden wird, wird Crane klar, wie gefährlich sein Auftrag ist. Die örtliche Polizei versucht das Verbrechen aufzuklären, stößt dabei auf die Beteuerungen eines Verrückten namens Crane, der behauptet, Privatdetektiv zu sein…

Wettlauf mit der Zeit

Roman. Deutsch von Nikolaus Stingl detebe 21825

Nur noch sechs Tage trennen Robert Westland vom elektrischen Stuhl, als er beschließt, daß er nicht ster-

ben will für eine Tat, die er gar nicht begangen hat. Acht Personen, allesamt aus Westlands engstem Bekanntenkreis, kommen als Mörder von Westlands Frau Joan in Frage. Detektiv Crane tut sein Möglichstes, aber alle Spuren weisen immer wieder auf Westland. Bis Crane eines Tages eine sensationelle Entdeckung macht...
Ein Thriller voller Tempo, Spannung und Action, Latimer »at his best«.

Leiche auf Abwegen

Roman. Deutsch von Ulrike Wasel und Klaus Timmermann. detebe 21592

William Crane, Latimers etwas verkommener, oft auch etwas betrunkener und durchaus lebensfroher Privatdetektiv, verfolgt auf einer halsbrecherischen Jagd durch die Hinterzimmer des swingenden Harlem die merkwürdig umworbene Leiche einer jungen Nachtclubsängerin, die sich auf merkwürdige Weise das Leben genommen hat...

»Crane löst seine Fälle gewissermaßen ›feuilletonistisch‹: in einem Schwebezustand zwischen Ironie und tieferer Bedeutung, Charme und Aggressivität; im Sinne der einstigen *screwball comedies*, die Schwieriges mit leichter Hand darstellen.
Nicht Realismus hatte Latimer im Sinn, sondern dessen elegante Parodie. Deshalb schickt er sein Alter ego William Crane an die schrillsten Örtlichkeiten, wo der intellektuell gewiefte Hinterhältler seine Sottisen kontrastreich absondern kann.«
Wolfram Knorr/Die Weltwoche, Zürich

Jim Thompson im Diogenes Verlag

Der Mörder in mir

Roman. Aus dem Amerikanischen von
Ute Tanner und Ulrike Wasel

Lou Ford scheint ein sympathischer, menschenfreundlicher Deputy Sheriff zu sein. Ein Bulle mit Herz – denken die kleinen Ganoven in Central City. Die meisten wissen allerdings nichts von seinem furchtbaren Geheimnis: einem traumatischen Erlebnis aus früheren Zeiten, das ihn unberechenbar macht. Ein *underground*-Klassiker, durch den der Name Jim Thompson einst identisch wurde mit dem *roman noir.*

Verfilmt mit Stacey Keach als Lou Ford.

»Seine besten Geschichten gehen weit über das Genre hinaus, nicht nur weil sie vom Mord erzählen aus der Perspektive der Täter, sondern weil diese Täter sich zu ihren Taten eine ganze Philosophie erfinden, eine Theologie des Mordes und die Moral dazu.«
Annette Meyhöfer/Der Spiegel, Hamburg

Gefährliche Stadt

Roman. Deutsch von
Ute Tanner und Werner Rehbein

Als David ›Bugs‹ McKenna von Mike Hanlon, einem verkrüppelten Millionär, als Hoteldetektiv eingestellt wird, hofft er, seine dunkle Vergangenheit hinter sich lassen zu können. Aber der Tod des Buchhalters und das Verschwinden von fünftausend Dollar bringen ihn ganz schön ins Schwitzen.

»Thompsons obsessive Finsternisse sind alles andere als einfach herbeifabuliert um aufzufallen, sondern wütende Reflexe eigener Erfahrungen.«
Wolfram Knorr/Die Weltwoche, Zürich

Getaway

Roman. Deutsch von
Günter Panske und Klaus Timmermann

Der Bankraub war ein Spaziergang. Alles hatte so geklappt, wie Doc McCoy es geplant hatte: Sie hatten sich fast 300 000 Dollar geschnappt, und niemand hatte sie verfolgt. Aber dann fingen die Probleme an. Denn die Flucht war alles andere als ein Spaziergang: ein Verbrecherpärchen will der Verfolgung durch die amerikanische Polizei quer durch die Staaten und über die Grenze nach Mexiko entkommen.

Verfilmt von Action-Spezialist Sam Peckinpah mit Steve McQueen in der Hauptrolle.

»Jim Thompson ist mit Abstand der beste Thriller-Autor.« *New York Times*

Zwölfhundertachtzig schwarze Seelen

Roman. Deutsch von E. R. von Schwarze
und Andre Simonoviescz
Mit einem Nachwort von Wolfram Knorr

Zwölfhundertachtzig schwarze Seelen zählt das gottverlassene Pottsville im amerikanischen Süden. Ein ödes und schmutziges Kaff. Was nicht zuletzt dem Sheriff zu verdanken ist, der ein Regime von Grausamkeit, Lynchjustiz und Erpressung errichtet hat.

Verfilmt von Bertrand Tavernier unter dem Titel ›Coup de torchon – Der Saustall‹.

»Mein liebster Krimi-Autor – oft kopiert, nie erreicht – ist Jim Thompson.« *Stephen King*